Astrid Pfister wurde am 23. Juni 1980 in Westerholt geboren, lebt zurzeit in Herne und arbeitet als Lektorin. Bislang wurden über siebzig ihrer Kurzgeschichten in Anthologien und Heftromanen veröffentlicht, u.a bei Bastei. Des Weiteren erschienen fünfzehn Romane, fünf Kurzgeschichtenbände und ein Gedichtband bei diversen Verlagen, wie Bastei Lübbe, Midnight by Ullstein und dem BLITZ Verlag.

ASTRID PFISTER

DIE
PFLEGERIN

Erstausgabe März 2025

Copyright © 2025 dp Verlag, ein Imprint der
dp DIGITAL PUBLISHERS GmbH
Made in Stuttgart with ♥
Alle Rechte vorbehalten

Die Pflegerin

ISBN 978-3-98998-787-6
E-Book-ISBN 978-3-98998-676-3

Covergestaltung: Nadine Most
Umschlaggestaltung: ARTC.ore Design
Unter Verwendung von Abbildungen von
shutterstock.com: © Robert Crum, © Mariia Alokhina, © severjn,
© plew koonyosying, © Creatopic
Lektorat: Katrin Gönnewig
Satz: dp DIGITAL PUBLISHERS GmbH
Druck und Bindung: Books on Demand GmbH, Norderstedt

Prolog

Adrian

Als sich die Tür mit einem leisen Quietschen öffnete, raste Adrians Herz augenblicklich, und er bekam Schweißausbrüche. Hätte er noch im Krankenhaus gelegen, hätten die Monitore jetzt garantiert laut piepsend Alarm geschlagen. Er wünschte sich mit all seiner Kraft, dass es die neue Pflegerin Isabelle war, denn er hatte einen Hilferuf für sie hinterlassen. Er hatte die Hoffnung schon aufgegeben, dass ihn noch jemand retten würde, denn er war sich hundertprozentig sicher, dass diese endlos erscheinende Qual letzten Endes nur zu einem führen würde: zu seinem Tod. Und wenn er ehrlich war, hatte es in den letzten Monaten einige dunkle Stunden in ihm gegeben, in denen er sich diesen herbeigewünscht hatte.

Doch das hatte sich geändert, seit Isabelle in sein Leben getreten war. Er musste sie nur dazu bringen, seine Botschaft zu finden, die er in dem Roman versteckt hatte, aus dem sie ihm immer vorlas.

Wegen seiner fast vollständigen Lähmung hatte er Stunden und unendlich viel Kraft für das eine Wort gebraucht, aber das war es wert gewesen.

Doch es war nicht Isabelle. Es war sie! Sein Herz raste noch schneller, als sie an sein Bett trat. Was würde sie ihm jetzt wieder antun?

An dem gehässigen Lächeln, das ihre Mundwinkel umspielte, erkannte er, dass es etwas Schreckliches war.

„Weißt du, ich habe ein bisschen Zeit und dachte, ich lese dir etwas vor."

Mit großer Geste zog sie die Nachttischschublade auf, nahm den Roman heraus und öffnete ihn dramatisch.

Sein Hilferuf fiel ihr auf den Schoß.

„Oh, was ist denn das?" Sie beugte sich über ihn und starrte ihn kalt und gefühllos an.

„Dachtest du, ich finde ihn nicht?" Sie beugte sich noch näher zu ihm, bis sich ihre Nasenspitzen fast berührten. „Niemand wird dich retten ... Du wirst, solange ich es will, bewegungslos hier liegen, und du wirst leiden, sei dir dessen gewiss." Sie spie die Worte aus, und Spucketröpfchen benetzten sein Gesicht.

Sie nahm den Zettel und zerknüllte ihn genüsslich.

Tränen liefen über Adrians Gesicht, doch er konnte sie nicht fortwischen.

Das Ganze wird niemals ein Ende nehmen, dachte er. Vollkommen klar im Kopf würde er Monate oder vielleicht sogar Jahre dahinvegetieren. Es gab keine Chance für ihn, jemals wieder gesund zu werden ... Keine Chance, jemals aus diesem Martyrium zu entkommen. Sein Körper, den er immer gut behandelt hatte, war plötzlich sein Feind geworden und hatte seinen wachen Verstand eingesperrt.

Am Anfang, kurz nachdem er nach dem Schlaganfall aus dem Krankenhaus entlassen worden war, hatten ihn alle besucht. Arbeitskollegen, Freunde, sein Bruder. Alle waren optimistisch gewesen und hatten ihn bei seiner Genesung angefeuert. Aber als die Wochen und

Monate ins Land gezogen waren, waren die Besuche immer spärlicher geworden und schließlich ganz ausgeblieben. Was sollten sie auch mit ihm anfangen? Er konnte sich nicht bewegen, er konnte nicht sprechen. Auch wenn die Leute versuchten, es sich nicht anmerken zu lassen, merkte er doch, wie unwohl und unbeholfen sie sich in seiner Gegenwart fühlten.

Damals hatte er versucht, seinen Freunden und seinem Bruder mitzuteilen, dass er Hilfe brauchte. Dass es nicht so war, wie es schien, aber sie hatten ihn einfach nicht verstanden.

Er schloss die Augen und schrie so laut er konnte, aber der Schrei verhallte ungehört in seinem Inneren.

Kapitel 1

Isabelle
Jetzt

Isabelle zog nervös am Saum ihres Sommerkleides, das immer wieder hochrutschte, und entdeckte einen Schokoladenfleck auf der linken Seite. Sie fluchte innerlich. Warum hatte sie auch noch unbedingt ein Schokobrötchen vom Bäcker essen müssen, bevor sie hierhergefahren war? Sie rubbelte an dem Fleck, verschmierte ihn aber nur noch mehr. So ein Mist!

Dabei hatte sie einen besonders guten Eindruck machen wollen. Wer vertraute einer jungen Frau schon die Pflege seines Mannes an, wenn diese es offenbar noch nicht einmal hinbekam, etwas zu essen, ohne sich zu bekleckern? Doch jetzt war es zu spät, etwas dagegen zu unternehmen, denn sie hatte die Haustür schon fast erreicht.

Die Gegend, in der die Vallelongas lebten, war wirklich schön. Jedes Häuschen hatte einen Garten, und die Straße war von großen alten Bäumen gesäumt. Überall blühten Blumen, und Grillgeruch lag in der Luft.

Sie selbst wohnte in einem anderen Stadtteil. Dieser war zwar nur zwanzig Minuten entfernt, wirkte hiergegen allerdings wie die Bronx. Das Ruhrgebiet, und gerade die ehemalige Zechenstadt, in der sie lebte, besaß durchaus wunderschöne und grüne Ecken, was die meisten Leute von außerhalb oft nicht glaubten. Aber ihr Stadtteil war grau, zugebaut, und dort wohnten eher die nicht so gut betuchten Menschen. Die Gegend hier war hingegen absolut idyllisch und wirkte, dem Landschaftsgemälde irgendeines berühmten Malers wie Monet entsprungen. Kurz durchzuckte sie ein Stich des Neids, als sie durch den blumenübersäten Vorgarten auf die Haustür mit den Bleiglas-Ornamenten zuging. Doch dann schüttelte sie über sich selbst den Kopf. Ja, die Vallelongas hatten wahrscheinlich keine finanziellen Probleme und lebten in einem offensichtlich teuren Haus. Aber dennoch waren sie bestimmt nicht glücklich. Denn mit Geld konnte man bekanntlich nicht alles kaufen, und Frau Vallelonga würde wahrscheinlich sofort mit ihr tauschen, wenn im Gegenzug ihr Mann wieder gesund werden würde.

Sie klingelte und sah schon wenige Augenblicke später durch das Glas, wie eine Frau den Flur herunterkam. Nervös verdeckte sie den Fleck auf ihrem Kleid mit ihrer Handtasche.

Die Tür wurde geöffnet, und Isabelle musterte die Frau vor sich neugierig. Diese war erst Anfang vierzig, sah aber einige Jahre älter aus, was wahrscheinlich dem Stress und der Sorge um ihren Mann geschuldet war. Frau Vallelonga hatte dunkle Augenringe und wirkte erschöpft und verhärmt. Doch ihr Händedruck war kräftig, als sie Isabelle begrüßte.

„Kommen Sie doch herein", sagte sie und ging durch den Flur in ein gemütlich eingerichtetes Wohnzimmer. Auf dem Couchtisch standen bereits eine Kaffeekanne, zwei Tassen und ein Teller mit Gebäck.

Frau Vallelonga bedeutete ihr, Platz zu nehmen, und schenkte ihnen beiden eine Tasse Kaffee ein.

Isabelle setzte sich auf den Sessel, der gegenüber vom Sofa stand, und bedankte sich für das Getränk.

Als sie die Tasse samt Unterteller hochnahm, zitterte ihre Hand so sehr, dass das Porzellan leise klapperte. Isabelle wurde rot. „Es tut mir leid, ich bin ziemlich nervös."

Frau Vallelonga lächelte. „Ach, das müssen Sie doch nicht sein. Wir unterhalten uns doch nur."

Bei dem Lächeln erschienen zwei kleine Grübchen in Frau Vallelongas Wangen, die sie sofort jünger und sympathisch wirken ließen.

Wir unterhalten uns nicht einfach so, das Ganze ist ein Vorstellungsgespräch. Und ich brauche diesen Job dringend, denn sonst kann ich nächsten Monat meine Miete nicht bezahlen, dachte Isabelle, kein bisschen weniger angespannt.

Sie musste diesen Job einfach kriegen.

„Wie ich ja schon am Telefon gesagt habe, braucht mein Mann rund um die Uhr Pflege. Bisher habe ich ihn tagsüber immer komplett allein gepflegt, und nachts unterstützt mich eine Schwester für ein paar Stunden. Aber es reicht einfach nicht. Ich habe es so lange versucht, wie ich konnte, denn ich will meinem Mann nicht so viele fremde Menschen zumuten. Aber ich muss ja manchmal auch einkaufen gehen oder andere Dinge erledigen. Ich komme mir so schlecht deswegen vor ..."

Isabelle schüttelte den Kopf. „Sie dürfen sich kein schlechtes Gewissen machen. Es ist ein Wunder, dass Sie das alles bisher so lange allein gemeistert haben.

Wenn es Menschen so schlecht geht wie Ihrem Mann, führt in den meisten Fällen kein Weg mehr an einem Pflegeheim vorbei, denn eine Rund-um-die-Uhr-Pflege zehrt irgendwann unweigerlich an den Kräften der Familienmitglieder", erklärte Isabelle.

„Ich könnte meinen Mann niemals in ein Pflegeheim abschieben. Wer tut denn so etwas? Wenn ich mir vorstelle, mir würde es so gehen wie Adrian, und dann wäre ich nicht in meinen eigenen vier Wänden, sondern in irgendeinem sterilen Krankenzimmer, und wildfremde Leute würden sich um mich kümmern ... Nein, das würde ich meinem Mann niemals antun. Wenn es umgekehrt wäre, wenn ich ein Pflegefall geworden wäre, dann würde Adrian dasselbe für mich tun, da bin ich mir sicher."

Isabelle betrachtete die Frau, die ganz offensichtlich mit ihren Kräften am Ende war und trotzdem nicht in Erwägung zog, ihren Mann in ein Pflegeheim zu geben, damit sie wieder ein einfacheres Leben führen konnte. Sie schien jemand zu sein, bei dem „In Krankheit und Gesundheit, in guten und in schlechten Zeiten" nicht nur eine hohle Phrase war, die man an einem seiner glücklichsten Tage im Leben leichtfertig dahinsagte. Isabelle war sich sicher, dass es immer weniger Menschen gab, die bereit waren, solche Opfer für ihren Partner zu bringen. Sie wünschte sich, dass sie eines Tages einen Mann finden würde, dessen Liebe zu ihr genauso groß wäre und ihre Liebe zu ihm ebenso. Wobei sie natürlich hoffte, dass ihr so ein Schicksal wie das der Vallelongas erspart bleiben würde.

„Welche Erfahrungen haben Sie auf diesem Gebiet?", fragte Frau Vallelonga nun.

„Ich habe eine entsprechende Ausbildung im Pflege-
bereich absolviert und danach auch in einem Pflegeheim gearbeitet", erklärte Isabelle.

„Und warum sind Sie dort nicht mehr beschäftigt,
wenn ich offen fragen darf?"

Isabelle erwiderte nicht sofort etwas, sondern überlegte sich ihre Antwort ganz genau. Sie ließ ihren Blick
durch das modern eingerichtete Wohnzimmer schwei-
fen und entdeckte eine Vitrine mit lauter DVDs. Was
die Vallelongas wohl für Filme sahen?

Sie räusperte sich und entschied sich für eine offene
und ehrliche Antwort. „Ich kam mir vor wie bei einer
Massenabfertigung. Es ging dort nicht um den einzelnen Patienten, nicht um den Menschen. Es ging nur darum, alles möglichst schnell und effizient zu erledigen.
Die Menschen dort sind verkümmert, und ich habe oft
beobachtet, dass es ihnen nach dem Einzug innerhalb
kürzester Zeit viel schlechter ging. Als hätten sie sich
aufgegeben. Ich will nicht sagen, dass jedes Pflegeheim
so ist, es gibt bestimmt auch sehr gute, denen das Wohl
der Bewohner am Herzen liegt. Aber ich habe mich dort
nie wohlgefühlt. Daher habe ich mich entschieden,
dass ich lieber nur einen Patienten pflegen will, sodass
ich diesem meine ganze Aufmerksamkeit widmen
kann. Mir ist es wichtig, dass der Patient der König ist.
Ich will mir die Zeit für ihn nehmen können, die er
braucht."

Frau Vallelonga nickte anerkennend. „Ich will offen
zu Ihnen sein: Ich war skeptisch aufgrund Ihres jungen
Alters und Ihrer so kurzen Pflegeerfahrung, aber Sie
machen einen äußerst sympathischen Eindruck. Und
was Sie gerade eben erzählt haben, ist genau das, was

ich mir für Adrian wünsche. Ich habe in den letzten Tagen schon einige Gespräche mit sehr erfahrenen älteren Pflegerinnen geführt, die auch wirklich sehr kompetent erschienen, aber die Menschlichkeit und die Wärme fehlten mir. Verstehen Sie, was ich meine?"

Isabelle nickte, denn genau mit dieser Art von Pflegepersonal war sie damals ständig aneinandergeraten. Sie hatte irgendwann daran gezweifelt, ob dieser Beruf tatsächlich der richtige für sie war. Und sich danach lieber mit Gelegenheitsjobs in Cafés, Bars und Supermärkten über Wasser gehalten. Aber dann hatte sie in der Facebook-Gruppe ihrer Stadt Frau Vallelongas Jobangebot gesehen und ihr sofort eine E-Mail geschrieben. Denn hier würde sie vielleicht endlich so arbeiten können, wie sie es sich von Anfang an vorgestellt hatte, als sie diese Ausbildung begonnen hatte. Hier könnte sie vielleicht wirklich helfen und wertvolle Arbeit leisten.

Frau Vallelonga trank ihren Kaffee aus. „Es geht natürlich auch darum, meinen Mann zu pflegen ... ihm seine Medikamente zu verabreichen, den Katheter zu wechseln, ihn richtig zu lagern ... aber ich möchte auch, dass er sich ernst genommen fühlt, als vollwertiger Mensch. Dass die Person, die ihn pflegt, mit ihm spricht, ihm vielleicht ab und zu etwas vorliest und für ihn da ist. Wäre das für Sie in Ordnung?"

„Aber natürlich. Das ist genau die Art, auf die ich arbeiten möchte. Der Patient soll sich in meiner Nähe wohlfühlen. Er soll auf keinen Fall das Gefühl haben, dass er nur ein Job ist. Mir ist es wichtig, Zeit mit der Person zu verbringen, sodass sie auch Vertrauen zu mir aufbauen kann", erwiderte Isabelle.

Frau Vallelonga musterte Isabelle eingehend. Nervös strich sie sich eine Strähne ihres langen blonden Haares hinter die Ohren und knetete ihr Kleid und wurde immer angespannter. Das tat sie immer, wenn sie aufgeregt war. Als müssten ihre Hände die aufgestaute Anspannung irgendwie loswerden.

Endlich räusperte sich die Frau ihr gegenüber. „Ich würde es sehr gern mit Ihnen versuchen. Sagen wir, erst einmal vierzehn Tage auf Probe, um zu sehen, wie Sie sich machen und wie Adrian auf Sie reagiert. Er ist es, wie gesagt, nicht gewohnt, dass jemand Fremdes den ganzen Tag über im Haus ist. Den Besuch der Nachtschwester bekommt er in der Regel gar nicht mit, denn dann schläft er, sodass es nie relevant war, ob sie gut miteinander auskommen."

Isabelle strahlte. „Vielen Dank, Frau Vallelonga. Ich freue mich riesig, dass Sie mir eine Chance geben. Ich werde mich ganz hervorragend um Ihren Mann kümmern, das können Sie mir glauben."

„Möchten Sie Adrian jetzt kennenlernen?", fragte Frau Vallelonga.

Isabelle nickte. „Ja, sehr gern."

Die Frau stand auf, ging eine Treppe hinauf und deutete auf das erste Zimmer rechts. „Das ist Adrians Zimmer. Ich habe es extra nach seinen Bedürfnissen anpassen lassen. Viele entscheiden sich ja dafür, dass ihre pflegebedürftigen Angehörigen ein Bett mitten im Wohnzimmer haben, da es die Pflege erleichtert. Aber das wollte ich Adrian nicht antun ... so mitten im Raum, wie auf einem Präsentierteller. Das würde er bestimmt als würdelos empfinden."

„Das kann ich gut nachvollziehen“, sagte Isabelle. Dabei musste man sich doch vorkommen wie ein Tier im Zoo. Sie fand es schön, dass Frau Vallelonga ihrem Mann seine Privatsphäre ließ, auch wenn das für sie unzählige Male Treppensteigen pro Tag bedeutete.

„Ich schlafe direkt in dem Raum daneben, damit ich Adrian höre, wenn er etwas braucht, und schnell bei ihm bin.“

Sie betraten jetzt das Zimmer ihres Mannes, und Isabelle sah sofort, dass Frau Vallelonga ihr Möglichstes getan hatte, damit der Raum nicht wie ein Krankenlager aussah. Die Vorhänge und die Bettwäsche waren farbenfroh und das Fenster war auf Kipp geöffnet, damit man die Vögel zwitschern hören konnte. Die Sonne durchflutete den Raum und überall standen persönliche Erinnerungsstücke. Bilderrahmen, die den Mann mit seiner Frau zeigten. Ein Hochzeitsfoto, Bilder aus Urlauben, der Mann beim Fußballspielen oder ein kleines Mädchen, wahrscheinlich die Tochter. Alle Fotos waren so ausgerichtet, dass der Mann sie die ganze Zeit über im Auge hatte.

Sie warf einen Blick auf einen Schnappschuss, der Adrian Vallelonga in einem Trikot mit einem Fußball unterm Arm zeigte. Sie versuchte, ihn mit dem Schatten eines Mannes in Einklang zu bringen, der dort im Bett lag.

Hätte sie es nicht gewusst, hätte sie nicht geglaubt, dass es sich um ein und denselben Mann handelte. Ja, die haselnussbraunen Haare und die Augen waren dieselben, aber die Person im Bett erinnerte sie an einen Greis, obwohl sie wusste, dass der Mann erst Mitte vierzig war. Er war abgemagert, leichenblass und wirkte zerbrechlich. Sein Gesicht war eingefallen und seine Augen starrten ins Leere.

Isabelle trat näher an das Bett heran und beugte sich darüber, sodass sie dem Mann ins Gesicht blicken konnte. Sie lächelte. „Guten Tag, Herr Vallelonga, mein Name ist Isabelle, aber fast alle nennen mich Izzy. Ich freue mich, Sie kennenzulernen. Ich werde mich ab sofort um Sie kümmern und Ihnen auch Gesellschaft leisten. Wir werden uns bestimmt gut verstehen."

Seine Frau trat näher und strich dem Mann liebevoll eine Haarsträhne zurück, die ihm ins Gesicht gefallen war. „Ich habe dir ja gesagt, dass ich jemanden suchen werde. Und ich glaube, Isabelle passt sehr gut zu uns. Dann habe ich endlich jemanden, der dir deine langweiligen Sportartikel aus der Zeitung vorliest, damit ich das nicht mehr machen muss", sagte sie augenzwinkernd.

Der Mann schloss langsam die Augen und öffnete sie dann wieder, woraufhin Frau Vallelonga ihm ein Lächeln schenkte.

„Das heißt Ja", erklärte sie Isabelle. „Und zweimal schließen bedeutet Nein."

Isabelle nickte, denn diese Art der Kommunikation kannte sie bereits aus dem Pflegeheim, von Personen, die geistig voll da, aber nicht in der Lage waren, verbal zu kommunizieren.

„Ich komme gleich wieder, mein Schatz. Ich bringe Isabelle nur kurz zur Tür."

Sie gingen hinunter. „Wenn Sie möchten, können Sie gern bereits morgen anfangen", sagte Frau Vallelonga, als sie Isabelle hinausbegleitete. „Wenn Sie schon um

8:00 Uhr kommen könnten, würde ich die Nachtschwester bitten, länger zu bleiben. Dann kann sie Ihnen alles erklären, was die Pflege an sich und die Medikamente und andere Dinge angeht."

„Natürlich, das ist gar kein Problem. Ich danke Ihnen noch einmal herzlich, dass Sie sich für mich entschieden haben, Frau Vallelonga."

Die Frau winkte ab. „Wenn wir uns ab jetzt jeden Tag sehen, können wir die Förmlichkeit gern lassen. Ich bin Andrea."

„In Ordnung, Andrea, dann bis morgen", sagte Isabelle und verabschiedete sich.

Kapitel 2

Als sie den Gartenweg und auch die Straße vor dem Haus verlassen hatte und außer Sichtweite des Hauses war, hüpfte sie vor Freude auf und ab und machte eine Siegerfaust.

Ein Teenager, der sich auf der anderen Straßenseite befand, warf ihr einen irritierten Blick zu.

Sie grinste ihn nur ausgelassen an. Sollte er doch denken, dass sie nicht mehr alle Tassen im Schrank hatte. Denn sie hatte endlich wieder einen vernünftigen Job, der auch noch gut bezahlt wurde. Sie fuhr mit dem Bus von Herne-Süd zurück nach Sodingen und stieg eine Haltestelle früher aus, um sich zur Feier des Tages Essen von ihrem Lieblings-Dönerladen an der Kantstraße zu holen. Leute wie die Vallelongas feierten wahrscheinlich in einem Nobelrestaurant wie der Wilden Rose und tranken dazu Champagner, aber für sie waren bei den heutigen Preisen schon zwei Döner luxuriös.

Zu Hause holte sie das gute Geschirr heraus, breitete eine weiße Tischdecke auf dem Tisch aus und legte die beiden Dönertaschen darauf. Dann nahm sie Sektgläser und füllte sie mit Cola.

Fast auf die Minute genau wurde die Tür aufgeschlossen.

Perfektes Timing, dachte sie grinsend.

Hannah betrat die Küche. Wie immer waren ihre dunkelroten lockigen Haare wild und zerzaust und ihre grünen Augen funkelten. Sie war eine echte Schönheit mit ihren Sommersprossen und der umwerfenden Figur, und sie war außerdem der warmherzigste Mensch, den man sich nur vorstellen konnte.

Sie beide waren schon seit dem Kindergarten befreundet und teilten sich mittlerweile sogar eine Wohnung.

Hannah warf einen Blick auf den festlich gedeckten Tisch und lachte schallend. Das liebte sie an Hannah. Diese hatte ein genauso lautes und dröhnendes Lachen wie sie selbst.

Ein Freund hatte ihnen mal gesagt, wenn man in einen Raum komme und die beiden lachen höre, erwarte man zwei Meter große Bauarbeiter und keine zierlichen Frauen, die einem gerade mal bis zur Brust gingen.

Hannah schmiss ihre Tasche aufs Sofa, setzte sich hin und biss genüsslich in ihre Dönertasche. Dann seufzte sie leise. „Das ist ja der gute Döner von der Kantstraße, nicht der billige aus der Innenstadt. Haben wir etwa im Lotto gewonnen?", fragte sie scherzhaft.

Isabelle grinste schief. „Nein, haben wir nicht, aber ich hab den Job gekriegt, von dem ich dir erzählt habe."

Hannah ließ den Döner fallen, sprang auf und umarmte Isabelle so stürmisch, dass diese beinahe vom Stuhl fiel. „Das ist ja der Wahnsinn. Das war doch der in Herne-Süd, der so gut bezahlt wird, oder? Du Glückspilz.“ Sie stieß ein Quietschen hervor.

„Nicht so fest, ich krieg keine Luft mehr“, rief Isabelle und lachte.

„Ja, genau der“, erwiderte Isabelle, als Hannah sich wieder gesetzt hatte. „Das Vorstellungsgespräch lief super und ich kann schon morgen anfangen. Ich muss mich nur um einen Mann kümmern, und das noch nicht mal allein, seine Frau hilft auch mit und nachts kommt außerdem eine Nachtschwester.“

„Ich bewundere dich da wirklich. Ich könnte so was nicht. Ich wüsste gar nicht, wie ich mich der Person gegenüber verhalten sollte. Und ich hätte die ganze Zeit Angst, etwas falsch zu machen. Was hat der Mann denn? Ist er bettlägerig?“

Isabelle kaute hastig und schluckte den Bissen hinunter. „Ja, er ist bettlägerig und ein Pflegefall. Was er genau hat, weiß ich noch nicht. Die Ehefrau wirkte sehr mitgenommen und hat mir nur gesagt, dass er nicht aufstehen und auch nicht sprechen kann. Ich vermute, dass es ein Schlaganfall oder etwas Ähnliches war. Wenn wir uns ein bisschen besser kennen, werde ich sie danach fragen, oder vielleicht erzählt sie es dann auch von selbst. Über so eine traumatische Erfahrung plaudert man ja nicht einfach so bei Kaffee und Kuchen. Außerdem bekomme ich morgen eine Art Einweisung von der Nachtschwester. Dann erfahre ich bestimmt auch einige medizinische Details.“

Hannah nickte. „Da hast du recht. Und sie hat ihn bis jetzt ganz allein gepflegt? Das muss einen doch irgendwann fertigmachen.“

„Ja, sie macht wohl alles ganz allein. Nur eine Nachtschwester kommt für ein paar Stunden vorbei. Sie tut mir wirklich leid. Du müsstest sie mal sehen, sie sieht aus, als ob sie vollkommen am Ende wäre. Zum einen ist da ja die körperliche Seite. Es ist wahnsinnig anstrengend, einen vollkommenen Pflegefall zu versorgen. Er muss regelmäßig gedreht werden und benötigt Flüssigkeit, Essen und Medikamente. Und du musst quasi die ganze Zeit mit einem Ohr beim Patienten sein, um zu hören, ob alles in Ordnung ist, ob er etwas braucht ... Du bekommst nachts nicht genug Schlaf und in den meisten Fällen, so wie bei Frau Vallelonga, vernachlässigen die Angehörigen sich irgendwann selbst. Sie essen und schlafen nicht genug und achten nicht mehr auf sich selbst.“

„Das kann ich mir vorstellen, so etwas ist bestimmt im wahrsten Sinne des Wortes ein Vollzeit-Job.“

„Das stimmt. Aber es ist eben nicht nur ein Job, dann wäre es zwar unfassbar anstrengend, aber es würde einem nicht so nahe gehen. Denn es ist nicht, wie in meinem Fall, irgendein Patient, sondern es ist ein Ehepartner, ein Elternteil oder manchmal sogar ein Kind, das man pflegt, und das frisst einen innerlich auf. Man versucht sein Bestes und tut alles in seiner Kraft Stehende, aber es ist einfach nicht genug. Denn egal, wie sehr man sich auch aufopfert und sein eigenes Leben aufgibt, man kann den geliebten Menschen nicht wieder gesund machen. Es ist, als würde man einen Marathon laufen, alles geben, aber das Ziel kommt einfach nicht näher. Deshalb ist ein Pflegeheim oder das Anheuern von Pflegekräften manchmal der einzige richtige Weg.“

„Also wenn ich das wäre, würde ich mich von Anfang an dafür entscheiden. Es ist doch nichts verkehrt daran, sich professionelle Hilfe zu holen. Das ist doch für alle am besten", meinte Hannah und biss wieder in ihren Döner.

„Von außen betrachtet auf jeden Fall, aber wenn die Person, um die es geht, jemand ist, den du liebst, kann man so etwas einfach nicht rational betrachten. Dann kommt es einem wie ein Verrat vor." Ihre Gedanken schweiften unwillkürlich zu den letzten Monaten ihrer Mutter zurück. Daran, wie sich ihr Vater aufgerieben hatte, weil er sie unbedingt zu Hause hatte pflegen wollen. Einerseits war es furchtbar für sie alle gewesen, zu sehen, wie ihre Mutter mehr und mehr dahingesiecht war und sie ihr nicht hatten helfen können. Und wie ihr Vater beinahe selbst krank geworden war, weil er, wie sie es gerade Hannah versucht hatte zu erklären, nicht mehr richtig hatte schlafen und essen können. Aber andererseits war ihre Mutter so am Ende im Kreis ihrer Familie gestorben und sie hatten die kostbaren letzten Monate mit ihr zusammen verbringen können.

Sie lächelte wehmütig, als sie an all die Gespräche dachte, die sie noch mit ihrer Mutter hatte führen können ... wie diese ihr Tipps fürs weitere Leben gegeben hatte, weil sie gewusst hatte, dass sie bei den weiteren Meilensteinen ihrer Tochter nicht mehr dabei sein würde. Diese Zeit hatte sie dazu gebracht, eine Pflegeausbildung absolvieren zu wollen.

Hannah schenkte ihr einen liebevollen Blick. „Du denkst an deine Mutter, oder?"

Isabelle nickte, traute sich aber nicht, zu antworten, weil sie einen Kloß im Hals bekam. Mühsam löste sie die Finger von ihrem Kleid, das sie schon wieder knetete, und nahm stattdessen einen großen Schluck Cola. Ihre Mutter war schon so lange tot, aber dennoch verkrampfte sich ihr Herz immer noch vor Trauer, wenn sie an sie dachte.

Hannah, die genau wusste, was gerade in ihr vorging, erzählte ihr eine lustige Geschichte über ihren neuesten Typen, den sie bei Tinder kennengelernt hatte. Und tatsächlich schaffte sie es, Isabelle von ihren traurigen Gedanken abzulenken. Eigentlich waren sie beide erst Ende zwanzig, aber Isabelle kam sich bei diesen Dingen immer uralt vor. Sie verabscheute all diese Dating-Apps und war der Meinung, dass man dort nur absolut schräge Typen kennenlernte. Und Hannahs Erzählungen bestärkten sie jedes Mal in ihrer Meinung. Auch wenn ihre beste Freundin ihr prophezeite, irgendwann als alte Jungfer zu sterben. Aber als sie von dem fünfunddreißigjährigen Kerl hörte, den Hannah gestern Abend gedatet hatte, der noch bei seiner Mutter wohnte und in Weltallbettwäsche in seinem Kinderzimmer schlief, fragte sie sich, ob eine alte Jungfer zu sein, wirklich die schlechtere Wahl wäre.

Sie setzte da lieber auf die altmodische Art, sich zu verlieben. Isabelle war der festen Überzeugung, dass der Richtige irgendwo dort draußen war und dass er ihr eines Tages über den Weg lief.

Auch wenn sie sich natürlich manchmal einsam vorkam und sich fragte, ob der Traum von Mr. Right vielleicht wirklich nur das war … ein Traum. Ob sie zu anspruchsvoll war und zu hohe Maßstäbe setzte.

Wäre sie vielleicht mehr auf der Suche, wenn sie jeden Tag in eine leere Wohnung zurückkehren würde?

Nachdem sie den Döner aufgegessen hatten, zauberte Hannah noch ganz hinten aus dem Gefrierschrank, hinter all dem Tiefkühlgemüse, einen Becher Strawberry-Cheesecake-Eis hervor, das sie für eine besondere Gelegenheit dort versteckt hatte. Während sie sich den Becher teilten, schwelgten sie weiterhin in ihren furchtbaren Date-Desastern und kamen aus dem Lachen nicht mehr heraus.

Hannah schlug vor, noch auszugehen, um ihre Jobanstellung ausgiebig zu feiern, aber genau aus diesem Grunde sagte Isabelle ab, denn sie wollte auf keinen Fall verkatert zu ihrem ersten Arbeitstag erscheinen.

„Dir ist schon klar, dass du mich damit schutzlos weiteren katastrophalen Anmachen aussetzt, wenn du mich allein losziehen lässt, oder?", erwiderte Hannah grinsend, während sie sich durch ihre wilden Locken fuhr und versuchte, sie zu bändigen. „Beschwer dich also nicht, wenn du dir morgen die nächste abenteuerliche Date-Geschichte anhören musst." Mit diesen Worten verschwand sie in ihrem Zimmer, um sich umzuziehen.

Isabelle sah ihr lachend hinterher und hatte das Gefühl, dass gerade alles in ihrem Leben anfing, perfekt zu laufen.

Kapitel 3

Isabelle
Jetzt

Sie war schon um 6:00 Uhr aufgestanden, um sich ganz in Ruhe fertigzumachen. Irgendwann um zwei Uhr morgens war sie kurz aufgewacht, hatte zuerst die Haustür gehört und dann hatte sich Hannah in der Küche offenbar noch einen verspäteten Mitternachtssnack zubereitet. Es war also eine weise Entscheidung gewesen, ihre Einladung abzulehnen. Denn entweder hätte sie nur ein paar Stunden Schlaf bekommen oder hätte durchmachen müssen. Stattdessen war sie schon um 7:00 Uhr, also eine Stunde zu früh, in Herne-Süd. Sie ging zu dem kleinen Supermarkt dort und holte sich vorne an der Bäckerei einen Milchkaffee und ein Schokocroissant. Dieses Mal passte sie auf, dass sie sich nicht bekleckerte. Sie war extrem aufgeregt, denn das war das erste Mal, dass sie sich eigenverantwortlich um einen Patienten kümmerte. Im Pflegeheim waren ja immer viele andere Pflegekräfte dagewesen, die sie im Notfall etwas fragen konnte oder die ihr helfen konnten. Sie könnte natürlich auch Frau Vallelonga ... Andrea ... um Hilfe bitten, aber das wollte sie nur im äußersten Notfall tun. Denn sie wollte schließlich einen kompetenten Eindruck vermitteln. Es war unglaublich wichtig, dass sie diesen Job behielt, denn der Vermieter hatte die Miete erhöht und selbst zu zweit war es schwer, die und alle anderen anfallenden Kosten zu stemmen. Und als sie die letzten zwei Monate keinen Job gefunden hatte, war sie ganz schön ins Schwitzen gekommen. Trotz der finanziellen Ebbe in ihrer Kasse ging sie, nachdem sie aufgegessen hatte, noch einmal in die Bäckerei hinein und kaufte auch einen Kaffee für Andrea. Da sie nicht wusste, wie sie ihn trank, entschied sie sich für einen klassischen schwarzen. Dann könnte Andrea je nach Wunsch noch Milch oder Zucker hinzufügen.

Anschließend machte sie sich auf den Weg zu dem Haus der Vallelongas. Sie war zwar immer noch ein bisschen zu früh, aber sie hoffte, dass dies eher einen positiven Eindruck vermittelte. Zu früh war immer besser als zu spät.

Es dauerte nur einen kurzen Augenblick, bis ihr die Tür geöffnet wurde.

„Ah, da bist du ja schon. Komm rein“, sagte Andrea.

„Ich hab dir einen Kaffee mitgebracht“, entgegnete Isabelle und streckte Andrea den Becher entgegen.

Die Frau strahlte und erneut erschienen die wunderschönen Grübchen, die sie schon beim ersten Besuch bemerkt hatte. Insgeheim hatte sie sich auch immer welche gewünscht. Sie hatte sogar schon mal diese Metallteile aus China in den Warenkorb gelegt, mit denen man sich bei regelmäßiger Anwendung angeblich selbst Grübchen zaubern konnte. Aber dann hatte sie darüber nachgedacht, wie sehr sich Hannah darüber lustig machen würde, wenn sie diese abends stundenlang trug, und sie schnell wieder gelöscht.

„Das ist unheimlich lieb von dir. Den kann ich sehr gut gebrauchen, denn ich bin noch gar nicht zum Kaffeekochen gekommen. Adrian hatte eine schlechte Nacht." Sie trank einen großen Schluck Kaffee und schloss die Augen. „Oh mein Gott, tut das gut. Vielen lieben Dank."

„Hab ich gern gemacht", antwortete Isabelle. „Kann ich meine Tasche irgendwo hinstellen?"

„Natürlich. Leg sie einfach auf den Dielenschrank. Die Nachtschwester, Bernadette, ist oben bei Adrian. Ich würde vorschlagen, wir gehen direkt hoch, dann können wir dir alles erklären."

Isabelle nickte und folgte Andrea die Treppe hinauf und in Adrians Zimmer.

Die Nachtschwester sah genauso aus, wie man sie sich klischeehaft vorstellte. Bestimmt schon Mitte fünfzig, rundlich und so, als ob mit ihr nicht gut Kirschen zu essen wäre. Jemand, der immer alles streng nach Vorschrift machte und für den Arbeit niemals mit Spaß verbunden sein durfte. Selbst ihre Mundwinkel hingen nach unten, sodass sie einen permanenten sauertöpfischen Ausdruck zur Schau trug. Vielleicht wurde man so, wenn man zu lange in diesem Job arbeitete. Sie wusste, dass es nicht gut war, das Schicksal der Patienten zu nahe an sich heranzulassen und eine zu enge Bindung aufzubauen. Aber sie wollte dennoch ihren Patienten das Gefühl geben, wichtig zu sein ... nicht nur ein Job, den sie erledigen musste. Sie konnte sich gar nicht ausmalen, was für ein Gefühl es sein musste, plötzlich absolut bewegungsunfähig zu sein, gerade wenn man so im Leben gestanden hatte und noch jung war wie Adrian. Das Gefühl zu haben, nur noch eine

Last und Bürde zu sein, und jegliche Privatsphäre verloren zu haben. Dass jemand Fremdes einen wusch, anzog, fütterte und bei Toilettengängen oder beim Katheterwechsel half.

Sie stellte sich Schwester Bernadette vor und ging dann, wie gestern, zum Bett und begrüßte auch Adrian freundlich.

Er schloss kurz die Augen und öffnete sie wieder, wahrscheinlich seine Art, Hallo zu sagen.

In der nächsten Stunde erklärten Andrea und Bernadette ihr die wichtigsten Dinge. Sie zeigten ihr den kleinen Medikamentenschrank in der Ecke und die Liste, auf der genau notiert war, wann Adrian welche Tabletten nehmen musste.

Isabelle erschrak kurz, als sie die unzähligen Medikamentenfläschchen sah. Warum brauchte Adrian so viele verschiedene Arzneimittel? So etwas hatte sie bisher noch nie erlebt. Dann musste er wirklich sehr, sehr krank sein. Außerdem gab es Pläne zum Wenden, damit er sich nicht wund lag, und Informationen, welche Art von Physio Adrian bekam.

Isabelle fragte, ob auch eine Physiotherapeutin komme, um mit Adrian zu trainieren, und Andrea bedeutete ihr unauffällig, zur Tür zu kommen.

„Nein, es kommt niemand", flüsterte sie. „Adrians Zustand ist nicht regenerierbar, eine Physiotherapie wäre äußerst schmerzhaft und würde keinen Erfolg erzielen. Adrian wird dieses Bett nicht mehr verlassen. Ich denke, er ahnt es, aber wir sprechen trotzdem nicht offen darüber. Die Übungen, die wir täglich mit ihm machen, helfen, damit seine Muskeln nicht komplett verkümmern, aber mehr ..." Sie verstummte und schluckte schwer.

Isabelle sah sie mitfühlend an. Sie konnte sich vorstellen, wie schlimm der Gedanke daran sein musste, dass ihr ganzes restliches Eheleben sich in diesem kleinen Zimmer abspielen würde. Dass sie nie wieder mit ihrem Mann Hand in Hand spazieren gehen, etwas zusammen kochen oder abends in seinen Armen einschlafen könnte. Wenn man alt und vierzig oder fünfzig Jahre verheiratet war, rechnete man wahrscheinlich damit, dass der Partner krank werden könnte oder sogar gepflegt werden musste, aber doch nicht in so jungen Jahren.

Sie betrachtete die dunklen Augenringe und die Fältchen, die sich ins Gesicht der Frau gegraben hatten, und fragte sich, was die beiden wohl vorher für ein Leben geführt hatten. Waren sie glücklich gewesen, oder hatten sie schon begonnen, sich auseinanderzuleben?

Sie gingen zurück zur Nachtschwester, die Isabelle einen Ordner mit den wichtigsten Informationen überreichte und sie barsch, beinahe herrisch, anwies, diesen genauestens zu studieren. Dann verabschiedete sie sich und verließ das Zimmer.

Isabelle blickte ihr stirnrunzelnd hinterher.

„Ich weiß, sie wirkt wie frisch der Bundeswehr entsprungen, aber sie ist wirklich äußerst kompetent und kümmert sich sehr gut um Adrian ... und dadurch, dass sie nur nachts kommt, sehen wir uns ja auch nicht besonders viel. Sie kann von mir aus gern ruppig sein, Hauptsache, sie gibt ihr Bestes für Adrian."

„Das verstehe ich natürlich", erwiderte sie.

„Was aber nicht heißt, dass ich mich nicht über nette Gesellschaft freue, mit der ich mal einen Kaffee trinken und ein bisschen plaudern kann. Ich komme ja nicht mehr raus, um mich mit Freundinnen zu treffen oder mal bummeln zu gehen."

Isabelle schenkte ihr ein warmes Lächeln. „Das können wir gerne tun, das würde mich auch freuen." Sie nickte in Richtung des Ordners. „Ich werde jetzt erst mal den Ordner durcharbeiten, um mir alles genau anzuschauen. Oder gibt es irgendetwas, was ich zuerst erledigen soll?"

Andrea schüttelte den Kopf, wobei ihre Ponyfransen hin und her schwangen. „Nein, im Moment ist alles erledigt. Ich habe Adrian bereits gewaschen und angekleidet und er hat gefrühstückt und seine Medikamente genommen."

„Wie weiß ich, ob Adrian etwas benötigt?", fragte Isabelle.

„Er kann zwar nicht sprechen und sich so gut wie gar nicht bewegen, aber die Funktion seiner Finger ist noch intakt. Er hat einen Rufknopf, den er betätigen kann, wenn er etwas braucht oder etwas nicht in Ordnung ist."

Sie zeigte auf einen länglichen Klingelknopf, wie er auch in Krankenhäusern und Pflegeheimen zu finden war. Als sie darauf drückte, erklangen zwei Klingeltöne, einer laut, der andere kaum zu hören. „Ich habe einen Empfänger in meinem Schlafzimmer und einer steht in der Küche, so kann ich Adrian immer hören", erklärte Andrea.

Sie ging jetzt hinunter, um das Mittagessen vorzubereiten, und Isabelle setzte sich auf einen Stuhl am Fenster und studierte den Inhalt des Ordners. Zwischendurch machte sie immer wieder kurze Pausen, um mit Adrian zu sprechen, damit er sie besser kennenlernte und sich wohl in ihrer Nähe fühlte. Sie erzählte ihm, wie das Wetter war, oder ging auf den Inhalt des Ordners ein.

Nach anderthalb Stunden hatte sie den Ordner so gut wie durchgearbeitet und war erleichtert, dass darin nichts stand, was sie überforderte. Es waren alles Dinge, die sie auch schon aus ihrer Zeit im Pflegeheim oder aus ihrer Ausbildung kannte. Sie wollte sich gerade in den letzten Abschnitt des Ordners vertiefen, als Andrea sie von unten rief. Sie sagte Adrian, dass sie kurz runtergehen würde, und legte den Ordner auf seinen Nachttisch.

Als sie unten ankam, zog ein wunderbarer Geruch durch den Flur.

„Ich habe uns Lasagne gemacht", sagte Andrea lächelnd.

„Das ist doch nicht nötig, ich kann mir etwas vom Bäcker an der Ecke holen", erwiderte Isabelle abwehrend.

„Auf gar keinen Fall. Ich habe früher so gern gekocht, aber seit Adrian ... Für mich allein zu kochen, macht einfach keinen Spaß, verstehst du?"

Isabelle nickte verständnisvoll. „Wird Adrian per Magensonde ernährt? Ich habe diesbezüglich gar nichts im Ordner gelesen."

„Nein, er kann zum Glück schlucken, aber dadurch, dass er nicht richtig sitzen kann, verschluckt er sich leicht. Daher bekommt er pürierte Kost oder Flüssignahrung. Ich kann natürlich auch ein Drei-Sterne-Menü für Adrian pürieren, aber es ist einfach nicht dasselbe, als wenn man es schön an einem Tisch serviert und beim Essen miteinander redet. Deshalb hoffe ich, dass du mir die Freude machst, mittags mit mir zu essen, Isabelle."

„Erstens: Nenn mich ruhig Izzy, Isabelle klingt immer so steif, finde ich. Und zweitens: Das mache ich natürlich sehr gern. Ich wollte dir nur keine Umstände bereiten."

Andrea schüttelte den Kopf, während sie die Auflaufform aus dem Ofen holte, wobei wieder ihre Ponyfransen durcheinandergerieten. Isabelle fragte sich unwillkürlich, ob Andrea diese, wenn sie rausging, mit Haarspray bändigte. Sie selbst hatte sich schon ganz oft einen Pony schneiden lassen wollen, aber genau davor Bedenken. Ein kleiner Windstoß und die ganze Frisur war vollkommen im Eimer.

„Ganz im Gegenteil. Du machst mir wirklich eine Freude damit. Ich habe mir in letzter Zeit eigentlich nur noch Fertigmahlzeiten warm gemacht oder einfach ein Sandwich oben bei Adrian gegessen. Weißt du ... ich liebe meinen Mann von ganzem Herzen, aber manchmal fehlt mir einfach jemand, mit dem ich reden kann. Jemand, der mir auch eine Antwort gibt. Ich weiß, das klingt selbstsüchtig. Ich sollte froh sein, dass Adrian noch lebt."

„Das ist doch nicht selbstsüchtig. Seit dein Mann krank ist, opferst du dich für ihn auf. Du pflegst ihn zu Hause und bist praktisch vierundzwanzig Stunden am Tag für ihn da. Es ist doch vollkommen normal, dass du mal jemanden zum Reden brauchst oder auch mal Zeit für dich. Es ist unheimlich wichtig, dass du ab und zu deine Batterien auflädst, und wenn du nur einen Wellnesstag machst, ins Kino gehst oder dich mit Freundinnen triffst."

Andrea hatte jeweils ein Stück Lasagne auf zwei Teller gegeben und stellte einen davon vor Isabelle ab, bevor sie sich ihr gegenübersetzte.

Sie verzog das Gesicht. „Am Anfang, als das mit Adrian gerade erst passiert war, riefen meine Freundinnen regelmäßig an, brachten Essen vorbei oder fragten, was sie tun könnten, um mir zu helfen. Als sie merkten, dass Adrians Zustand ernst war und sich nicht nur ein paar Monate hinzog, ließ das Interesse immer mehr nach. Mich als Freundin zu haben, ist eben nicht besonders spaßig. Ich kann nicht mal eben alles stehen und liegen lassen und spontan mit ihnen in eine Bar oder ein Restaurant gehen, und ich bin nicht mehr die lustige, unbekümmerte Andrea, die ich mal war."

„Wenn sie dich in so einer Situation fallen gelassen haben, dann waren sie nie richtige Freundinnen. So ein Verhalten ist absolut schäbig", erwiderte Isabelle empört. „Gerade in schweren Zeiten sollten Freunde doch für einen da sein."

Unwillkürlich musste sie an Hannah denken. Diese war immer ihr Fels in der Brandung gewesen, gerade in der schlimmsten Zeit ihres Lebens. Als ihre Mutter krank geworden war, hatte sich Hannah, obwohl sie beide Teenager waren, absolut rührend um Isabelle gekümmert. Sie war ständig zu ihr nach Hause gekommen, mit Süßigkeiten, Chips oder heißer Schokolade, und dann hatten sie sich zusammen ins Bett gesetzt und stundenlang Filme oder Serien gestreamt. Wenn sie keinen Bissen herunterbekommen hatte, hatte Hannah ihre Lieblingspizza bestellt und dafür gesorgt, dass sie aß. Sie hatte ihr lustige Geschichten erzählt, um sie aufzumuntern, und als es dem Ende entgegenging, hatte Hannah sie einfach nur still im Arm gehalten, während sie sich die Seele aus dem Leib geweint hatte. So sollten wirkliche Freundinnen reagieren. Sie sollten bedingungslos für einen da sein, wenn man sie braucht.

Es war vergleichbar mit einer Ehe. In guten und in schlechten Zeiten galt für eine Freundschaft ganz genauso wie für eine Partnerschaft. Deswegen fand sie es immer wunderschön, wenn ein Ehemann oder eine Ehefrau sagte, dass sein oder ihr Partner zugleich auch ihr bester Freund war.

Sie sah Andreas nachdenkliches und ernstes Gesicht, deshalb schob sie sich schnell einen Bissen Lasagne in den Mund. „Wow, die schmeckt ja absolut fantastisch. Du bist wirklich eine tolle Köchin. Du musst mir unbedingt das Rezept geben.“

Ihre Reaktion hatte den gewünschten Erfolg. Andrea strahlte und bedankte sich ausgiebig. Es war auch nicht gelogen, es schmeckte wirklich wunderbar. Sie und Hannah schauten zwar wahnsinnig gerne Kochshows und verpassten nichts, bei dem Gordon Ramsay auftrat und Köche niedermachte, aber ihre eigenen Kochkünste hielten sich doch sehr in Grenzen. Sie hatten sogar schon überlegt, zusammen einen Kochkurs zu besuchen. Wobei Hannah natürlich direkt darüber spekuliert hatte, dass man dort doch dann auch vielleicht schnuckelige Typen kennenlernen konnte, die gern kochten. Eine Quid-pro-quo-Situation sozusagen.

Isabelle betrachtete Andrea intensiv. In diesem Moment sah Andrea wie verwandelt aus und Isabelle konnte erahnen, was für eine Frau sie vor diesem Schicksalsschlag gewesen war.

Als sie aufgegessen hatten, bereitete Andrea das Essen für Adrian zu.

Dann gingen sie gemeinsam hinauf. Heute würde Andrea ihn noch einmal füttern, damit Isabelle sich das Ganze anschauen konnte. Andrea stellte das Kopfteil des Bettes etwas höher, nahm mehrere Kissen und stopfte sie hinter Adrians Rücken, sodass dessen Oberkörper möglichst hoch lag. Dann zog sie sich den Stuhl heran und fütterte Adrian langsam. Immer wieder legte sie Pausen ein, damit er in Ruhe schlucken konnte. Sie freute sich für Adrian, dass er zu allem Übel nicht auch noch künstlich ernährt werden musste, wobei die pürierte Kost oder die Flüssignahrung wahrscheinlich auch kein richtiger Genuss waren.

Als Adrian fertig war, tupfte Andrea ihm den Mund ab und wandte sich dann an Isabelle. „Nach dem Essen bleibt Adrian immer noch eine halbe oder eine ganze Stunde so erhöht sitzen. Wir haben festgestellt, dass er Magenprobleme bekommt, wenn er sofort wieder liegt. Durch die ganzen Medikamente hat er sowieso schon genug am Magen."

Das war leider eine der häufigsten Nebenwirkungen bei regelmäßiger Einnahme starker Tabletten. Und dann gab man weitere Tabletten, um die Probleme der vorherigen Tabletten abzuschwächen. Ein Teufelskreis.

Unten ertönte jetzt die Türklingel. „Ich bin gleich wieder da", sagte Andrea und eilte hinunter.

Isabelle setzte sich auf den frei gewordenen Stuhl. Nachdem Andrea nach zehn Minuten immer noch nicht wieder da war, fing sie an, ein bisschen mit Adrian zu plaudern. Sie musste Andrea bald fragen, wofür Adrian sich früher interessiert hatte, sodass sie sich auf diesen Gebieten ein bisschen schlaumachen konnte, um ihm etwas Interessantes erzählen zu können.

Adrian wandte jetzt langsam den Kopf und starrte etwas auf dem Nachttisch hinter ihr an.

Sie drehte sich um und sah ein Foto von Andrea, das darauf stand. „Möchten Sie das Foto haben?", fragte sie und griff bereits danach, doch Adrian schüttelte langsam den Kopf. Diese Bewegung schien ihm unglaublich große Mühe zu bereiten. Sie wusste nicht, ob es an seiner Bewegungsfähigkeit lag oder ob ihm vielleicht schwindelig war.

Er starrte weiterhin auf das Bild, winkelte gleichzeitig das Handgelenk an und streckte zitternd den Finger, der den Rufknopf bediente, in seine Richtung.

Zum ersten Mal fühlte Isabelle sich hilflos und überfordert. Sie wünschte sich so sehr, dass Adrian sprechen könnte. Er wollte ihr ganz offensichtlich etwas mitteilen und sie verstand ihn nicht. Wahrscheinlich hatten Andrea und er im Laufe der Zeit ein System entwickelt, sodass sie ihn auch ohne Worte verstand, aber so etwas dauerte nun mal.

Adrians Gesicht wurde ganz rot, während er versuchte, ihr etwas zu sagen.

„Andrea …“ Sie runzelte die Stirn und ahmte seine Lippenbewegungen nach. „… und Sie …“ Sie grübelte darüber nach, was er ihr bloß sagen wollte.

Dann verstand sie es endlich. „Sie wollen, dass Andrea wiederkommt!“ Sie sprang auf. „Einen Moment, ich hole sie schnell.“

Sie eilte die Treppe hinunter und sah, dass Andrea gerade die Tür schloss.

„Ist irgendetwas? Geht es Adrian nicht gut?“, fragte sie sofort panisch, als sie Isabelle sah.

„Nein, nein, alles in Ordnung“, erwiderte Isabelle hastig. „Adrian will dich nur sehen. Wahrscheinlich hat er sich Sorgen gemacht, weil du nicht wiedergekommen bist. Er hat die ganze Zeit auf dein Bild gestarrt, aber ich habe eine Weile gebraucht, bis ich verstanden habe, was er mir damit sagen wollte. Es tut mir leid.“

Andrea kam zur Treppe. „Mach dir bitte keine Gedanken“, sagte sie, während sie zu Adrian zurückgingen. „Woher sollst du das denn wissen? Ich habe auch eine ganze Weile gebraucht, bis ich mich ohne Worte mit Adrian verständigen konnte und selbst heute gibt es noch Situationen, in denen ich manchmal nicht weiß, was er mir versucht zu sagen. Das Ganze ist nicht einfach. Aber du bekommst den Dreh raus, da bin ich mir sicher.“

Als sie das Zimmer betraten und Adrian Andrea erblickte, schloss er langsam die Augen.

Sie ging zu ihm und strich ihm übers Gesicht. „Ich glaube, Adrian möchte jetzt ein bisschen schlafen. Das Sitzen strengt ihn immer sehr an.“

Sie ging zu dem Medikamentenschrank hinüber, nahm eine Tablette aus einem der zahlreichen Fläschchen und schob sie ihrem Mann in den Mund. Dann schüttete sie Wasser in ein bereitstehendes Glas mit einem Strohhalm auf dem Nachttisch und steckte diesen in Adrians Mund. Sie wartete, bis er die Tablette geschluckt hatte, dann entfernte sie die Kissen und ließ das Kopfteil herunter, bis Adrian wieder flach lag. Bevor sie ging, vergewisserte sie sich, dass das Kissen unter Adrians Kopf richtig lag, damit er es bequem hatte, und zog die Vorhänge zu, wodurch das Zimmer in ein dämmeriges Zwielicht getaucht wurde.

Als sie wieder unten waren, erklärte Andrea ihr, dass es manchmal nötig war, Adrian ein Schlaf- oder Beruhigungsmittel zu verabreichen, da es immer wieder Phasen gab, in denen er sich aufregte, zum Beispiel weil jemand nicht verstand, was er ihm mitteilen wollte und ihn dies frustrierte. Seit er ans Bett gefesselt war, litt er allerdings unter extrem hohem Blutdruck.

„Deshalb muss ich ihm manchmal etwas zur Beruhigung geben, damit der Blutdruck wieder sinkt. Wobei ich das gern vermeiden möchte, denn er muss ja schon genug Tabletten nehmen. Aber die Alternative wäre ein weiterer Schlaganfall und das will ich natürlich um jeden Preis verhindern. Denn der Arzt hat sehr deutlich gemacht, dass ein weiterer tödlich ausgehen würde." Andrea verstummte und kämpfte mit den Tränen.

Endlich erfuhr Isabelle etwas über Adrians Erkrankung. Sie beschloss, die Gelegenheit zu nutzen.

„Adrian hatte also einen Schlaganfall? In dem Alter? War er erblich vorbelastet?", fragte sie.

Sie setzten sich an den Tisch und Andrea schenkte ihnen eine Tasse Kaffee ein.

„Ja, es war ein Schlaganfall, und zwar ein sehr schwerer. Doch er kam komplett unvorhergesehen. Adrian war nicht übergewichtig, hatte keinen hohen Blutdruck und war fitter als ich. Er ist jeden Morgen joggen gegangen, hat nicht geraucht und auch nicht übermäßig getrunken. Ich will nicht sagen, dass es dann weniger schlimm gewesen wäre, aber dann wäre es nicht so aus dem Nichts gekommen, weißt du, was ich meine?"

Isabelle nickte. Wenn ein geliebter Mensch krank wurde, war es niemals einfach, aber wenn es etwas Schleichendes war oder etwas, mit dem man aufgrund von Vorerkrankungen oder Ähnlichem rechnete, hatte man wenigstens Zeit, sich darauf vorzubereiten.

Andrea trank einen Schluck Kaffee und seufzte leise. „Es war ein ganz normaler Wochentag. Ich war gerade unterwegs, um einzukaufen. Ich weiß noch ganz genau, dass ich mitten im Supermarkt stand und gerade die Arme voll hatte, weil ich gedacht hatte, dass ich keinen Einkaufswagen bräuchte. Als mein Handy klingelte, wollte ich es zuerst einfach ignorieren. Ich könnte ja später noch zurückrufen, dachte ich. Doch wir warteten auf eine Möbellieferung ... Wir hatten uns eine neue Couch bestellt ... und sie wollten anrufen, wenn sie den Liefertermin hätten. Also habe ich das Handy umständlich aus der Tasche gezogen. Auf dem Display war die Nummer des Büros zu sehen, in dem mein Mann arbeitete. Auch da machte ich mir noch keine Gedanken. Doch als ich ranging und es nicht Adrian war, sondern Herr Michaelsen, sein Chef, wusste ich sofort, dass irgendetwas nicht in Ordnung ist. Ich hatte ihn erst ein paar Mal auf irgendwelchen Weihnachtsfeiern oder Sommerfesten gesehen und er hatte in all den Jahren noch nie bei uns angerufen, geschweige denn auf meinem Handy. Mein Herz raste sofort, als er mir erklärte, dass Adrian auf der Arbeit zusammengebrochen sei. Sie hatten sofort den Notarzt gerufen und der Krankenwagen hatte ihn ins Marienhospital gebracht. Ich fragte ihn, was Adrian hätte, aber der Chef wusste es nicht. Er sei einfach so in sich zusammengesackt und nicht mehr ansprechbar gewesen.

Ich stand gerade in der Nähe der Tiefkühltruhen und ließ all meine Einkäufe einfach darauf fallen und rannte hinaus. Die Leute schrien mir hinterher, aber das war mir vollkommen egal. Draußen rief ich ein Taxi und wurde fast wahnsinnig. Es kam mir vor wie eine Ewigkeit, obwohl der Wagen schon nach zehn Minuten ankam, aber mir kam es vor wie Stunden. Als ich das Krankenhaus erreichte, war Adrian bereits in der Notaufnahme. Ich wollte unbedingt dort rein, aber die Schwester wies mich an, im Wartezimmer Platz zu nehmen. Es waren die schlimmsten drei Stunden meines Lebens. Nicht zu wissen, wie es Adrian ging ... ob es etwas vollkommen Harmloses wie eine Ohnmacht aufgrund von niedrigem Blutdruck war oder etwas Lebensbedrohliches. Ich konnte den Gedanken nicht ertragen, dass Adrian hinter dieser Glastür vielleicht gerade um sein Leben kämpfte, aber ich nicht dort sein durfte, um seine Hand zu halten und ihm beizustehen.

Nach einer Ewigkeit kam endlich ein Arzt und informierte mich. Er teilte mir mit, dass Adrian einen schweren Schlaganfall erlitten habe, und sagte mir, dass dies in seinem Alter äußerst ungewöhnlich sei. Er fragte, genau wie du, ob schon andere Mitglieder aus Adrians Familie einen Schlaganfall erlitten hätten, ob er rauche oder andere Risikofaktoren habe. Aber das war alles nicht der Fall. Dann erkundigte er sich nach Medikamenten, weil es wohl welche gab, die das Schlaganfallrisiko erhöhten, aber Adrian führte wie gesagt ein sehr gesundes Leben. Mal ab und zu eine Kopfschmerztablette oder Ähnliches, aber das war es auch schon. Der Arzt erklärte mir daraufhin, dass es auch Dinge wie ein winziges Loch im Herzen geben konnte, die jahrzehntelang unentdeckt blieben, bis plötzlich ein Schlaganfall oder Herzinfarkt auftrat. Deshalb würden sie jetzt alle möglichen Untersuchungen machen, um herauszufinden, was der Auslöser gewesen war ..."

„Was haben sie denn herausgefunden? Er ist ja eigentlich noch zu jung für einen Schlaganfall", fragte sie nachdenklich.

„Nichts!", erwiderte Andrea.

„Wie nichts? Es muss doch einen Grund gegeben haben."

Sie schüttelte den Kopf. „In den folgenden Tagen haben sie Adrian komplett auf den Kopf gestellt, aber sie haben nichts gefunden. Sein Herz war in Ordnung, die Arterien nicht verkalkt ... Er war vollkommen gesund ... bis auf die Tatsache, dass er fast gestorben wäre. Sie sprachen von einem medizinischen Rätsel und sagten, dass dies wohl manchmal vorkomme, genau wie Menschen, die wegen einer Kleinigkeit operiert werden und dann einfach nicht mehr aufwachen. Aber ich muss zugeben, dass mir der Grund damals auch gar nicht so wichtig war. Dafür habe ich mir viel zu große Sorgen um Adrian gemacht. Sobald sie mich zu ihm gelassen haben, habe ich den ganzen Tag an seinem Bett verbracht, auch wenn er die meiste Zeit über geschlafen hat. Er sollte wissen, dass ich da war. Und sobald er stabil war, habe ich ihn mit nach Hause genommen, weil ich mir sicher war, dass er sich hier viel wohler fühlt und sich besser erholt." Sie seufzte leise und drehte die Kaffeetasse in ihrer Hand hin und her, während sie sich unwillkürlich den Pony aus dem Gesicht pustete. „Leider war das nicht der Fall. Der Schlaganfall war einfach zu schwer. Es gab nur minimale Besserungen, sodass er mit Mühe seinen Kopf und seine Hände bewegen kann, aber das war es auch schon. Die Ärzte haben etwas von Schäden gesagt, die irgendetwas mit irr... sind."

Isabelle nickte mitfühlend. „Irreversibel. Das bedeutet, dass es nicht mehr rückgängig zu machen ist. Wenn der Schlaganfall nicht zu verheerend ist, können mit Physiotherapie oft gute Erfolge erzielt werden. Und die Patienten erlangen viele, wenn nicht sogar all ihre motorischen Fähigkeiten und ihre Sprache zurück. Aber wenn Areale im Gehirn erst einmal zerstört sind, kann man diese nicht mehr zurückbringen", erklärte Isabelle.

Andrea erzählte ihr daraufhin von den ersten schweren Wochen und Monaten, in denen sie immer noch gehofft habe, dass Adrian wie durch ein Wunder wieder gesund werden würde. Dass alles nur eine Fehldiagnose gewesen sei, und von ihrer Hilflosigkeit und der Wut darüber. Doch irgendwann habe sie es dann akzeptiert und beschlossen, all ihre Kraft und Liebe in Adrians Pflege zu stecken.

Isabelle hatte dieses Phänomen in ihrer Ausbildung gelernt und damals bei der Krankheit ihrer Mutter auch selbst am eigenen Körper erfahren. Die fünf Phasen der Trauer: Leugnen, Zorn, Verhandeln, Depression und schließlich Akzeptanz. Genau das war es, was Andrea seit dem Schlaganfall ihres Mannes durchlebt hatte, und niemand, der es nicht selbst erlebt hatte, konnte sich wirklich in diese Lage hineinversetzen.

Als sie abends nach Hause ging, hatte sie das Gefühl, sich Andrea schon viel verbundener zu fühlen. Das Gespräch hatte ihr geholfen, sie besser kennenzulernen, und sie war froh, dass Andrea offenbar schon so viel Vertrauen zu ihr gefasst hatte, dass sie ihr so viel Persönliches erzählt hatte. Sie hoffte auch, dass sie mit der Zeit auch mehr über deren vorheriges Leben erfuhr, sodass sie es auch schaffte, eine Bindung mit Adrian aufzubauen. Es war wichtig, dass er sich im Umgang mit ihr wohlfühlte und Vertrauen zu ihr hatte. Heute war er ja scheinbar nervös geworden und hatte sich unwohl gefühlt, als sie mit ihm allein gewesen war. Schließlich würde Andrea nicht immer in der Nähe sein. Es ging ja darum, dass Andrea durch Isabelles Anwesenheit imstande war, auch mal ein paar Stunden das Haus zu verlassen.

Kapitel 4

Isabelle
Jetzt

Sie war jetzt schon zwei Wochen bei den Vallelongas und es hatte sich bereits ein fester Rhythmus bei ihnen eingespielt. Statt in der Bäckerei an der Ecke zu frühstücken, kaufte sie nun Brötchen oder Croissants und sie frühstückte zusammen mit Andrea, wenn sie Adrian versorgt hatte. Während Andrea Kaffee kochte, wusch sie Adrian und verabreichte ihm seine Morgenmedikamente.

Auch wenn sie Bernadette nicht besonders mochte, hatte diese ein wirklich ausgeklügeltes Tablettensystem für Laien wie Andrea entwickelt. Der Plan, der an der Wand hing, war nicht voller komplizierter Tablettennamen, sondern schlicht nach Farben geordnet. Morgens bekam Adrian zweimal Blau, einmal Grün, eine halbe Gelbe und so weiter.

Anstatt Etiketten hatten die Flaschen große farbige Aufkleber. Sie zollte Bernadette innerlich Respekt dafür. Für Familienangehörige, die keine medizinische Ausbildung hatten, waren die langen komplizierten Tablettennamen bestimmt äußerst verwirrend und schwer zu merken. Und das konnte leicht zu gefährlichen Verwechslungen führen. Das Farbsystem hingegen war so einfach, dass es sogar Kinder anwenden könnten.

Nichtsdestotrotz wollte sie aber gern wissen, was genau Adrian verabreicht bekam, daher würde sie Bernadette bei Gelegenheit nach einer genauen Liste der Präparate fragen.

Sie nahm einen kleinen Plastikbecher, die in einem Stapel auf dem Schrank standen, und gab die morgendlichen Tabletten hinein. Dann schenkte sie ein Glas Wasser ein und trug beides zu Adrian hinüber. Sie stellte das Glas ab, beugte sich zu ihm hinunter und hob behutsam seinen Kopf an, damit er die Tabletten besser schlucken konnte. Anschließend setzte sie ihm den Becher an die Lippen, aber er presste diese fest zusammen.

Die allgemeine Pflegeroutine klappte schon sehr gut, aber mit der Medikamentengabe hatte sie immer noch so ihre Schwierigkeiten. Bei Andrea nahm er sie ohne Probleme, aber bei ihr weigerte er sich immer. Er und Andrea waren natürlich ein eingespieltes Team. Wahrscheinlich machte sie irgendeine Kleinigkeit falsch, aber sie wusste einfach nicht, was. Sie versuchte, alles genau so zu machen, wie es Andrea tat.

„Bitte, Adrian, nimm deine Medikamente. Ich möchte Andrea nicht extra rufen müssen", sagte sie und streckte ihm auffordernd das Medikament entgegen.

Doch er starrte sie mit großen Augen an und plötzlich schloss sich seine Hand fest um ihr Handgelenk, mit dem sie sich auf dem Bett abgestützt hatte.

„Adrian, was ist los?", fragte sie alarmiert, als er immer fester zudrückte. „Adrian, au, das tut weh. Lass los!"

Doch sein Griff war so fest wie ein Schraubstock. Sie hatte nicht gewusst, dass er so viel Kraft in der Hand hatte. Mit weit aufgerissenen Augen starrte er sie an und sein Mund öffnete sich. Seine Halsmuskeln und Venen traten wie dicke Stränge hervor, als ob er mit aller Kraft versuchte, etwas zu sagen. Sie wusste, dass er ihr keine Angst machen wollte, aber das tat er … und zwar unfassbar. Es war wie eine Szene in einem Horrorfilm. Sie riss sich los und wandte hastig den Blick ab. Vielleicht hatte er einen Muskelkrampf bekommen oder er regte sich wieder auf, weil er ihr nicht verständlich machen konnte, wie er die Tabletten gern nehmen wollte. Was es auch war, nach einigen Augenblicken war es wieder vorbei. Sein Körper erschlaffte und er starrte unfokussiert an die Decke. Ohne Probleme konnte sie ihm jetzt die Tabletten in den Mund schieben und er schluckte sie mit dem Wasser, das sie ihm danach an die Lippen setzte.

Als sie zum Frühstück hinunterging, war ihr immer noch ein wenig mulmig zumute. Es war beängstigend gewesen, wie Adrian sie angestarrt und ihr Handgelenk umklammert hatte. Morgen würde sie bestimmt einen blauen Fleck dort haben.

Aber sie erzählte Andrea nichts davon, sie wollte ihr einen kompetenten Eindruck vermitteln, denn sie durfte diesen Job auf keinen Fall wieder verlieren. Die Bezahlung war sehr gut und zum ersten Mal seit langer Zeit hatte sie das Gefühl, etwas Gutes und Sinnvolles zu tun. Etwas, das von Bedeutung war … wenn sie alles richtig machte, könnte sie Adrian und Andrea wirklich helfen und ihnen das Leben erleichtern. Genau das war ihr Traum gewesen, als sie beschlossen hatte, diesen Berufsweg einzuschlagen. Sie wollte den Patienten das Gefühl geben, wichtig zu sein und gehört zu werden, selbst wenn sie nicht mehr in der Lage waren, zu sprechen oder sich zu bewegen.

Den Rest des Tages über kümmerte sie sich zusammen mit Andrea um Adrian, und zwischendurch sprachen sie über Gott und die Welt.

Heute übernahm sie das Füttern, während Andrea unten die Küche aufräumte. Ironischerweise war es nicht Adrian, der sich bekleckerte, sondern sie. Mitten während des Fütterns rutschte ihr der Löffel aus der Hand und fiel mit einem lauten Platschen in den Suppenteller. Tomatensuppe spritzte ihr auf die Hände, auf das natürlich weiße Oberteil und sogar ins Gesicht.

Sie stellte den Teller auf den Nachttisch. „Entschuldige, Adrian, ich bin ein Tollpatsch. Ich muss das schnell auswaschen, denn sonst gehen die Flecken nicht mehr raus. Aber ich bin gleich wieder da.“

Sie erhob sich und trat auf den Flur hinaus. Suchend sah sie sich um, während sie das Shirt mit spitzen Fingern von ihrer Haut weghielt, da die Tomatensuppe wirklich heiß gewesen war. Hier oben war doch bestimmt auch ein Badezimmer. Direkt hinter Adrians Zimmer befand sich Andreas Schlafzimmer, das wusste sie noch vom ersten Tag, also musste es eins der beiden Zimmer auf der linken Seite sein. Sie ging zur ersten Tür und wollte sie öffnen, aber sie ging nicht auf. Sie drückte die Türklinke fester hinunter, weil sie dachte, dass diese vielleicht klemmte, aber es tat sich nichts.

Das war merkwürdig. Warum schloss Andrea eine der Türen ab? Normalerweise war jeder Bereich in diesem Haus für sie frei zugänglich und sie hatte Andrea auch nie einen Anlass gegeben, ihr nicht zu vertrauen. Sie probierte es noch ein paar Mal, aber die Tür bewegte sich nicht. Sie runzelte die Stirn und fragte sich, was wohl dahinter verborgen lag. Aber wenn sie noch länger hier herumstand, würde Andrea sie irgendwann hier entdecken, also ging sie zur nächsten Tür, hinter der tatsächlich ein weiteres Badezimmer lag. Sie wusch sich zuerst die Hände und das Gesicht, dann griff sie nach einem Handtuch, machte es nass und versuchte, die Flecken herauszurubbeln. Doch sie machte es dadurch nur noch schlimmer. Die Flecken wurden immer größer. Das war zum einen ärgerlich, weil das Oberteil noch relativ neu war, zum anderen aber deshalb, weil es Hochsommer war, was bedeutete, dass sie die Flecken auf dem Heimweg nicht mit einer Jacke kaschieren konnte.

„Izzy, bist du hier irgendwo?“, erklang plötzlich Andreas Stimme.

„Im Badezimmer“, rief Isabelle und erklärte Andrea, als diese hereinkam, was passiert war.

„Oh, das tut mir leid. Gerade Tomatenflecken gehen schlecht raus. Komm mal mit.“

Andrea verließ das Badezimmer und Isabelle folgte ihr. Adrians Frau betrat ihr Zimmer, das dem Doppelbett nach zu urteilen wahrscheinlich einst das gemeinsame Schlafzimmer der beiden gewesen war.

Andrea ging zu einem der Kleiderschränke, öffnete ihn und stöberte eine Weile darin herum. Dann zog sie ein schwarzes weites T-Shirt heraus. „Ist bestimmt nicht dein Stil, aber ich dachte, ist wahrscheinlich trotzdem besser als das, was du jetzt anhast für den Rückweg. Ich geh Adrian zu Ende füttern, dann kannst du dich umziehen. Lass das Shirt einfach hier liegen. Ich wollte heute Nachmittag sowieso Wäsche waschen, dann gebe ich es dazu und du kannst es morgen wieder mitnehmen."

„Danke, das ist superlieb von dir", erwiderte Isabelle.

Andrea ging aus dem Raum und schloss die Tür hinter sich.

Sie verstand das Ganze nicht. Ein Schlafzimmer war wahrscheinlich der privateste Raum in einem Haus und Andrea ließ sie, ohne zu zögern, darin allein, aber ein anderes Zimmer verschloss sie vor ihr. Das ergab doch überhaupt keinen Sinn. Sie wechselte schnell das T-Shirt und ging dann zurück in Adrians Zimmer.

Als sie abends mit Hannah auf dem Sofa saß, ließ ihr das Thema immer noch keine Ruhe und sie erzählte ihrer Freundin davon.

„Vielleicht ist Adrian ein Christian Grey", sagte ihre Freundin und lachte schallend.

„Der Mann ist komplett gelähmt", rief Isabelle entsetzt.

„Aber doch nicht immer schon", erwiderte ihre Freundin und zog vielsagend die Augenbrauen hoch. „Das würde letztendlich erklären, warum das Zimmer abgeschlossen ist. So etwas zeigt man ja nicht mal seinen besten Freunden."

Isabelle sah ihre Freundin nachdenklich an. Der Gedanke war durchaus nicht von der Hand zu weisen, aber nein ... Dafür war Andrea nicht der Typ. Andererseits war das Schubladendenken. Man konnte den Leuten ihre Vorlieben ja nicht am Gesicht ablesen. Und außerdem hatte Andrea ihr selbst erzählt, dass sie vor Adrians Schlaganfall ein ganz anderer Mensch gewesen war.

„Du bist schuld, wenn ich morgen an so etwas denken muss, wenn ich Andrea sehe", sagte Isabelle und lachte.

„Du solltest auf jeden Fall versuchen, reinzukommen. Ich wäre viel zu neugierig, was sich dahinter verbirgt. Vielleicht ist Andrea auch eine Serienkillerin und versteckt dort ihre Fässer mit den Opfern wie Jeffrey Dahmer." Hannah warf ihr einen gruseligen Blick zu.

„Keine Thriller-Romane und Serienkiller-Dokus mehr für dich in nächster Zeit." Isabelle versetzte Hannah einen freundschaftlichen Schubser.

„Aber du hast recht, ich bin unglaublich neugierig, was sich hinter dieser verschlossenen Tür verbirgt. Doch stell dir vor, Andrea erwischt mich dabei, wie ich versuche, die Tür aufzukriegen ... Dann bin ich meinen Job schneller wieder los, als ich gucken kann."

„Da hast du auch wieder recht", erwiderte Hannah und sie hakten das Thema ab und schauten sich gemeinsam einen Rom-Com-Film an.

Der nächste Arbeitstag verlief ohne besondere Ereignisse und Isabelle hatte das Gefühl, dass Andrea ihr mehr und mehr vertraute. Sie überließ ihr immer mehr Aufgaben, die sie vorher stets lieber selbst erledigt hatte, und kündigte auch an, ab nächster Woche öfter mal einkaufen zu fahren oder andere Dinge zu erledigen. Wahrscheinlich hatte sie ihr bewiesen, dass Adrian bei ihr in guten Händen war. Und sie machte diesen Job auch wirklich gern. Sie wünschte sich nur, sie würde besser mit Adrian kommunizieren können. Sie merkte, dass dieser frustriert war, weil er ihr immer wieder etwas mitteilen wollte, und sie ihn nicht verstand. Aber so etwas ging nun mal nicht über Nacht, das war ihr schon klar. Je besser sie sich kennenlernten, desto besser würde sie ihn auch verstehen können. Sie beschloss, im Internet zu recherchieren und sich vielleicht auch ganz altmodisch aus der Bücherei Literatur zu diesem Thema auszuleihen. Vielleicht fand sie Tipps, die ihr halfen. Adrian war schließlich nicht der einzige Patient, der nicht in der Lage war zu kommunizieren. Aber auch so war sie sich sicher, dass sie einen Weg finden würde, um mit Adrian sprechen zu können. Auch das Füttern und die Medikamentengabe waren heute ganz entspannt verlaufen. Vielleicht lag es an Andreas Anwesenheit, dass er sich wohler gefühlt hatte. Sie hatten miteinander geplaudert und dabei hatte sie Adrian versorgt. Andrea hatte ihr einiges von ihrem Mann erzählt. Dass er in einem Fußballverein gespielt hatte und allgemein sehr sportlich gewesen war. Am Wochenende schaltete sie für Adrian immer den Fernseher ein, damit dieser die Bundesliga schauen konnte. Isabelle hatte nicht die geringste Ahnung von Fußball, aber sie nahm sich vor, auch zu diesem Thema zu recherchieren und sich News aufs Handy schicken zu lassen, damit sie Adrian beim Pflegen und Versorgen interessante Dinge erzählen konnte, die ihn auch wirklich interessierten.

Als sie am späten Nachmittag Feierabend machte, hatte sie das Gefühl, auf einem wirklich guten Weg zu sein, und das machte sie glücklich.

Sie ging den Gartenweg entlang, schloss das Törchen hinter sich und wollte sich gerade auf den Weg zur Bushaltestelle machen.

„Sind Sie gerade aus dem Haus der Vallelongas gekommen? Wie geht es Andrea?", fragte eine ältere Dame, die zwei Häuser neben den Vallelongas wohnte und gerade in ihrem Garten Unkraut zupfte.

Isabelle sah sie skeptisch an. Warum fragte sie ihre Nachbarin nicht selbst? Diese überneugierigen Rentner, die am offenen Fenster oder in ihren Gärten herumlungerten und denen niemals etwas entging, waren wahrscheinlich ein Phänomen, das es nur in Deutschland gab. Sie beschloss, freundlich, aber distanziert zu bleiben. „Ja, ich komme gerade von dort. Andrea geht es gut."

Die alte Dame legte ihre Gartenharke beiseite und wischte sich über die verschwitzte Stirn, wobei ihr großer Sonnenhut verrutschte. „Das freut mich unglaublich. Sie sind so eine nette Familie, die haben so ein Leid nicht verdient. Ich hätte sie ja selbst gefragt, aber sie scheint das Haus gar nicht mehr zu verlassen, und ich wollte nicht einfach dort schellen. So etwas wirkt ja schnell aufdringlich. Gerade, wenn man so eine schwere Zeit durchmacht." Die alte Dame lächelte sie freundlich an.

Okay, vielleicht hatte sie doch zu vorschnell geurteilt. Die Frau schien ehrlich besorgt zu sein und nicht einfach nur neugierig und sensationsheischend. Vielleicht hatten sie sich früher zu Gartenpartys oder Ähnlichem getroffen.

„Es geht ihr wirklich gut. Ich bin jetzt dort, um sie bei der Pflege zu unterstützen, sodass sie auch mal wieder das Haus verlassen kann, um einkaufen zu gehen oder auch mal etwas für sich zu machen."

Die Frau stand langsam auf, stützte sich am Gartenzaun ab und wischte sich die Erde von den Knien. „Es ist wirklich ein Jammer. Erst ihre Mutter und dann ihr Mann."

Isabelle schaute sie verständnislos an. „Was ist denn mit Andreas Mutter? Ist sie vor Kurzem gestorben?"

Die alte Dame nickte. „Ja, vor einem Jahr, aber das meinte ich damit nicht. Obwohl das natürlich auch ein schwerer Schlag für Andrea war, denn die beiden haben sich offenbar sehr nahegestanden. Ich meinte damit, dass sie in der Vergangenheit schon ihre Mutter gepflegt hat. Tag und Nacht ist sie für sie da gewesen und hat sie hierhergeholt, als diese sich nicht mehr selbst versorgen konnte. Als sie dann gestorben ist, war Andrea natürlich in tiefer Trauer. Ihr Vater war bereits gestorben, als sie noch ein kleines Mädchen war. Nach einem Dreivierteljahr schien es Andrea langsam wieder besser zu gehen und es wirkte so, als ob sie wieder neuen Lebensmut fassen würde. Ich dachte, sie ist ja noch jung und jetzt können Adrian und sie ihr Leben wieder anfangen zu genießen. In den Urlaub fahren, abends in ein Restaurant gehen, das war ja alles nicht möglich, solange sie sich um ihre Mutter gekümmert hatte. Und dann bekommt ihr Mann auf einmal einen Schlaganfall und sie ist wieder ans Haus gefesselt."

Isabelle starrte die alte Dame an. „Das ist ja schrecklich. Davon hat mir Andrea bisher gar nichts erzählt.“

„Ich kann mir vorstellen, dass es ihr schwerfällt, darüber zu sprechen. Ich bewundere sie dafür, wie sie das alles meistert. Mich hätte man garantiert ins Irrenhaus einliefern können. Wenn ich mir vorstelle, ich müsste mein komplettes Leben aufgeben und Vollzeit Krankenschwester ohne Bezahlung sein, und dann ist das Ganze nach einer Ewigkeit vorbei … ich schmiede Pläne, was ich jetzt alles tun werde, und dann geht der ganze Wahnsinn wieder von vorne los? Und das in ihrem jungen Alter … Ich wäre hundertprozentig durchgedreht. Und auch wenn ich meinen Mann geliebt habe – er ist vor zehn Jahren gestorben –, weiß ich nicht, ob ich mich nicht für ein Pflegeheim entschieden hätte. Sie denken wahrscheinlich, ich wäre eine schreckliche Person …“

„Nein, überhaupt nicht. Ich bin wie gesagt vom Fach und daher weiß ich, wie aufreibend und kräftezehrend so etwas sein kann. Auch für die zu pflegende Person ist es manchmal besser, wenn sich professionelle Leute um sie kümmern. Denn diese kennen sich im medizinischen Bereich nun einmal besser aus und manchmal haben die Patienten auch das Gefühl, ihren Angehörigen zur Last zu fallen, und fühlen sich nicht wohl dabei.“

„Manchmal fragt man sich, was sich das Schicksal bei so etwas denkt. Adrian war so ein lieber und netter junger Mann. Wie kann so jemand einen Schlaganfall bekommen? Mein Walter war achtzig, als er seinen bekommen hat. Es ist wirklich furchtbar ungerecht, finden Sie nicht auch?“

Isabelle nickte zustimmend.

„Es tut mir leid, Schätzchen, aber ich muss jetzt reingehen. In meinem Alter verträgt man die Sonne nicht mehr so. Aber Sie können gerne mal auf ein Tässchen Kaffee vor oder nach der Arbeit bei mir vorbeikommen. Ich freue mich immer über Gesellschaft."

„Das mache ich gern. Ich wünsche Ihnen noch einen schönen Tag", sagte Isabelle und verabschiedete sich von der alten Dame.

Sie nahm sich vor, demnächst wirklich noch einmal dort vorbeizugehen. Denn so konnte sie weitere Informationen über Andrea und Adrian bekommen, ohne Andrea dabei zu nahezutreten oder schmerzhafte Erinnerungen in ihr zu wecken. Es war furchtbar, was sie in den letzten Jahren alles durchgemacht hatte. Umso mehr bewunderte Isabelle deren Entschluss, Adrian zu Hause zu pflegen. Sie hätte auch sagen können, ich habe meinen Teil an Pflege für Familienmitglieder bereits erfüllt. Daraus hätte ihr wirklich keiner einen Vorwurf machen können. Die arme Frau. Sie beschloss, sie in Zukunft noch mehr dazu zu ermutigen, auch mal etwas für sich zu tun … Shoppen, einen Wellnesstag oder irgendetwas anderes, wo es mal nur um sie ging. Das hatte sich Andrea wirklich mehr als verdient.

Kapitel 5

Andrea
Zwei Jahre zuvor

„Andrea! Wo bleibst du denn? Andreaaa!"

„Ich komme ja schon", rief Andrea entnervt. „Ich muss nur eben das Essen vom Herd nehmen."

Sie seufzte leise und wischte sich über die verschwitzte Stirn, an der ihr Pony unangenehm festklebte. Es war gerade erst Mittag und sie war schon vollkommen erschöpft. Es kam ihr so vor, als würde sie unentwegt zwanzig Sachen gleichzeitig erledigen müssen, und das nun schon seit Monaten.

Zum gefühlt hundertsten Male an diesem Tag eilte sie die Treppenstufen hinauf und ging in Margaretes Zimmer, das sich direkt als Erstes oben auf der rechten Seite des Flurs befand.

„Was ist los, Mutter?", fragte sie und bemühte sich darum, sich nicht anmerken zu lassen, wie gestresst und gereizt sie war. Ihre Mutter konnte schließlich nichts dafür, dass sie krank war.

„Ich habe Durst!", sagte die alte Frau.

„Das Wasser steht doch direkt neben dir auf dem Nachttisch." Sie ging hinüber zu dem Krug und wollte ihrer Mutter etwas einschütten.

Die alte Dame schüttelte den Kopf. „Ich möchte etwas mit Geschmack. Eine Limonade oder einen schönen kalten Orangensaft."

„Eigentlich sollst du wegen deines Zuckers ..." Sie sah das enttäuschte Gesicht ihrer Mutter und Mitgefühl überkam sie. „Ach, weißt du was, ein Glas Limonade wird schon gehen. Warte, ich hole sie dir."

Ihre Mutter lächelte. „Danke, Liebling. Du bist ein Schatz."

„Das mache ich doch gern", erwiderte Andrea und ging wieder nach unten. Eigentlich sollte ihre Mutter wegen ihrer Diabetes-Erkrankung keine stark zuckerhaltigen Getränke zu sich nehmen, aber sie verstand sie schon. Immer nur Wasser zu trinken, hing einem im wahrsten Sinne des Wortes irgendwann zum Hals raus. Und sie hatte es ja auch so schon schwer genug. Je älter sie wurde, umso mehr Krankheiten kamen bei ihr hinzu und sie wurde immer schwächer und gebrechlicher. Es war schon einige Zeit absehbar gewesen, denn ihre Mutter hatte sich immer schlechter selbst versorgen können, dass die Zeit für ein Pflegeheim gekommen war, aber ihre Mutter hatte sich mit Händen und Füßen dagegen gewehrt. Sie war noch vollkommen fit im Kopf und war der Meinung, dass sie in einem Pflegeheim zugrunde gehen würde. Andrea hatte versucht, ihr zu erklären, dass diese Heime sich im Laufe der letzten Jahrzehnte komplett verändert hätten und dass es mittlerweile wunderschöne Seniorenresidenzen gab. Betreutes Wohnen, bei dem man seine volle Privatsphäre behielt, oder Pflegeheime, die ein unglaublich vielfältiges Freizeitangebot besaßen und Kurse zu unzähligen Themen anboten. Sie hatten sich einige wirklich schöne Einrichtungen angesehen, aber ihre Mutter hatte vehement alles abgeblockt. Doch dann war der Tag gekommen, dass sie nicht mehr allein leben konnte. Schon seit einiger Zeit musste sie sich mit einem Rollator oder mit einem Stock fortbewegen, aber selbst das war mühsam geworden und nachdem sie zweimal in ihrer Wohnung gestürzt war, hatte Andrea mit Adrian gesprochen und sie hatten entschieden, ihre Mutter zu sich zu holen. Sie würde in das kleine Gästezimmer im oberen Stock ziehen und Andrea würde sich um sie kümmern.

Mittlerweile war ein halbes Jahr vergangen und ihre Mutter konnte das Bett gar nicht mehr verlassen. Davor hatte sie wenigstens noch zu den Mahlzeiten herunterkommen können oder sie hatten zusammen im Garten sitzen können. Jetzt musste sie neben Haushalt und Kocherei den ganzen Tag rauf- und runterrennen und ihre Mutter komplett pflegen. Aber sie wollte sich nicht beschweren, schließlich hatte ihre Mutter sich in den ersten Jahren ihres Lebens auch rund um die Uhr um sie gekümmert. Da war es doch selbstverständlich, dass sie jetzt für ihre Mutter da war. Aber kräftezehrend war es dennoch. Auch für Adrian war das Ganze nicht einfach. Zum einen hatte sie aufgrund der Pflege ihren Job aufgeben müssen, was bedeutete, dass Adrian jetzt andauernd Überstunden machen musste, um das fehlende Gehalt auszugleichen, und zum anderen war es für ihn bestimmt auch nicht so schön, seine Schwiegermutter dauerhaft im Haus zu haben.

Andrea wusste, dass so etwas die Ehe belasten konnte, aber was blieb ihr für eine andere Möglichkeit, wenn ihre Mutter partout nicht ins Pflegeheim wollte?

Sie konnte sie ja nicht zwingen, und allein wohnen konnte sie definitiv nicht mehr, denn ihr Zustand wurde, so kam es ihr zumindest vor, von Woche zu Woche schlechter. Andrea wusste, dass ältere Menschen irgendwann anfingen, immer mehr abzubauen, dass es oft aber auch eine Frage des Willens war. Sie hatte das Gefühl, dass sich ihre Mutter aufgegeben hatte, seit sie bei ihr wohnte und sie wusste, dass sich jemand rund um die Uhr um sie kümmerte. Sie versuchte gar nicht mehr, das Bett zu verlassen, und wurde dadurch immer schwächer. Anfangs hatte sie ihr noch beim Kochen oder Abwasch geholfen und sich zwar langsam, aber selbstständig bewegen können. Sie hatte sich selbst gewaschen, angezogen und war allein auf die Toilette gegangen. Doch dann war es ihr immer schlechter gegangen. Ihre Mutter klagte über ständigen Schwindel, Kopfschmerzen und das Laufen war ihr schwerer und schwerer gefallen, sodass sie jetzt nur noch im Bett lag. Was natürlich dazu führte, dass ihre Muskeln verkümmerten.

Sie brachte ihrer Mutter das Glas Sprite und teilte ihr mit, dass das Essen in zwanzig Minuten fertig sein würde.

„Oh, das ist schön. Ich habe auch schon Hunger. Was gibt es denn Schönes?", fragte ihre Mutter.

„Linseneintopf", erwiderte Andrea. Sie war eigentlich kein Fan von Linsen- oder Erbseneintöpfen und Adrian genauso wenig, aber ihre Mutter aß sie immer gern, deshalb hatte sie ihn heute extra gekocht. Sie hatte in den letzten Monaten bewusst viele der typischen Rezepte ihrer Mutter nachgekocht, damit sich diese bei ihnen heimisch fühlte.

„Oh, bei der Wärme? Warum denn so etwas Schweres? Könntest du mir vielleicht stattdessen lieber einen Strammen Max machen?"

Andrea starrte sie fassungslos an. „Aber ich habe den Eintopf extra für dich gemacht. Ich stehe seit drei Stunden in der Küche, weil ich weiß, dass du ihn gern isst."

„Aber doch nicht bei der Hitze, Schatz. Da hätte ich gern was Leichteres. Oder macht es zu viele Umstände?"

Andrea biss die Zähne zusammen, schluckte das, was sie am liebsten sagen wollte, hinunter und atmete tief ein und aus. „Nein, kein Problem. Ich geh schnell runter und mach dir einen."

„Vielen Dank, Schatz, das ist lieb." Ihre Mutter trank einen Schluck Limonade und lehnte sich zurück.

Stöhnend lief Andrea die Treppenstufen hinunter und riss den Topf wütend von der Herdplatte. Dann ließ sie sich erschöpft auf einen Stuhl sinken und vergrub das Gesicht in den Händen. Sie fühlte sich so unendlich müde und hatte einfach keine Kraft mehr. Sie hatte das Gefühl, dass jeder Tag dem anderen glich und nur noch aus Stress und Arbeit bestand. Und sie musste die ganze Zeit über eine Maske tragen und lächeln, denn ihre Mutter sollte natürlich nicht wissen, was für eine Belastung sie für sie war. Sie konnte schließlich nichts dafür. Aber Andrea hatte das Gefühl, als würde jeden einzelnen Tag ein Stück Lebenskraft aus ihr herausgesaugt werden ... Und irgendwann würde nichts mehr von ihr übrig sein.

Als Adrian von der Arbeit nach Hause kam, hatte sie gefühlt schon drei komplette Arbeitstage hinter sich. Ihre Füße taten weh vom ganzen Treppenlaufen und ihre Mutter hatte sie so sehr auf Trab gehalten, dass sie mit dem übrigen Haushalt komplett im Verzug war.

Und natürlich glitt Adrians Blick direkt, nachdem er die Küche betreten und sie begrüßt hatte, zum Spülbecken hinüber, wo noch das ganze benutzte Geschirr vom Mittagessen stand. Den Rest ließ er unkommentiert, aber sein Blick reichte vollkommen aus. „Hi, Schatz. Ich habe einen Bärenhunger. Was gibt's zu essen?"

Andrea erhob sich leise stöhnend vom Stuhl und presste sich die Hand auf den schmerzenden Rücken. „Linseneintopf. Warte, ich mach ihn dir warm."

„Schon wieder Linsen? Du weißt doch, dass ich die nicht mag." Adrian seufzte genervt. „Warum kannst du nicht mal wieder was Vernünftiges kochen, wie ein Steak oder Schnitzel?"

„Weil Mutter das nicht beißen kann", erwiderte Andrea.

„Ja und? Ich muss schließlich auch andauernd ihre komischen Eintöpfe essen, dann muss sie sich auch mal anpassen. Oder du kochst für sie was anderes."

Andrea schloss die Augen. Sie war viel zu erschöpft für diese ständigen Diskussionen. „Ich habe nicht die Zeit und Kraft, jeden Tag für euch beide getrennte Mahlzeiten zu kochen."

Adrian schnaubte verächtlich. „Warum denn nicht? Du arbeitest nicht mehr und bist den ganzen Tag zu Hause, da sollte dir mehr als genug Zeit bleiben ... auch für den Haushalt." Er blickte wieder abwertend auf das ungespülte Geschirr.

„Ich ..." Ich habe keine Kraft mehr. Ich kann das alles nicht mehr. Ich brauche Hilfe.

Das war eigentlich das, was sie sagen wollte, während sie sich wieder wie ein Häufchen Elend auf den Stuhl sinken ließ und in sich zusammensackte. Doch stattdessen schwieg sie. Wie so oft in letzter Zeit.

Kapitel 6

Isabelle
Jetzt

„Ich würde dann jetzt einkaufen gehen, wenn das in Ordnung für dich ist", sagte Andrea.

„Ja, natürlich, mach nur. Lass dir ruhig Zeit und trink noch irgendwo einen Kaffee oder iss einen Eisbecher. Ich hab hier alles im Griff und wenn ich Fragen habe, kann ich dich ja auf dem Handy anrufen", sagte Isabelle.

„Ich weiß nicht ...", sagte Andrea zögerlich, während sie ihre Handtasche nahm und ihr Handy und ihre Schlüssel einsteckte.

„Ich aber", sagte Isabelle grinsend. „Komm schon, du gönnst dir nie etwas. Du sollst ja nicht den ganzen Tag weggehen. Gönn dir einfach mal eine halbe Stunde nur für dich und setz dich irgendwo in ein Café oder eine Eisdiele. Adrian ist versorgt und hat schon gegessen, er wird wahrscheinlich gleich sowieso schlafen."

Andrea schenkte ihr ein dankbares Lächeln. „In Ordnung. Aber wenn irgendetwas ist, musst du mich wirklich anrufen, dann komme ich sofort zurück."

„Versprochen." Isabelle fing an, Ordnung in der Küche zu machen. „Und jetzt geh schon."

„Danke, Izzy. Ich wüsste nicht, was ich ohne dich tun sollte", sagte Andrea und winkte ihr zu, als sie das Haus verließ.

Isabelle spülte noch schnell das Geschirr vom Mittagessen und trocknete es ab, dann ging sie hinauf in Adrians Zimmer.

Ganz leise schlich sie hinein, um ihn nicht zu wecken, falls er schlief. Doch er drehte den Kopf und sah sie mit einem klaren Blick an.

„Hi, Adrian. Andrea ist eben einkaufen gefahren. Was hältst du davon, wenn ich dir etwas vorlese? Soll ich den Thriller weiterlesen, den ich letztes Mal angefangen habe?"

Adrian machte große Augen und nickte mehrmals leicht. Er verfolgte sie genau mit seinem Blick, als sie das Buch aus der Nachttischschublade nahm. Sie schlug es auf und legte das Stück Papier, das als Lesezeichen diente, auf den Nachttisch.

Adrian sah sie erwartungsvoll an. Sie grinste. „Ich freue mich, dass wir weiterlesen, denn ich fand die Geschichte auch unheimlich spannend." Sie räusperte sich. „Soll ich anfangen?" Doch Adrian hatte den Blick von ihr abgewandt und schaute auf den Nachttisch zu seinem Glas. „Du hast Durst, natürlich, kein Problem." Sie nahm die Flasche Wasser und goss ihm ein Glas ein. Dann hob sie sanft seinen Kopf an und steckte ihm den Strohhalm in den Mund, damit er trinken konnte. Sie war froh, dass sie ihn mittlerweile immer besser verstand. Ein Blick oder eine Geste von ihm reichten oft aus, damit sie wusste, was er wollte.

Nachdem er getrunken hatte, las sie ihm vor.

Sie hatte übrigens nicht gelogen. Das Lesen machte ihr wirklich Spaß, denn sie selbst las auch gern und Adrian hatte einen guten Büchergeschmack. Von diesem speziellen Autor hatte sie selbst schon einige Thriller gelesen.

Als sie unten die Tür hörte, schaute sie überrascht auf. Warum war Andrea denn so schnell wieder zurück? Sie warf einen Blick auf die Wanduhr, die gegenüber von Adrians Bett hing, und stellte überrascht fest, dass sie zwei Stunden am Stück gelesen hatte. Die Handlung war so spannend gewesen, dass es ihr nicht mal halb so lange vorgekommen war.

Sie nahm das Lesezeichen vom Nachttisch, steckte es ins Buch zurück und legte den Thriller wieder in die Nachttischschublade.

„Ich gehe mal runter, Andrea ist wieder da und braucht bestimmt Hilfe beim Auspacken und Abendbrot machen", sagte sie.

Sie blickte Adrian an und stellte erschrocken fest, dass er weinte.

„Adrian, was ist los?" Aber er konnte es ihr natürlich nicht sagen. An dem Inhalt des Buchs konnte es nicht liegen, es war ein Thriller gewesen, nichts Trauriges. Oder verband er mit dem Buch irgendwelche traurigen Erinnerungen, von denen sie nichts wusste? „Bist du traurig, weil ich aufgehört habe zu lesen? Ich kann dir gern noch ein bisschen weiter vorlesen, bevor ich nachher nach Hause gehe. Das mache ich gern."

Adrian schüttelte den Kopf. Nein, er ist nicht traurig ... oder nein, ich soll nicht weiterlesen? Vorhin hatte sie noch gedacht, wie gut sie ihn inzwischen verstand, aber manchmal reichte ein Nicken oder Kopfschütteln einfach nicht aus. Doch sie sollte sich nicht beklagen, schließlich war es für Adrian tausendfach schlimmer. Wie frustrierend musste es sein, wenn man so viel zu sagen hatte und es nicht mehr konnte? Er hatte vor seinem Schlaganfall in einem Büro gearbeitet und den ganzen Tag mit Kunden geredet, Zoom-Calls geführt oder Präsentationen gehalten. Er hatte den ganzen Tag geredet, ohne sich darüber Gedanken gemacht zu haben, und dann hatte er sich von einem Tag auf den anderen plötzlich nur noch mit zwei winzigen Gesten verständlich machen können. Sie musste unwillkürlich an den Film denken, in dem Eddie Murphy einen erfolgreichen Geschäftsmann gespielt hatte, der jedem alles aufschwatzte, und dann eines Tages erfuhr, dass er nur noch tausend Wörter in seinem Leben übrig hatte. Dadurch war jedes Wort irgendwann unglaublich kostbar geworden und er hatte ganz genau überlegt, was er von nun an sagte. Sie hatte den Film irgendwann mal zusammen mit Hannah gesehen, während sie wahrscheinlich Chips geknabbert oder Eis gegessen hatten. Ein lustiger, unterhaltsamer Film ... Doch für Adrian war er wahr geworden. Was war wohl das Letzte gewesen, was Adrian gesagt hatte, und was hätte er gesagt, wenn er gewusst hätte, dass es die letzten Worte waren, die er jemals sprechen würde? Hätte er Andrea angerufen und ihr gesagt, dass er sie liebte? Das hätte sie gemacht, wenn sie einen Partner hätte, den sie von Herzen liebte.

Kapitel 7

Adrian
Sechs Monate zuvor

Adrian hatte das Telefon zwischen Schulter und Ohr eingeklemmt, und während er zuhörte, wie der Kunde sich aufregte, versuchte er, eine E-Mail eines anderen Klienten zu beantworten, der garantiert auch in Kürze hier anrufen würde, wenn er las, dass sein System nicht rechtzeitig online gehen würde. Er warf einen Blick auf die Uhr. Er war erst zwei Stunden im Büro und es fühlte sich an, als hätte er eine ganze Woche durchgearbeitet. Warum tat er sich diesen Stress Tag für Tag an? Weil er ursprünglich gedacht hatte, dass er hier seiner Leidenschaft für das Programmieren und Entwickeln nachgehen könnte. Aber seit einiger Zeit hatte er das Gefühl, dass er nur noch Feuerwehr spielte. Abgestürzte oder nicht laufende Programme reparieren, unzufriedene Kunden beschwichtigen und unzählige Überstunden machen. Er fragte sich unwillkürlich, ob es das war, was er für die nächsten zwanzig Jahre machen wollte. Aber was würde Andrea dazu sagen, wenn er ihr offenbarte, dass er mit dem Gedanken spielte zu kündigen und sich einen neuen Job zu suchen. Vielleicht in einem innovativen Start-up-Unternehmen. Dort könnte er vielleicht endlich kreativ sein. Doch nachdem Andrea so lange nicht hatte arbeiten können, weil sie ihre Mutter gepflegt hatte, waren all ihre Rücklagen aufgebraucht und der Zeitpunkt äußerst ungünstig. Andererseits ... gab es für ein solches Wagnis jemals einen guten Zeitpunkt?

Der Kunde legte endlich auf und er schickte zeitgleich die E-Mail ab. Er nahm einen großen Schluck aus seinem Thermobecher und verzog das Gesicht. Sein Kaffee von zu Hause war nur noch lauwarm. Aber wenigstens war er stark. Den Kaffee hier im Büro konnte man vergessen, deshalb brachte er sich jeden Tag eine große Thermoskanne mit seiner Spezialmischung mit. Wenn er mal ein paar Minuten Ruhe hatte, würde er runterlaufen und sich zwei Straßen entfernt im Café Extrablatt einen vernünftigen kaufen. Er hatte das Ganze noch nicht zu Ende gedacht, als Leon ihn zu sich rief. Er stöhnte innerlich. Würde das den ganzen Tag so weitergehen? Er stand auf und in diesem Moment stach es in seiner Brust, als hätte jemand eine Nadel hineingebohrt, außerdem schien sein Herz irgendwie zu stolpern. Das war in letzter Zeit schon ein paar Mal passiert. Er konnte es nicht richtig erklären, aber es fühlte sich unheimlich unangenehm an, denn dann bekam er auch immer schlecht Luft und ihm wurde ganz schwindelig. Genau wie jetzt, als er zu Leon hinüberging. Es kam ihm so vor, als schwankte der Boden unter seinen Füßen und sein Kopf stach jetzt genauso wie sein Herz. Außerdem brach ihm der Schweiß aus. Er umklammerte seinen Thermobecher fester und versuchte, sich vor seinen Kollegen nichts anmerken zu lassen. Der starke Kaffee, den er sich immer aufbrühte, war wahrscheinlich nicht die beste Idee, wenn er wirklich irgendwelche Herzprobleme hatte. Aber ohne ihn würde er diese Arbeitstage einfach nicht durchstehen. Er rauchte nicht, er trank so gut wie nie, sein einziges Laster war exquisiter italienischer Kaffee und das konnte doch wohl nicht so schlimm sein. Endlich hatte er Leons Schreibtisch erreicht und stützte sich unauffällig auf der Platte auf, während er den Monitor betrachtete.

„Das gesamte Produktivsystem ist down! Das ist eine Katastrophe. Die ersten Klienten haben schon angerufen. Wenn wir das nicht schnell gefixt kriegen, werden alle Amok laufen", erklärte Leon panisch.

Adrian sog zischend die Luft ein. Das war wirklich übel. An diesem System hingen Hunderte Kunden, nicht auszudenken, wenn sie das nicht schnell wieder repariert bekamen.

„Ich setze mich sofort dran. Schick du eine Mail an alle Klienten raus, in denen du etwas von Wartungsarbeiten schreibst, so verschaffen wir uns erst mal etwas Zeit. So ein verdammter Mist!"

Er drehte sich um und wollte zu seinem Schreibtisch zurückeilen, doch aus irgendeinem Grund schien sich alles immer weiter zu entfernen und alle Geräusche nur aus weiter Ferne zu kommen.

„Adrian, ist alles in Ordnung?", fragte Leon und sah ihn besorgt an.

Adrians Kopf wirkte plötzlich so, als würde er explodieren. Was war nur los mit ihm? „Mi... me... ik..." Er versuchte zu sprechen, aber die Worte kamen einfach nicht aus seinem Mund heraus. Seine Zunge fühlte sich komisch an, so als würde sie ihm nicht mehr gehorchen und zu groß für seinen Mund sein. Er bekam Panik und wollte den Arm nach Leon ausstrecken, aber auch das funktionierte nicht. Er sah an seinem Körper hinunter. Warum konnte er den Arm nicht mehr bewegen?

Eine Welle der Angst brach über ihn herein und sein Brustkorb schien sich zuzuschnüren.

In diesem Moment wurde ihm schwarz vor Augen und seine Beine sackten unter ihm weg. Das Letzte, was er wahrnahm, war Leon, der aufgeregt etwas brüllte.

Kapitel 8

Isabelle
Jetzt

Isabelle saß am Fenster und betrachtete den strahlenden Sommertag, während sie per WhatsApp mit Hannah schrieb, die gerade Mittagspause hatte. Sie selbst hatte zwar keine offiziellen Pausen, aber Adrian schlief und Andrea war zu einem Friseurtermin gefahren, der ein paar Stunden dauern würde. Sie war sehr froh, dass Andrea sich endlich von ihr hatte überreden lassen, auch mal etwas für sich zu tun. Andrea hatte zwar angefangen, jetzt öfter das Haus zu verlassen, aber meistens nur, um Besorgungen zu machen.

Du sagst, Andrea ist auf jeden Fall ein paar Stunden weg?

Ja, das stimmt. Warum?

Das ist DIE Gelegenheit, in das abgeschlossene Zimmer zu schauen.

Isabelle starrte die Nachricht an. Sie hatte gar nicht mehr darüber nachgedacht, es war irgendwie normal geworden, an der Zimmertür vorbeizulaufen. Aber

Hannah hatte recht, sie war schon neugierig, warum Andrea so ein Geheimnis daraus machte.

Sie hatte im Laufe der Zeit immer mal wieder unauffällig an der Tür gerüttelt, aber sie war stets verschlossen gewesen. Und als sie Andrea eines Tages einfach offen danach gefragt hatte, was hinter der Tür war, hatte diese nur kryptisch geantwortet: „Nichts. Wir benutzen es nicht mehr."

Du bist schuld. Ich habe gar nicht mehr daran gedacht, aber jetzt lässt es mir garantiert keine Ruhe mehr.

Hannah antwortete:

Dann geh doch jetzt nachschauen und schreib mir unbedingt, was du findest. Wenn es was 50-Shades-Mäßiges ist, will ich Fotos, bei einem Serienkillerzimmer reicht mir der Bericht ;-)

Isabelle lachte leise und antwortete:

Ich melde mich später wieder. Ich erprobe mal meine Einbrecherkünste.

Sie zögerte kurz und warf einen Blick auf Adrian, doch dieser schlief tief und fest. Hannah hatte recht, wer wusste schon, wann sich wieder so eine Gelegenheit bieten würde. Sie ging leise aus dem Zimmer und rüttelte an der gegenüberliegenden Tür, aber sie war wie erwartet abgeschlossen. Sie zog eine Klammer aus ihrem Haar und bog das eine Ende so zurecht, dass es ein Stückchen abstand. Dann führte sie den improvisierten Schlüssel in das Schlüsselloch ein und bewegte ihn vorsichtig hin und her, so wie sie es schon in unzähligen Filmen und Serien gesehen hatte.

Nach einigen Minuten stellte sie entnervt fest, dass sie entweder zu dumm dafür war und ihr das entsprechende Talent fehlte oder dass es in Wirklichkeit nicht so einfach war, wie es immer dargestellt wurde, denn es tat sich überhaupt nichts. Sie schob und drehte, rüttelte, doch es ertönte kein Klicken. Sie würde wahrscheinlich eher die Haarnadel abbrechen, als diese Tür zu öffnen, und das durfte auf keinen Fall geschehen, denn wie sollte sie das Andrea erklären? Unwillkürlich musste sie an Misery von Stephen King denken. Der Hauptfigur Paul Sheldon war nämlich genau das passiert, als er versucht hatte, eine abgeschlossene Tür aufzubekommen, um fliehen zu können.

Sie wollte schon aufgeben und zurück in Adrians Zimmer gehen, als ihr Blick auf dessen Zimmertür fiel. Ein silberner Schlüssel steckte in der Tür. Vielleicht passten die Schlüssel ja in jede Tür. Sie zog den Schlüssel ab und er passte tatsächlich ins Schlüsselloch, doch gerade, als sie innerlich jubeln wollte, stellte sie fest, dass er sich nicht bewegen ließ.

Sie verdrehte die Augen über ihre eigene Dummheit. Warum sollte man ein Zimmer verschließen, weil man nicht wollte, dass es jemand betrat, und in allen Türen auf der Etage passende Schlüssel stecken lassen. Sie war wirklich eine begnadete Schnüfflerin.

Dann fiel ihr ein, dass es unten in der Küche eine Kramschublade gab, die mit allem Möglichen vollgestopft war. Vielleicht fand sie den Schlüssel ja dort. Sie warf einen kurzen Blick ins Zimmer und vergewisserte sich, dass Adrian noch schlief, dann ging sie die Treppe hinunter in die Küche. Sie öffnete die Schublade und wühlte darin herum. Da es so unübersichtlich war, räumte sie diese schließlich komplett aus und sah sich Teil für Teil an, aber der Schlüssel war nicht darunter. Wäre ja auch zu einfach gewesen.

Nachdem sie alles wieder eingeräumt hatte, ging sie nach oben und beschloss aufzugeben, doch gerade, als sie in Adrians Zimmer zurückkehren wollte, sah sie den Sonnenstrahl, der sich aus Andreas Schlafzimmer in den Flur ergoss.

Das Schlafzimmer war ein guter Ort, um etwas zu verstecken, dachte sie. Doch sie zögerte einen Moment lang. Eine Küchenschublade zu durchstöbern, war eine Sache, private Unterwäscheschubladen und Ähnliches zu durchwühlen, etwas ganz anderes. Sie könnte auch einfach warten und Andrea noch einmal ganz offen auf das verschlossene Zimmer ansprechen. Vielleicht sagte sie ihr ja jetzt etwas. Sie stand unentschlossen im Flur. Andererseits war die Gelegenheit einfach zu günstig, da hatte Hannah recht.

Sie ging also ins Schlafzimmer und sah sich um. An der Wand stand eine Kommode mit drei Schubladen. Sie zog die erste Schublade auf. Darin befanden sich Nachthemden und Schlafanzüge. Vorsichtig fuhr sie mit der Hand unter den Anziehsachen am Boden entlang, ertastete aber nichts Metallisches. Auch bei den anderen beiden Schubladen war Fehlanzeige.

Sie ging neben dem Bett in die Hocke und zog die kleine Nachttischschublade auf. Sie schaute hinein, aber auch dort war kein Schlüssel zu finden. Sie hob ein abgegriffenes Taschenbuch in die Höhe. In diesem Moment ertönte ein lautes Klingeln.

Ihr Herz setzte einen Schlag aus und sie warf vor Schreck das Buch weg. Sie war sich sicher, erwischt worden zu sein, doch dann bemerkte sie das gleichzeitige Vibrieren in ihrer Hosentasche. Sie stieß ein nervöses Lachen aus. Das war nur ihr Handy gewesen. Sie hatte eine WhatsApp-Nachricht bekommen.

Ihr Herz raste immer noch, als sie das Handy herauszog. Sie sah, dass sie von Hannah stammte.

Und? So schockiert vom Zimmer, dass du dich nicht mehr melden kannst?

Sie tippte auf das Mikrofonsymbol und schickte eine Audionachricht zurück, bemühte sich aber, leise zu sprechen, damit Adrian nicht wach wurde. „Du hast mir gerade offiziell fast einen Herzinfarkt verschafft. Würdest du einen Einbrecher auch anschreiben, wenn er gerade in ein Haus klettert? Ich hab die Tür immer noch nicht aufgekriegt. Mit einer Haarnadel hat es nicht funktioniert, deshalb suche ich jetzt überall den Schlüssel. Aber bis jetzt ohne Erfolg. Ich bin gerade im Schlafzimmer von Andrea und als mein Telefon geklingelt hat, habe ich gedacht, sie hätte mich erwischt. Mach das ja nicht noch mal, das halten meine Nerven nicht aus. Ich melde mich bei dir, falls ich etwas rausfinde. Bye."

Sie steckte das Telefon wieder ein und hob das Buch auf, das sie vor Schreck weggeschmissen hatte. Hoffentlich hatte es keine Macken bekommen. Als sie es hochhob, fiel klirrend etwas zu Boden.

Überrascht starrte sie auf den Schlüssel genau vor sich. Er war im Buch versteckt gewesen!

Hätte sie das Buch nur in der Nachttischschublade zur Seite geschoben, hätte sie ihn niemals gefunden. Es war also eigentlich pures Glück gewesen, dass Hannah sie so sehr erschreckt hatte.

Sie legte den Roman wieder ordentlich zurück und versuchte, alles so anzuordnen, wie es vorher gewesen war, dann stand sie auf und ging in den Flur hinaus. Sie horchte kurz nach Adrian, aber er schien immer noch zu schlafen.

Mit Herzklopfen steckte sie den Schlüssel ins Schloss und drehte ... Er ließ sich ohne Probleme bewegen. Sie legte die Hand auf die Türklinke, zögerte dann aber kurz. Wenn sie die Tür erst einmal geöffnet hatte, gab es kein Zurück mehr. Egal, was sich dahinter befand, sie könnte es nicht mehr ungesehen machen. Wäre es nicht besser, die Privatsphäre der Familie zu wahren? Jeder hatte schließlich Geheimnisse oder Dinge, über die er nicht offen sprach, und sie würde doch auch nicht wollen, dass jemand in ihren Angelegenheiten herumschnüffelte. Sie verharrte regungslos im Flur, knetete nervös den Stoff ihres T-Shirts und atmete mehrmals tief ein und aus. Sie konnte einfach nicht anders, ihre Neugier war zu groß. Es würde schon nichts Schlimmes sein. Wahrscheinlich war es einfach nur ein total unordentliches Zimmer, das vollgestellt war mit irgendwelchem Kram und Andrea schämte sich deswegen.

Sie atmete noch einmal tief durch, drückte die Klinke hinunter und trat ein.

Doch nach einem Schritt blieb sie wie angewurzelt stehen und starrte fassungslos auf das Bild, das sich ihr hier bot. Egal, was sie sich auch vorgestellt hatte … im Ernst oder im Spaß mit Hannah, nichts davon kam der Wahrheit auch nur annähernd nahe. Sie machte zwei weitere vorsichtige Schritte in den Raum hinein. Es war kein Sex-Zimmer, keine Abstellkammer und auch nichts, was man in einem Horrorfilm finden konnte … aber auf irgendeine Art und Weise war es in diesem Moment genauso bizarr.

Denn es war ein fröhlich eingerichtetes Kinderzimmer.

Sie starrte auf die pinken Wände, die Poster von irgendwelchen Teenie-Bands und von Schauspielern. Überall lagen Anziehsachen herum, eine offene Schultasche lehnte am Schreibtischstuhl und ein Buch lag aufgeschlagen und umgedreht auf dem zerwühlten Bett. Es sah aus wie das Zimmer eines Mädchens im Teenageralter, das gerade kurz rausgegangen war, um etwas zu holen.

Langsam ging sie ganz in den Raum hinein. Was war das? Wem gehörte dieses Zimmer? Wenn Andrea und Adrian eine Tochter hatten, warum hatte sie diese dann noch nicht gesehen und warum war dieses Zimmer abgeschlossen? Obwohl es brütend heiß war, fröstelte Isabelle plötzlich und rieb sich über die Arme, auf denen sich eine Gänsehaut gebildet hatte.

Was war hier los?

Sie ging zum Schreibtisch hinüber und betrachtete die Wand dahinter. Dort waren an einer Lichterkette viele Bilder befestigt. Selfies eines dreizehn-, vierzehnjährigen Mädchens und Bilder zusammen mit Freundinnen, auf denen das Mädchen breit in die Kamera grinste.

Auf dem Schreibtisch lag ein aufgeschlagenes Schulheft mit einem angefangenen Aufsatz, offenbar eine Besprechung des Buchs, das auf dem Bett lag.

Kapitel 9

Zoey
Anderthalb Jahre zuvor

Zoey sah sich hektisch im Zimmer um. Wo war nur ihr blöder Schuh? Sie hatte keine Zeit mehr, sie war in einer halben Stunde mit Jaqueline in der Stadt verabredet.

Zoey ließ sich auf den Boden fallen und tastete mit der Hand unter dem Bett herum. Dabei zog sie an ihrer Bettdecke, und das Buch, das sie für die Schule lesen musste, knallte ihr auf den Kopf.

Genervt schmiss sie es aufs Bett zurück. Das Buch war absolut furchtbar ... so wie jedes Buch, das sie bisher für die Schule gelesen hatte. Ihr grauste es schon vor dem Aufsatz, denn der musste mindestens acht Seiten lang sein. Warum konnten sie nicht mal irgendwas Gutes lesen im Unterricht? Denn im Gegensatz zu ihren Freundinnen las sie eigentlich sehr gerne. Momentan verschlang sie gerade den neuen Fantasyroman von Jennifer Estep. Darüber könnte sie locker zwanzig Seiten schreiben. Aber die Bücher für den Deutschunterricht wurden wahrscheinlich von Dinosauriern ausgesucht.

Ahh, gefunden. Sie zog den pinkfarbenen Nike-Sneaker hervor und zog ihn an. Dann nieste sie dreimal hintereinander. Blöder Staub.

Sie schnappte sich ihre Tasche und eilte die Treppe hinunter. Ihre Mutter kochte gerade, und ihr Vater arbeitete im Wohnzimmer am Laptop. Wenn er mal zu Hause war, dann hing er die ganze Zeit entweder am Handy oder am Laptop und arbeitete trotzdem.

„Ich treff mich mit Jaqueline. Bye", rief Zoey und durchquerte den Flur.

Doch bevor sie die Haustür öffnen konnte, kam ihre Mutter herbeigeeilt. „Wann kommst du denn wieder? Und hast du dein Spray dabei?"

Zoey seufzte genervt. „Ich bin pünktlich zum Abendessen wieder hier, Jaqueline und ich wollen nur ein bisschen durch die Geschäfte ziehen." Sie kramte in ihrer Tasche und hielt das Asthmaspray in die Höhe. „Und ja, ich hab das Spray mit. Du kannst mir ruhig vertrauen."

„Und dein Antiallergikum hast du auch genommen? Denk dran, draußen ist gerade Pollen-Hochsaison."

Ein schuldbewusster Ausdruck breitete sich auf Zoeys Gesicht aus.

„Siehst du, deswegen nervt dich deine penetrante Mutter immer. Warte kurz, ich hole es dir."

Andrea verschwand in Richtung Küche und kam eine Minute später mit einer Tablette und einem Glas Wasser zurück.

„Ich weiß, es ist nervig, aber gerade jetzt im Sommer ist es superwichtig, dass du die Einnahme nicht vergisst."

Sie nahm das leere Glas wieder entgegen, küsste Zoey auf die Stirn und wünschte ihr einen schönen Tag.

„Tschüss, Papa", rief sie in Richtung Wohnzimmer.

„Bis nachher, Zozo", erklang seine tiefe Stimme.

Sie verließ das Haus und machte sich auf den Weg zur U-Bahn-Haltestelle Hölkeskampring, um zur Station Kreuzkirche zu fahren. Dass sie sich mit Jaqueline traf, stimmte, aber sie wollten nicht einfach so durch die Geschäfte ziehen. Der Typ aus der Zehnten, Louis, arbeitete in einer Eisdiele auf der Bahnhofstraße, und sie war schon seit Monaten in ihn verschossen. In der Schule ergab sich nie eine Gelegenheit, damit sie ihm auffiel, und so hatte Jacky vorgeschlagen, dass sie sich doch draußen vor der Eisdiele hinsetzen und einen Milchshake trinken könnten. So käme sie vielleicht endlich mit ihm ins Gespräch.

Kapitel 10

Isabelle
Jetzt

Sie drehte sich langsam im Kreis und versuchte, jede Einzelheit in sich aufzunehmen. Dann schüttelte sie den Kopf, zog ihr Handy hervor und machte schnell ein paar Fotos. Den Raum aus mehreren Perspektiven und auch die Fotowand. Das Mädchen darauf war wunderschön. Sie hatte lange blonde Haare, blaue Augen und wirkte klein und zierlich.

Am liebsten würde sie hier drin alles genau untersuchen, aber sie wusste nicht, wann Andrea zurückkam, und durfte nicht riskieren, noch hier drin zu sein, wenn es so weit war. Sie verließ das Zimmer langsam rückwärts, immer noch vollkommen verwirrt. Isabelle schloss die Tür wieder sorgfältig ab und eilte dann in Andreas Schlafzimmer, um den Schlüssel zurückzulegen. Sie öffnete die Nachttischschublade, schlug das Buch auf und steckte den Schlüssel wieder vorsichtig zwischen die Buchseiten. Isabelle betete, dass er nicht zwischen zwei bestimmten Seiten gesteckt hatte.

Sie verrückte den Roman noch ein wenig, in der Hoffnung, dass alles wieder so aussah wie vorher, und verließ das Schlafzimmer.

Im Flur sendete sie Hannah die Fotos.

Diese musste auf ihre Nachricht gewartet haben, denn in Sekundenschnelle blinkten die drei Pünktchen auf, die anzeigten, dass diese eine Nachricht schrieb.

WTF! Du hast gar nicht erzählt, dass sie ein Kind haben … und warum ist das Zimmer dauernd abgeschlossen?

Kannst dir bestimmt meinen Schock vorstellen. Da wären mir deine Ideen sogar fast noch lieber gewesen. Ich habe nie irgendetwas von einem Kind gehört und gesehen habe ich hier bislang auch noch keins.

Aber wem gehört das Zimmer?

Ich habe keine Ahnung. Ich habe hier noch nie ein Kind gesehen, und Andrea hat, wie gesagt, auch noch nie erzählt, dass sie eine Tochter hat.

Das ist echt creepy.

Das kannst du laut sagen. Hätte ich mal besser nicht nachgeschaut. Ich wusste, das ist ein Fehler.

Es dauerte ein paar Augenblicke, und Isabelle dachte schon, Hannah hätte das Handy weggesteckt, als eine weitere Nachricht eintraf.

Ich weiß, ich lese zu viele Liebesdramen, aber glaubst du, die Tochter ist tot und deswegen ist das Zimmer abgeschlossen?

Man merkte, dass Hannah und sie beste Freundinnen waren, denn sie tickten einfach gleich.

Das war auch mein erster Gedanke. Aber das kann ich mir nicht vorstellen. Wenn diese Frau in ihrem früheren Leben nicht ein furchtbarer Diktator oder Serienkiller gewesen ist, kann ein Mensch nicht so ein Schicksal haben. Sie hatte erst monatelang oder vielleicht sogar jahrelang ihre Mutter gepflegt, und dann bekommt ihr Mann auch noch einen schweren Schlaganfall und wird ebenfalls zum Pflegefall. So viel Leid kann ein einzelner Mensch nicht erleben, und falls doch, wäre er daran zerbrochen und längst in einer psychiatrischen Einrichtung. Andrea ist vollkommen überlastet gewesen, aber geistig gesund. Nein, es muss irgendeinen anderen Grund geben.

Aber welchen? Für mich klingt das echt gruselig ... sprich sie doch darauf an.

Nein, wenn das Zimmer verschlossen ist und sie nichts darüber sagt, heißt das, sie will nicht darüber sprechen. Ich muss irgendeine andere Möglichkeit finden, etwas darüber zu erfahren.

Aber wie willst du das anstellen?

Ich weiß noch nicht. Ich muss jetzt aufhören, denn ich muss nach Adrian sehen. Wir können heute Abend weiter darüber reden. Bye.

Hannah sendete einen Kuss-Smiley und einen winkenden Smiley, und dann war sie offline.

Isabelle steckte das Handy ein.

Als sie Adrians Zimmer betrat, sah sie, dass er den Kopf in ihre Richtung drehte. Er war also wach.

„Hallo, Adrian. Ich hoffe, du hast gut geschlafen."

Sie setzte sich zu ihm ans Bett und betrachtete ihn. Er wusste bestimmt, wem das Zimmer gegenüber gehörte. Andrea konnte sie schließlich nicht fragen, denn der Raum war abgeschlossen gewesen. Aber das wusste Adrian ja nicht. Sie könnte versuchen, ganz beiläufig zu fragen.

Sie räusperte sich. „Ich war im Flur und bin tatsächlich ins falsche Zimmer gegangen. Ich weiß, es ist peinlich, dass ich mich nach all der langen Zeit immer noch nicht perfekt hier auskenne. Auf jeden Fall wollte ich ins Badezimmer und bin stattdessen in einem Mädchenzimmer gelandet. Wem gehört es? Ich habe hier noch nie ein Kind gesehen."

Adrian ruckte den Kopf abrupt in die andere Richtung, und er starrte in Richtung Fenster. Zuerst dachte sie, dass er nicht über das Thema sprechen wollte und deshalb den Kopf abgewandt hatte. Doch sie stand auf und folgte seinem Blick. Er hob die Augenbrauen, als wollte er auf etwas deuten.

Es dauerte einen Augenblick, dann verstand sie es. Er wollte sie auf die Fotos auf dem Nachttisch aufmerksam machen. In diesem Moment flammte die Erinnerung an ihren ersten Besuch in diesem Zimmer auf, da hatte sie diese Fotos bereits betrachtet und auf zweien war ein Mädchen abgebildet gewesen.

Sie beugte sich ganz nah darüber ... tatsächlich, in einem Bilderrahmen war ein Porträt des Mädchens, dessen Selfies sie gerade eben in dem anderen Zimmer gesehen hatte, und dann gab es noch ein Bild, auf dem Adrian zu sehen war, der ein vielleicht sechsjähriges Mädchen auf dem Schoß hatte. Das Mädchen war zwar noch deutlich jünger, aber Isabelle erkannte das Lachen dennoch wieder. Hatten Adrian und Andrea eine Tochter?

Sie ging um das Bett herum und setzte sich wieder, sodass sie Adrians Gesicht sehen konnte. „Ist das deine Tochter?", fragte sie neugierig. Adrian blickte ihr unverwandt in die Augen und nickte. Dann streckte er die Hand nach ihrer aus. Sie kam ihm entgegen, denn sie sah, dass ihn bereits diese kleine Bewegung immense Kraft kostete. Isabelle legte ihre Hand mit der Handfläche nach oben aufs Bett und Adrians Finger strichen sanft darüber. Sie umschloss seine Hand und drückte sie aufmunternd. Doch er schüttelte den Kopf. Offenbar wollte er etwas anderes. Sie ließ ihn los, und er strich mit dem Finger wieder in verschiedene Richtungen über ihre Handfläche.

Er versucht, etwas zu schreiben!, wurde ihr mit einem Schlag bewusst.

Sie starrte auf ihre Handfläche und konzentrierte sich. Es schienen Buchstaben zu sein, die er auf ihre Hand zeichnete. Das konnte doch nicht so schwer sein. Sie runzelte die Stirn.

Plötzlich polterte es auf der Treppe, und kurz darauf erschien Andrea im Türrahmen. „Ich bin wieder da. Das war wirklich schön. Aber jetzt kümmere ich mich wieder um dich, mein Schatz."

In dem Moment, als Andrea das Zimmer betrat, erschlaffte Adrians Finger und sein Blick richtete sich in die Ferne.

Andrea beugte sich über das Bett und küsste ihn liebevoll auf die Stirn.

„War alles in Ordnung?", fragte sie gut gelaunt.

Isabelle nickte und zog unauffällig ihre Hand zurück. „Ja, alles bestens. Adrian hat fast die komplette Zeit geschlafen. Er ist erst gerade eben wach geworden."

„Das ist schön. Ich habe dir eine Sport-Bild mitgebracht. Wenn Isabelle Lust hat, kann sie dir ja daraus vorlesen, damit du auch auf dem Laufenden bleibst", sagte Andrea und zog die Zeitschrift aus ihrer Tasche.

Isabelle brannte darauf, mehr über das Mädchen zu erfahren, doch Andrea setzte sich in ihre Nähe ans Fenster und verließ das Zimmer immer nur für ganz kurze Zeit, um auf die Toilette zu gehen oder irgendetwas zu holen. Sie verstand Andrea. Diese war die ganze Zeit für Adrian da gewesen, praktisch vierundzwanzig Stunden am Tag, und wenn sie jetzt mal für ein paar Stunden wegging, wollte sie danach in Adrians Nähe bleiben, um ihm zu zeigen, dass sie immer noch für ihn da war.

Also biss sie in den sauren Apfel und sprach das Thema nicht mehr an, da es zu gefährlich war, dass Andrea etwas mitbekam. Sie las Adrian stattdessen eine Stunde aus der Zeitschrift vor, versorgte und fütterte ihn.

Um 16:00 Uhr verabschiedete sie sich von beiden und verließ das Haus. Draußen war es so heiß, dass sie fast der Schlag traf. Es war wie eine Wand aus Hitze, gegen die sie prallte. Sie liebte den Sommer und auch die

Wärme, aber sie hatte das Gefühl, dass sich die Hitze in den letzten Jahren verändert hatte. Sie war unangenehm geworden und ließ einen schwer atmen. Hoffentlich war die alte Dame von nebenan bei dieser Hitze nicht im Garten, sondern blieb im Haus. Für Leute in ihrem Alter konnten diese Temperaturen sogar lebensgefährlich sein.

Sie ging ein Stück den Weg entlang und blickte über die gepflegte Hecke, sah aber niemanden. Sie war schon zwei Straßen weiter, als sie über ihre eigene Blödheit den Kopf schüttelte. Ihr Gehirn musste aufgrund der Hitze auf Sparflamme funktionieren, denn sonst wäre sie bestimmt schon beim Gedanken an die ältere Nachbarin auf die Idee gekommen, dass diese ganz bestimmt etwas über das geheimnisvolle Mädchen wusste.

Erschöpft wischte sie sich den Schweiß von der Stirn und hob ihr Haar an, das ihr am Rücken klebte. Sollte sie wirklich den ganzen Weg wieder zurücklaufen? Und wenn die Nachbarin gar nicht da war? Oder sollte sie einfach weiter zur Haltestelle gehen? Das Ganze lief ihr ja nicht weg. Sie könnte die Nachbarin auch morgen noch ansprechen. Aber wie sie sich kannte, würde sie heute Nacht im Bett liegen und sich ein Horrorszenario nach dem anderen ausmalen ... und Hannah war da auch keine große Hilfe, denn sie hatte genauso eine überbordende Fantasie wie sie selbst. Andererseits, was sollte es sonst für eine andere logische Erklärung für dieses Kinderzimmer geben? Es war schließlich kein unangetastetes Babyzimmer, das sie vielleicht in der Hoffnung auf ein Kind bei ihrem Einzug dort eingerichtet, und später, als sich diese Hoffnung nicht erfüllt hatte, wieder verschlossen hatten, um nicht dauernd daran erinnert zu werden. Es war ganz eindeutig ein Teeniezimmer, und genauso eindeutig war es bewohnt gewesen, denn überall hatten Anziehsachen und andere persönliche Dinge herumgelegen. Es war genauso chaotisch wie ihr eigenes Zimmer gewesen.

Sie stieß einen schweren Seufzer aus und machte sich wieder auf den Weg zurück. Sie würde ohnehin nicht eher Ruhe finden, bis sie die Wahrheit kannte, egal, wie grausig sie auch war.

Als sie am Haus der älteren Dame ankam, war sie komplett verschwitzt und total außer Atem. Sie schellte und hoffte, dass der Weg und die damit verbundene Anstrengung wenigstens nicht umsonst gewesen waren.

Doch sie hatte Glück, schon nach wenigen Augenblicken hörte sie Schritte im Flur und kurz darauf öffnete die ältere Dame von neulich ihr die Tür.

„Ja, bitte?" Sie schaute sie einen Augenblick lang fragend an, dann hellten sich ihre Gesichtszüge auf. „Ach, Sie sind es, Schätzchen. Was kann ich für Sie tun?"

„Ich hätte noch ein paar Fragen zu Familie Vallelonga und ich will nicht zu neugierig bei Andrea wirken, verstehen Sie? Und Sie hatten ja angedeutet, dass Sie mir gern noch ein bisschen über die Familie erzählen würden ... falls es Ihnen jetzt passt, heißt es."

Die alte Dame lächelte. „Außer der tausendsten Wiederholung der Schwarzwaldklinik steht bei mir heute nichts auf dem Programm. Es ist einfach zu heiß, um in die Stadt zu fahren oder auch nur im Garten zu arbeiten ... Apropos, Sie sehen aus, als könnten Sie was Kaltes zu trinken vertragen."

„Ja, das stimmt, das wäre herrlich. Ich habe das Gefühl, ich zerfließe gleich", sagte Isabelle lächelnd.

„Na, dann kommen Sie doch rein. Ich freue mich immer über Besuch."

Die alte Dame führte sie durch den Flur ins Wohnzimmer. Als sie am Garderobenspiegel vorbeikam, warf sie flüchtig einen Blick hinein, bereute es aber sofort. Ihr Gesicht war knallrot und schweißüberströmt und ihre braunen Haare klebten an ihren Wangen und am Rücken. Sie sah aus, als hätte sie einen Marathon durch die Sahara absolviert. Im Wohnzimmer war es zum Glück angenehm kühl, da Frau Hellmann – dieser Name stand zumindest am Türschild – die Rollläden heruntergelassen hatte. Außerdem bewegte sich in der Nähe der Sofas ein Standventilator träge im Kreis.

„Nehmen Sie schon mal Platz, ich hole uns schnell was zu trinken", sagte Frau Hellmann und trippelte langsam in Richtung Küche.

Isabelle setzte sich rechts neben dem Ventilator auf die Couch, sodass sie im kühlen Luftzug saß. Sie schloss die Augen und hielt ihr erhitztes Gesicht davor.

Es dauerte nur wenige Minuten und die ältere Dame kam mit einem Tablett zurück, auf dem zwei Gläser mit Eistee standen, die mit reichlich Eiswürfeln gefüllt waren.

Sie setzte sich Isabelle gegenüber auf die andere Couch und stellte eines der Gläser vor sie ab. Außerdem hatte sie auch noch einen Teller mit Wassermelonenscheiben mitgebracht.

„Greifen Sie zu, ich finde, es gibt nichts Besseres bei dieser Hitze", sagte die Frau.

„Ja, das stimmt. Es ist wie trinken und essen zugleich.“ Isabelle nahm eine Scheibe, nachdem sie das Eisteeglas mit nur einem Schluck halb geleert hatte.

„Was möchten Sie denn noch über Familie Vallelonga wissen? Gefällt es Ihnen denn dort? Ich meine die Arbeit?“, fragte Frau Hellmann, bevor sie auch ein wenig Melone aß.

Isabelle wischte sich den Wassermelonensaft vom Kinn und legte die Schale auf das Tablett zurück. Dann drehte sie ihre Haare zu einem lockeren Knoten zusammen, der allerdings ohne Haargummi gleich wieder aufgehen würde. Doch der kühle Luftzug tat unheimlich gut auf ihrem verschwitzten Nacken. „Ja, ich bin sehr gern dort und die Arbeit macht mir auch großen Spaß. Es ist schön, zu wissen, dass ich Adrian im Rahmen meiner Möglichkeiten helfen kann. Aber die Familie tut mir natürlich sehr leid. Das ist auch der Grund, warum ich mit Ihnen spreche und nicht mit Andrea. Ich möchte nicht durch irgendwelche unbedachten Fragen wieder schlimme Erinnerungen in ihr wachrufen. Wenn sie über irgendetwas sprechen möchte, habe ich immer ein offenes Ohr für sie, aber ich denke, es ist einfach zu schmerzhaft für sie, über manche Dinge zu reden.

Das ist auch der Grund, warum ich sie nicht nach der Sache gefragt habe, die mich so sehr interessiert.“

Die alte Dame lächelte. „Sie machen es aber spannend. Um was geht es denn? Wenn es etwas sehr Privates ist, weiß ich es vielleicht auch nicht. Wir sind nur Nachbarn, keine Freunde.“

„Ich wollte heute ins Badezimmer gehen, aber stattdessen stand ich plötzlich in einem Kinderzimmer …

dem eines Mädchens“, sagte Isabelle. Sie verschwieg, dass sie nicht einfach so hineinspaziert war, sondern dass die Tür eigentlich abgeschlossen gewesen war und sie den Schlüssel aus dem Schlafzimmer entwendet hatte. Schließlich wollte sie nicht, dass die alte Dame schlecht von ihr dachte.

„Zoey“, erwiderte Frau Hellmann wie aus der Pistole geschossen.

„Zoey?“, wiederholte Isabelle neugierig. „Aber ich habe dort noch nie ein Mädchen gesehen und ich arbeite fünf Tage die Woche dort.“

„Sie ist Andreas und Adrians fünfzehnjährige Tochter. Ein wirklich liebes Mädchen. Als ich mir vor drei Jahren das Bein gebrochen habe und eine Weile das Haus nicht verlassen konnte, ist sie für mich einkaufen gegangen und hat meine Blumen gegossen. Ein richtiger Wildfang, kann nicht fünf Minuten still sitzen bleiben, aber mit einem guten Herzen.“ Frau Hellmann lächelte bei dem Gedanken an das Mädchen.

„Aber warum habe ich sie noch nie gesehen ...“ Isabelle stockte kurz. „Ist ihr ebenfalls etwas passiert?“

Die alte Dame trank noch einen Schluck Eistee, als wollte sie Isabelle absichtlich auf die Folter spannen. „Etwas passiert? Wie kommen Sie denn auf so etwas? Nein, Zoey geht es gut. Besser als vorher sogar. Sie haben sie nur noch nicht gesehen, weil sie seit einiger Zeit in einem Internat lebt. Wissen Sie, die vergangene Zeit war nicht nur für Andrea sehr schlimm, sondern auch für Zoey. Erst hat sie hautnah miterlebt, wie es ihrer Großmutter immer schlechter ging und dann plötzlich die ganze Sache mit ihrem Vater. Ihre Noten sind dadurch in den Keller gerutscht und die arme Kleine leidet außerdem unter zahlreichen Allergien und Asthma, das durch den ganzen Stress immer schlimmer geworden ist. Andrea konnte es irgendwann nicht mehr mitansehen, und so schwer es ihr fiel, ihre Tochter nicht ständig um sich zu haben, sie hat das getan, was am besten für Zoey ist. Sie ist in einem Internat irgendwo an der Nordsee. Die Luft dort ist wohl besonders gut für Menschen mit Atemwegserkrankungen. Wenn ich Andrea mal getroffen habe, hat sie mir nur Gutes von dort erzählt. Es hat natürlich eine Weile gedauert, bis Zoey sich dort eingelebt hat, aber mittlerweile fühlt sie sich sehr wohl dort und hat auch wohl schon neue Freundinnen gefunden. Das ist ja in diesem Alter besonders wichtig. Und sie hat, seitdem sie dort lebt, keinen einzigen Asthmaanfall mehr gehabt, was ein kleines Wunder ist. Aber sie vermisst ihre Familie natürlich.“

Isabelle schwieg einen Moment und versuchte, all die neuen Informationen zu verarbeiten. Andrea hatte recht gehabt, für ihre Tochter war es das Beste, in einer unbeschwerten Umgebung aufzuwachsen und den Verfall ihres Vaters nicht jeden Tag mit ansehen zu müssen, aber für Andrea war es bestimmt eine furchtbar schwere Entscheidung gewesen, ihre Tochter wegzuschicken und auf diese Weise noch jemanden aus ihrer Familie zu verlieren. Aber es war richtig gewesen. Für einen Erwachsenen war das alles schon schwer zu begreifen und zu akzeptieren, aber Zoey hatte bestimmt immer darauf gewartet, dass es ihrem Vater langsam wieder besser ging ... dass er wieder Dinge mit ihr unternehmen würde, so wie früher.

Jetzt verstand Isabelle, warum das Zimmer abgeschlossen war. Wenn ihre Tochter irgendwo weit weg wäre, würde sie auch nicht jeden Tag in deren Kinderzimmer schauen wollen oder mit anderen über sie reden, denn das machte die Sehnsucht bestimmt noch tausendfach schlimmer. Gerade wenn man einsam war und der Mann plötzlich nicht mehr mit einem reden konnte, nicht mehr nachts neben einem schlief ... wie viel Kraft musste es da kosten, den einzigen Menschen wegzuschicken, der einem Trost spenden konnte und der dafür sorgte, dass man sich nicht mehr ganz so einsam fühlte.

Aber genau das war eben der Punkt. Zoey war das Kind, und Andrea war die Mutter. Die Mutter musste für das Kind da sein, nicht umgekehrt.

Als ihre Mutter krank geworden war, war nämlich genau das geschehen. Ihr Vater hatte sein Bestes getan, aber irgendwann war er zusammengebrochen, und nach und nach hatte Isabelle immer mehr Aufgaben übernommen. Sie hatte alles dafür getan, um ihren Vater nicht noch mehr zu belasten. Sie hatte das Mittagessen gekocht, die Wohnung geputzt, sogar teilweise leichte Pflegeaufgaben bei ihrer Mutter übernommen. Sie hatte sich um ihren Vater gekümmert und ihn getröstet, obwohl es eigentlich andersherum hätte sein sollen.

Und mit ihren Problemen und Sorgen war sie ganz allein gewesen, denn damit hatte sie ihren Vater schließlich nicht auch noch belasten wollen.

Was war schon eine Fünf in der Mathearbeit oder andere Probleme in der Schule gegen die Sorgen, die ihr

Vater hatte. Und wie sollte jemand, der selbst vor Kummer zerbrach, andere trösten? Zum Glück hatte sie Hannah in dieser schweren Zeit gehabt.

Sie machte ihrem Vater keinen Vorwurf, er hatte sein Bestes getan, aber seine Frau langsam dahinsiechen zu sehen, hatte auch ihn Tag für Tag ein Stückchen sterben lassen. Er hatte es nicht mit Absicht getan, aber Isabelle war irgendwann unsichtbar geworden. Egal, was sie tat, ob sie eine gute Note nach Hause brachte oder ob sie die Schule schwänzte, es schien ihrem Vater gar nicht aufzufallen. Und mitanzusehen, wie ihre Mutter langsam starb, hatte ihr alles Kindliche genommen.

Adrian starb zwar nicht, aber er war auch nicht mehr der Vater, den Zoey ihr ganzes Leben lang gekannt hatte. Deswegen war die Entscheidung, die Andrea getroffen hatte, goldrichtig gewesen. So konnte Zoey ein unbeschwertes und glückliches Teenagerleben führen, bei dem ihr größtes Problem war, ob der Junge, auf den sie stand, sie auch mochte.

„Ist alles in Ordnung?", fragte Frau Hellmann. „Sie sind so nachdenklich."

Isabelle wurde bewusst, dass sie die ganze Zeit über geschwiegen und ihren Erinnerungen nachgehangen hatte.

„Ja, ja, tut mir leid. Ich war nur kurz mit den Gedanken woanders." Sie wollte der älteren Dame nicht von ihrer Mutter und deren Leidensgeschichte erzählen. „Es war bestimmt schwer für Andrea, das zu tun", sagte sie stattdessen.

Frau Hellmann nickte. „Seit dieser Zeit hat sie sich mehr und mehr zurückgezogen. Bis Sie dort angefangen haben, habe ich Andrea Ewigkeiten nicht mehr gesehen. Sie hat das Haus überhaupt nicht mehr verlassen, selbst den Einkauf hat sie sich von Picnic liefern lassen. Deswegen bin ich sehr froh, dass Sie Andrea jetzt unterstützen. Sie ist doch noch so jung.“

„Die Nachtschwester ist ja vorher auch da gewesen“, erwiderte Isabelle.

Die ältere Frau sah sie mit hochgezogenen Augenbrauen an. „Schwester Rabiata?“

Isabelle wollte es nicht, aber sie konnte sich nicht beherrschen und brach in schallendes Gelächter aus.

Auch Frau Hellmann lachte. „Entschuldigung, das hätte ich nicht sagen sollen, aber diese Frau sieht immer so grimmig aus. Ich habe sie noch nie lächeln sehen, in all der Zeit, die sie bei den Vallelongas arbeitet. Mit der ist bestimmt nicht gut Kirschen essen.“

„Ich muss gestehen, mir ist sie auch nicht sympathisch. Ich sehe sie ja zum Glück nur sehr selten, aber wenn, gibt sie mir stets nur allein durch einen Blick das Gefühl, irgendetwas falsch gemacht zu haben ... So, als würde ich sie irgendwie stören. Aber Andrea sagt, sie ist eine sehr gute Schwester, und das ist ja das Wichtigste“, erwiderte Isabelle.

„Ja, schon. Aber stellen Sie sich vor, Sie wären bewegungsunfähig ans Bett gefesselt und jedes Mal, wenn Sie nachts aufwachen, sind Sie mit dieser Schwester im Raum allein. Da würde ich aber Albträume bekommen“, meinte Frau Hellmann grinsend.

Isabelle nahm sich ein weiteres Stück Wassermelone und unterhielt sich noch eine halbe Stunde mit Andreas Nachbarin, weil sie ihr nicht das Gefühl geben wollte, dass sie diese nur wegen dieser einen Frage besucht hatte. Sie erkundigte sich also nach deren Familie und ließ sich ein paar Fotos zeigen, bevor sie sich verabschiedete und sich auf den Heimweg machte.

Kapitel 11

Isabelle
Jetzt

Als sie die Haustür öffnete, saß Hannah auf dem Sofa und überfiel sie sofort mit Fragen. „Was ist los? Warum kommst du so spät? Hat Andrea dich erwischt?"

Isabelle lächelte. „Lass mich doch erst einmal reinkommen." Sie warf ihre Tasche achtlos auf den kleinen Schuhschrank in der Diele und ging als Erstes in die Küche, um sich eine eiskalte Flasche Cola aus dem Kühlschrank zu nehmen. Das, was sie bei Frau Hellmann getrunken hatte, schien sie auf dem Rückweg schon wieder ausgeschwitzt zu haben. Sie trank einen großen Schluck, dann nahm sie sich eins der Haargummis, die in einer kleinen Schüssel im Wohnzimmer lagen, und band sich das lange Haar zu einem lockeren Knoten zusammen. Sie liebte ihre langen Haare, aber in solchen Sommern wie diesen wünschte sie sich regelmäßig einen frechen Kurzhaarschnitt. Doch sie wusste, dass sie das augenblicklich bereuen würde. Und dann würde es Ewigkeiten dauern, bis die Haare wieder so lang wären wie jetzt.

„Jetzt spann mich nicht so auf die Folter. Hast du noch irgendetwas herausgefunden? Seit du mir die Fotos geschickt hast, gehen mir die gruseligsten Szenarien im

Kopf rum. Es gab doch da mal diesen Horrorfilm, der in New Orleans spielt ..."

Isabelle verkniff sich ein Grinsen. „Ich habe nachgeforscht ... und es ist sogar noch schlimmer ...", sagte sie ernst und mit einem leichten Zittern in der Stimme.

Hannah sah sie mit weit aufgerissenen Augen an und schnappte sich ein Kissen von der Couch, um das sie ihre Arme schlang. „Noch schlimmer? Oh, mein Gott ... ich hab's gewusst. Die Stelle war zu gut, um wahr zu sein. Was ist es? Müssen wir die Polizei informieren?"

„Sie haben dem Mädchen etwas Schreckliches angetan ...", flüsterte Isabelle. „Etwas, das auch regelmäßig im englischen Königshaus oder in reichen Familien geschehen ist."

Hannah umklammerte das Kissen immer fester und pustete sich eine lockige Strähne aus dem Gesicht. „Was denn? Ich hab alle Folgen von The Tudors gesehen, da sind die schlimmsten Sachen passiert und einfach unter den Teppich gekehrt worden. Das arme Mädchen ... Was haben sie ihr angetan?"

Isabelle beugte sich vor. „Sie haben sie ... in ein Internat gesteckt", flüsterte sie ihrer Freundin ins Ohr.

Hannah zuckte zurück und sah sie vollkommen verwirrt an. „Sie haben was?"

Isabelle krümmte sich vor Lachen. „Du hättest mal dein Gesicht sehen sollen! Zoey ist in einem Internat, damit sie eine unbeschwerte Teenagerzeit erleben kann und sich nicht unaufhörlich Sorgen um ihren Vater machen muss."

Hannahs Miene wechselte zu Fassungslosigkeit, weil ihre Freundin sie so auf den Arm genommen hatte, doch dann musste sie ebenfalls lachen. Mit Schwung schlug sie Isabelle das Kissen auf den Kopf. „Das war wirklich fies von dir. Tu nicht so, als wäre ich die Einzige, die irgendein Horrorfilm-Szenario im Kopf hatte."

Isabelle wehrte lachend das Kissen ab und duckte sich darunter weg. „Du hast ja recht. Ich habe mich wirklich komplett in das Ganze hineingesteigert. Ich wollte Andrea aber nicht darauf ansprechen, deshalb bin ich zu Frau Hellmann, der Nachbarin, gegangen, und die hat mir die ganze Geschichte erzählt." Sie schnappte sich ebenfalls ein Kissen und warf es auf ihre beste Freundin. „In Zukunft sollten wir definitiv mehr Liebeskomödien als Horrorfilme sehen. Das Ganze steigt uns offenbar langsam zu Kopf."

Kapitel 12

Isabelle
Jetzt

Kaum hatte sie gestern noch mit Frau Hellmann über Schwester Bernadette gesprochen, traf sie diese heute in Adrians Zimmer an. Meistens war Bernadette schon weg, wenn sie kam, und darüber war sie sehr froh, denn sie wurde mit der Frau einfach nicht warm. Am Anfang hatte sie sich bemüht, immer freundlich zu sein, aber mittlerweile hatte sie es aufgegeben. Es wirkte so, als hätte Bernadette das Gefühl, Isabelle würde ihr ihr Revier abspenstig machen wollen, was absoluter Quatsch war, da Bernadette ja nur für die Nachtschichten zuständig war. Vielleicht lag es daran, dass Isabelle sich so gut mit Andrea verstand und mit ihr zusammen frühstückte und zwischendurch immer wieder einen Kaffee trank und plauderte. Als Bernadette sich eines Morgens verabschiedet und Andrea und sie scherzend am Frühstückstisch gesehen hatte, hatte sie ein so entsetztes Gesicht gemacht, als hätten die beiden gerade irgendeine Orgie gefeiert. Sie hatte etwas in der Art in den Bart gemurmelt, dass man Arbeit ja wohl niemals mit Privatem vermischen dürfe, weil das extrem unprofessionell sei. Aber dass sie das bei der heutigen Generation nicht verwunderte, und dann war sie grußlos verschwunden.

Sie fragte sich, ob Bernadette wirklich so dachte, oder ob es eher daran lag, dass keiner ihrer Arbeitgeber sie aufgrund ihrer Art je zu einem Kaffee eingeladen hatte.

Aber egal, was auch der Grund dafür war, sie hatte aufgehört, sich darüber den Kopf zu zerbrechen, und beschlossen, weiterhin höflich, aber distanziert zu bleiben.

Sie nickte Bernadette also nur kurz zu und ging dann zum Bett hinüber, um Adrian zu begrüßen.

Bernadette war gerade dabei, die Medikamentenfläschchen zurückzustellen, nachdem sie Adrian seine Morgenpillen verabreicht hatte.

Die Stille breitete sich unangenehm im Raum aus.

„Ich finde das Farbenprinzip, mit dem Sie die Flaschen kennzeichnen, sehr gut", sagte Isabelle freundlich. „So verwechseln auch Angehörige, die keinerlei Vorkenntnisse haben, die Medikamente nicht. Haben Sie sich das selbst ausgedacht oder in irgendeiner Klinik, in der Sie gearbeitet haben, abgeschaut und übernommen?"

Schwester Bernadette drehte sich um und blickte sie mit ihrem typisch mürrischen und unfreundlichen Gesichtsausdruck an. „Diese Idee stammt nicht von mir, sondern von Frau Vallelonga. Sie hatte dieses Prinzip schon eingeführt, als ich hier anfing. Ich persönlich bin nämlich durchaus in der Lage, ein paar Medikamente und deren Anwendung auswendig zu lernen. Das sollte ja wohl nicht so schwer und zu viel verlangt sein in unserem Beruf."

Ooookkaay. Warum versuchte Isabelle überhaupt noch, freundlich zu dieser Schreckschraube zu sein?

Selbst schuld. Sie wollte offenbar nicht, dass man nett zu ihr war.

Aber wenn es wirklich so war, dass Frau Vallelonga dieses System eingeführt hatte, hatte Schwester Bernadette niemals wissen wollen, was sie Adrian da eigentlich genau verabreichte? Schließlich war sie doch angeblich so hyperkorrekt und auf Vorschriften bedacht. Immerhin war Andrea ein Laie, dem bei der Dosierung auch mal Fehler passieren könnten.

Isabelle wandte sich wieder Adrian zu und erzählte ihm etwas, was sie heute Morgen im Internet gelesen hatte.

„Auf Wiedersehen", hörte sie in diesem Moment, während sich gleichzeitig bereits die Tür schloss.

„Schwester Bernadette ist ein wahrer Sonnenschein, nicht wahr?", sagte Isabelle ironisch zu Adrian.

Dieser schloss langsam die Augen und öffnete sie wieder, um Zustimmung zu signalisieren. In den Stunden nach der Pilleneinnahme war er immer komplett abgeschossen und seine sowieso schon eingeschränkte Bewegungsfreiheit war fast nicht mehr vorhanden. Dann konnte er noch nicht einmal mehr nicken oder die Hände bewegen. Sie musste mal mit Andrea sprechen, welche Medikamente Adrian genau bekam und ob man diese vielleicht etwas reduzieren konnte. Denn es waren doch ungewöhnlich viele, fand sie. Andererseits wusste sie, dass Patienten wie er oft unter schmerzhaften Muskelkrämpfen und Ähnlichem litten, und sie wollte natürlich auch nicht, dass er zu allem anderen auch noch Schmerzen hatte.

Aber sie könnte sich vorstellen, dass es ihn zufriedener machen würde, wenn er dadurch ein paar Stunden länger am Tag klarer im Kopf war und sich im Rahmen seiner Möglichkeiten besser bewegen könnte.

Sie ging nach unten und frühstückte wie gewohnt mit Andrea. Danach lief sie wieder nach oben und fragte Adrian, ob sie weiter in dem Thriller lesen sollten. Adrian schloss die Augen einmal, um ein Ja zu signalisieren. Sie griff in die Nachttischschublade und nahm das Buch heraus. Isabelle suchte nach dem Papierstück, das als Lesezeichen gedient hatte, aber es musste runtergerutscht oder ganz rausgefallen sein. Sie blätterte das Buch ganz langsam durch, aber es fiel kein Zettel heraus. So ein Mist, wie soll ich denn jetzt die Stelle wiederfinden?

Adrian stieß plötzlich gutturale Laute aus und seine Augen waren riesengroß. Sie wünschte sich, sie könnte ihn verstehen, aber er brachte nicht mehr als unverständliche Laute zustande, sein Gehirn oder seine Zunge schafften es einfach nicht, Wörter daraus zu formen.

„Es tut mir leid, Adrian. Es dauert noch einen Moment, bis ich dir vorlesen kann. Das Lesezeichen ist rausgefallen und ich muss erst die Stelle suchen, wo wir zuletzt waren."

Sie blätterte langsam die Seiten durch und las die Kapitelüberschriften, bis sie nach einigem Suchen endlich die entsprechende Stelle gefunden hatte.

Doch Adrian gebärdete sich immer wilder, und sein Gesicht war wieder dunkelrot angelaufen.

„Adrian, beruhige dich, ich hab die Stelle ja schon gefunden. Denk an deinen Blutdruck."

Schnell hob sie das Buch und fing an zu lesen, damit er sich wieder entspannte. Sie verstand nicht, warum er sich über solche Kleinigkeiten immer so aufregte, aber andererseits konnte man sich wahrscheinlich nicht hineinversetzen, wenn man sich nicht selbst in so einer schrecklichen Lage befand. Da war es vielleicht verständlich, dass einem schnell der Geduldsfaden riss.

Nachdem sie ihm eine Weile vorgelesen hatte, ging sie nach unten zu Andrea, die gerade die Küche putzte und den Boden wischte.

„Ich habe überlegt, ob wir Adrian nicht noch irgendwie helfen können. Vielleicht könnten wir die Medikamente ein bisschen niedriger dosieren, damit er sich besser und klarer im Kopf fühlt. Oder ich kann mich wegen einer Sprachtherapie erkundigen oder nach anderen Möglichkeiten suchen, wie er vielleicht besser kommunizieren könnte. Vielleicht mithilfe eines Laptops und eines speziellen Computerprogramms. Ich glaube, wenn er in der Lage wäre, uns bestimmte Dinge mitteilen zu können, wäre er garantiert glücklicher und ausgeglichener. Das würde auch seinem Blutdruck zugutekommen.

Andrea stellte den Wischmopp an die Wand und sah sie traurig lächelnd an. „Ich finde es wunderbar, dass dir Adrian schon so ans Herz gewachsen ist, dass du ihm gern helfen und sein Leben verbessern willst. Glaub mir, ich würde mir nichts sehnlicher wünschen, als ihm wenigstens ein Stückchen Lebensqualität wiedergeben zu können, aber es ist zwecklos. Als er nach Hause durfte, war ich voller Hoffnung, dass er sich wieder einigermaßen erholen würde, aber anstatt, dass es ihm besser ging, ging es ihm immer schlechter. Ich habe in der Anfangszeit unzählige Ärzte und Physiotherapeuten hierherkommen lassen. Ich habe mir die

Nächte um die Ohren geschlagen und im Internet nach jeder Therapie – egal wie experimentell sie auch war – gesucht. Ich habe wirklich alles ausprobiert. Sprachtherapeuten, Leute, die auf Schlaganfallpatienten spezialisiert sind, aber nichts hat geholfen. Ein Arzt hat mir mal erklärt, dass die Genesung eines Patienten nicht nur vom Körperlichen abhängt, sondern auch zu einem entscheidenden Teil vom Willen des Patienten. Wenn derjenige einfach aufgibt und nicht bereit ist, für seine Genesung zu kämpfen, dann bringt auch die beste Therapie nichts."

Kapitel 13

Adrian
Acht Monate zuvor

Als Adrian erwachte, verstand er zunächst nicht, was los war. Wo war er? Was war passiert? Sein Kopf schmerzte furchtbar und schien mit Watte vollgestopft zu sein. Er konnte keinen klaren Gedanken fassen. Adrian öffnete die Augen, bereute es aber im selben Augenblick, da das Licht Schmerzpfeile direkt in sein Gehirn zu schießen schien. Er kniff die Augen zusammen und versuchte, seine Umgebung zu erkennen, aber das Einzige, was er sah, war Weiß. Weiß überall um ihn herum. Er versuchte, den Kopf zu drehen, aber in diesem Moment wurde das gleißende Weiß von Schwärze abgelöst. Diese schien ihn zu umschlingen, während er immer mehr Mühe hatte zu atmen.

„Der Patient kollabiert! Schnell, verabreichen Sie ihm …"

Als Adrian das nächste Mal erwachte, war das Licht nicht mehr so grell. Er öffnete ganz langsam die Augen, aber das Fenster, in dessen Richtung er sah, ließ kein Sonnenlicht, sondern eine sanfte Dämmerung herein. War es nicht gerade noch hell gewesen? Und warum sah das Fenster so komisch aus? Er hatte doch blaue Vorhänge am Schlafzimmerfenster.

Warum lag er überhaupt im Bett? War er nicht auf der Arbeit gewesen?

Ja, er war auf der Arbeit gewesen und dort war es ihm schlecht gegangen. Ihm war schwindelig geworden und er war ohnmächtig geworden. Hatte er sich den Kopf verletzt?

Er hob den Arm, um seinen Kopf abzutasten, aber es ging nicht.

Verwirrt schaute er auf seinen Arm hinunter, der auf einer weißen Bettdecke lag.

Erneut versuchte er, den Arm zu heben, aber nichts geschah. Sein Gehirn schien den Befehl zu hören, ihn aber nicht an seinen Arm weiterzuleiten.

Neben ihm ertönte plötzlich ein lautes und schrilles Piepsen.

Kurz darauf knarrte etwas am anderen Ende des Raumes. Er drehte den Kopf und sah eine weiß gekleidete Person durch eine Tür treten.

„Ah, Herr Vallelonga, Sie sind wach. Es ist alles gut, bitte beruhigen Sie sich. Sie sind hier im Krankenhaus. Sie sind auf der Arbeit zusammengebrochen. Ich sage dem Arzt sofort Bescheid, dass er zu Ihnen kommen soll, um Ihnen alles zu erklären und die Diagnose mit Ihnen zu erläutern."

Diagnose? Welche Diagnose? Was war passiert? Warum drückte sich die Krankenschwester so schwammig aus? Warum war er umgekippt? War es nicht nur der Kreislauf gewesen? Konnte er deswegen den Arm nicht bewegen?

„Was ist los? Sie können es mir ruhig mitteilen", sagte Adrian und blickte die Krankenschwester an.

In seinem Kopf erklang der Satz klar und deutlich, doch aus seinem Mund kam nur eine Art gutturales Grunzen. Seine Zunge lag wie tot in seinem Mund. Er versuchte erneut, Worte zu formen und sie deutlich zu artikulieren, aber kein klarer Buchstabe verließ seinen Mund. Warum konnte er die Sätze so klar vor sich sehen, sie aber nicht aussprechen? Es war genauso wie bei seinem Arm.

Er riss die Augen auf und eine Welle der Panik brach über ihn herein.

Wieder piepste das Gerät neben ihm. Er schaute darauf und sah, wie eine Zahl neben einem kleinen Herzen immer weiter in die Höhe stieg.

Ihm wurde wieder schwindelig. Während die Schwester hinauseilte, wurde ihm plötzlich klar, was mit ihm geschehen war. Er kannte die Symptome aus zahlreichen Serien und Filmen. Er hatte einen Schlaganfall erlitten und war infolgedessen gelähmt!

In diesem Moment kam die Krankenschwester mit einem Mann im mittleren Alter zurück. Noch bevor er sich vorstellte, erkannte Adrian an dessen autoritärer Ausstrahlung, dass es sich um einen Arzt handelte.

„Herr Vallelonga, ich bin Professor Dr. Hofschneider. Ich bin Ihr behandelnder Arzt. Ich muss Ihnen leider mitteilen, dass Sie einen Schlaganfall erlitten haben. Über das Ausmaß kann ich noch nichts Genaues sagen. Aber aufgrund der Lähmungen und des Verlusts der sprachlichen Fähigkeiten scheint er massiv gewesen zu sein. Da Sie aber innerhalb der goldenen Stunde bei uns eingeliefert wurden, konnten wir noch einiges für Sie tun. Wir hoffen, dass viele Ihrer Symptome mit der Zeit zurückgehen werden.

Aber seien Sie versichert, Sie befinden sich hier in den allerbesten Händen. Wir werden alles dafür tun, dass Sie sich bestmöglich von diesem Schlaganfall erholen.

Hier auf der Intensivstation werden Sie engmaschig überwacht und mithilfe verschiedener Untersuchungen werden wir versuchen, herauszufinden, was Ihren Schlaganfall ausgelöst hat. Schließlich ist dieser in Ihrem jungen Alter doch recht ungewöhnlich."

Der Arzt redete noch eine ganze Weile weiter, aber Adrian hatte Schwierigkeiten, ihm zu folgen und alles in sich aufzunehmen.

In seinem Gehirn lief stattdessen, wie bei einem Nachrichtensender nach einer Katastrophe, ein grellrotes Schriftband, auf dem stand: Du hattest einen Schlaganfall. Du bist gelähmt und kannst nicht mehr sprechen!

Was, wenn dieser Zustand sich nicht besserte?

Er wollte dem Arzt tausend Fragen stellen, aber nicht ein Wort schaffte es aus seinem Kopf heraus.

Kapitel 14

Adrian
Sieben Monate zuvor

Die Ärztin unterschrieb das Entlassungsformular und schenkte Adrian ein aufmunterndes Lächeln. „Ich freue mich, dass wir Sie heute entlassen können, Herr Vallelonga. Der Schlaganfall war, wenn man Ihr Alter bedenkt, wirklich sehr schwer. Aber genau, wie wir es gehofft haben, hat die Tatsache, dass Sie so schnell hier eingeliefert wurden und behandelt werden konnten, maßgeblich dazu beigetragen, dass Sie sich so gut erholt haben. Denn gerade bei einem Schlaganfall ist die Zeit der entscheidende Faktor. Die Schwere war in Ihrem Fall Ihr Glück, denn wenn es nicht so ein massiver Schlaganfall gewesen wäre, wären die Symptome vielleicht zuerst schleichend aufgetreten und wir hätten nicht mehr viel tun können. Ich bin mir sicher, mit viel Physiotherapie und einem guten Behandlungsplan werden Sie in einigen Monaten wieder fast der Alte sein.“

Adrian ergriff die Hand der Ärztin und schüttelte sie. „Ich danke Ihnen und dem gesamten Team des Marienhospitals. Nur dank Ihnen allen geht es mir jetzt schon wieder so gut.“ Seine Aussprache war noch immer ein bisschen verwaschen, aber sehr gut verständlich. Wenn er intensiv Sprachtherapie betrieb, würden höchstwahrscheinlich keine hörbaren Schäden zurückbleiben.

Wenn er darüber nachdachte, wie er hier vor einem Monat gelegen hatte, war es wirklich ein Wunder und er dankte Gott dafür, dass er sich so gut erholt hatte.

Vor vier Wochen war er vollkommen bewegungsunfähig gewesen und hatte nicht ein Wort sprechen können und jetzt sah es so aus, als würde das alles in ein paar Monaten nur noch wie ein böser Traum erscheinen. Und er war fest gewillt, alles in seiner Macht Stehende dafür zu tun, dass er sich so schnell wie möglich vollständig erholte. Er würde so hart arbeiten, wie es nötig war. Egal ob Physiotherapie, Sprachtherapie oder andere Dinge. Alles, was ihm half, wieder ganz der Alte zu werden, würde er tun.

Mithilfe einer Schwester setzte er sich im Bett auf und schwang die Beine über die Kante. Er hatte in den letzten Wochen gelernt, sich mithilfe eines Rollators über die Krankenhausflure zu bewegen, was auch schon sehr gut klappte. Der nächste Schritt würde dann ein Stock sein. Doch für die Entlassung hatte er einen Rollstuhl bekommen, denn der Weg bis zum Krankenhaus-Parkplatz und auch später von der Straße zur Haustür würde ihn wahrscheinlich noch überfordern. Aber er war fest entschlossen, hart zu arbeiten, um bald wieder ... vielleicht nicht seine ganz alte Form ... aber eine gute Konstitution zu erreichen.

Langsam und vorsichtig erhob er sich und lief die wenigen Schritte bis zum Rollstuhl, indem er sich mit der Hand am Bettgeländer entlangschob.

Er war den Ärzten hier unendlich dankbar, aber vier Wochen waren eine lange Zeit gewesen.

Die Ärzte hatten ihm zwar versichert, dass seine Ernährung und sein täglicher Espressokonsum nicht der maßgebliche Auslöser für den Schlaganfall gewesen waren, aber er hatte sich fest vorgenommen, seinen Lebensstil nachhaltig zu ändern. Sein geliebter Kaffee würde einer entkoffeinierten Variante weichen. Er würde sich einen weniger stressigen Job suchen, sich bewusster ernähren und mehr Obst und Gemüse zu sich nehmen. Kurz vor seinem Schlaganfall hatte er darüber nachgedacht, seinen Job endlich zu kündigen und etwas zu tun, was ihm Spaß machte ... Vielleicht hatte es diesen Schock gebraucht, damit er wirklich etwas änderte.

Kapitel 15

Isabelle
Jetzt

Obwohl Andrea ihr gesagt hatte, dass sie schon alles ausprobiert hatte, setzte sich Isabelle zu Hause an den Laptop und recherchierte. Genau wie sie es sich auch am Anfang schon gedacht hatte, war es äußerst untypisch, dass Adrian in seinem Alter überhaupt einen Schlaganfall bekommen hatte und dass er sich nicht davon erholte. Denn umso jünger die Patienten waren, desto besser waren eigentlich die Genesungschancen. Allerdings musste es ja einen Grund dafür gegeben haben, und vielleicht sorgte dieser dafür, dass Adrian sich nicht erholte. Doch um Genaueres zu erfahren, müsste sie seine Krankenakte sehen oder mit einem seiner Ärzte sprechen. Andrea bemühte sich zwar von ganzem Herzen, aber sie hatte nun mal keine Ausbildung im Gesundheitswesen. Es könnte also gut sein, dass sie wichtige Details einfach nicht verstanden hatte. Aber da Isabelle keine Familienangehörige war, würde sie im Krankenhaus keine Akteneinsicht bekommen. Ob sie Andrea bitten könnte, gemeinsam mit ihr dorthin zu fahren, damit sie sich die Akte anschauen könnte? Oder würde sie das kränken und verletzen, weil sie ihr so signalisierte, dass ihre Informationen ihr nicht gut genug waren? Andererseits konnte sie sich das nicht vorstellen, so wie sie Andrea bislang kennengelernt hatte. Wenn es eine Chance gab, Adrian zu helfen, wäre Andrea bestimmt sofort bereit dazu.

„Was machst du denn da?", fragte Hannah, die gerade aus ihrem Zimmer gekommen war, um sich einen Eistee aus dem Kühlschrank zu nehmen. „Willst du auch einen?", fragte sie und hielt die Flasche in die Höhe.

„Ja, gern", antwortete Isabelle abwesend.

Hannah kam zu ihr, reichte ihr den Eistee und setzte sich neben sie. „Und?" Sie schaute neugierig über Isabelles Schulter.

„Und was?", entgegnete Isabelle, ohne den Blick vom Display abzuwenden.

„Ich hatte gefragt, was du da machst … Scheint ja etwas äußerst Spannendes zu sein, wenn du mir gar nicht zuhörst."

Jetzt hob Isabelle den Blick. „Ich recherchiere für Adrian … wie ich ihm vielleicht noch helfen kann. Aber das ist gar nicht so einfach, weil ich seine genaue Krankengeschichte nicht kenne. Wenn ich seine Krankenakte einsehen könnte, wüsste ich genau, was schon gemacht worden ist, welche Schäden irreversibel sind und wo sich vielleicht doch noch eine neue Therapie lohnen würde. Aber Andrea zu fragen, könnte bei ihr vielleicht falsch rüberkommen. Weißt du, was ich meine?"

Sie schraubte ihre Eisteeflasche auf und trank einen großen Schluck. Sie war so in ihre Nachforschungen vertieft gewesen, dass sie gar nicht gemerkt hatte, wie durstig sie war.

„Ja, das kann ich gut verstehen. Liam auf der Arbeit ist auch immer sofort eingeschnappt, wenn ich mal irgendwelche Daten überprüfen will, weil er sich sofort angegriffen fühlt, und du bist ja noch nicht so lange da, sodass ich an deiner Stelle auch nichts riskieren würde."

Isabelle nickte zustimmend und trank noch einen Schluck. „Justin!", rief sie auf einmal laut.

Isabelle verschluckte sich und musste so sehr prusten, dass ihr der Eistee aus dem Mund spritzte. „Mein Gott, hast du mich erschreckt. Was für ein Justin?"

Hannah grinste. „Der Justin, der im Archiv im Marienhospital arbeitet!"

Isabelle sah sie weiterhin verständnislos an.

„Erinnerst du dich an den Typen, den ich vor ein paar Monaten im Starbucks in Bochum kennengelernt habe? Mit dem ich in diesem neuen Marvel-Film war?" Hannah sah sie erwartungsvoll an.

Isabelle dachte nach. Hannah war wunderhübsch und datete ständig jemanden. „Der Langweiler?", fragte sie nach wenigen Augenblicken.

„Ja, genau der", antwortete ihre Freundin grinsend. „Und eines der langweiligen Sachen an ihm war sein Job. Er hat mir erzählt, dass er im Marienhospital arbeitet, und ich habe gedacht: Oh, ein süßer Pfleger oder vielleicht sogar Arzt … und dann habe ich erfahren, dass er im Archiv arbeitet, im Keller, und den ganzen Tag nichts anderes macht, als am Computer zu sitzen oder irgendwelche Akten zu sortieren oder rauszugeben. Und der Typ war absolut glücklich mit seinem Job. Er hat mich echt zum Einschlafen gebracht. Aber nichtsdestotrotz werde ich mich opfern und ihn anrufen und ein bisschen flirten."

Isabelle hatte sich schon wieder ihrem Laptop zugewandt. „Wenn der Typ so ein Langweiler war, warum willst du ihn dann noch mal anrufen?", fragte Isabelle, während sie etwas in das Suchfeld tippte.

„Sag mal, ist dir die Hitze zu Kopf gestiegen? Du hast doch sonst nicht so eine lange Leitung", erwiderte Hannah und boxte Isabelle spielerisch gegen den Arm. „Ich will ihn anrufen und mit ihm flirten, damit ich dann auf das Thema Akten zu sprechen kommen kann. Und wie dringend du die Akte eines Patienten bräuchtest, damit du nicht gefeuert wirst."

Isabelle hörte auf zu tippen und sah ihre Freundin anerkennend grinsend an. „Du bist echt genial!"

Hannah zog die Augenbrauen hoch und warf ihr langes Haar kokett nach hinten. „Sag mir was, was ich noch nicht weiß."

„Das würdest du wirklich für mich tun?"

„Aber klar, dafür sind Freundinnen doch da. Forsch du weiter nach und ich ruf ihn an", sagte Hannah und verließ das Zimmer.

Isabelle vertiefte sich wieder in die Fachberichte und suchte nach Fällen, die denen von Adrian ähnelten. Sie machte sich gerade handschriftlich Notizen auf einem Block, als Hannah wieder zurückkam.

„Zieh deine Schuhe an und schnapp dir deine Tasche, wir müssen los", sagte Hannah und grinste sie triumphierend an.

Isabelle ließ den Stift auf die Couch fallen und sah sie fassungslos an. „Doch nicht etwa zu …?"

„Doch genau dorthin. Als ich angerufen habe, hat mir Justin erzählt, dass er gerade auf der Arbeit ist. Und du kennst ja meinen herausragenden Charme … Lange Rede, kurzer Sinn … Wenn wir jetzt sofort kommen, dürfen wir einen Blick in die Akte werfen. Er wollte sie schon heraussuchen für uns, aber ich wusste den Nachnamen deines Patienten nicht."

Isabelle sprang so stürmisch auf, dass ihr Laptop herunterrutschte und sie ihn nur noch im letzten Moment auffangen konnte. Sie legte ihn auf die Couch und eilte dann zu Hannah hinüber, um sie stürmisch zu umarmen und ihr einen hörbaren Schmatzer auf die Wange zu geben. „Du bist die Allerallerbeste!"

Hannah lachte schallend und wischte sich theatralisch die Backe ab. „Genauso küsst dieser Justin bestimmt auch", sagte sie gespielt schaudernd.

Isabelle lachte ebenfalls und beeilte sich, in ihre Schuhe zu schlüpfen und ihre Tasche zu holen. Dann ging sie noch einmal zur Couch und steckte ihren Notizblock und einen Stift ein. Sie könnte etwaige Informationen zwar auch in ihr Handy eintragen, aber bei solchen Recherchen war sie altmodisch. Auch beim Lernen schrieb sie die Fakten lieber auf, so verankerten sie sich irgendwie besser in ihrem Kopf.

Kapitel 16

In den unteren Etagen des Krankenhauses war es angenehm kühl, was nach der brütenden Hitze eine Wohltat war. Es hatte ein bisschen gedauert, bis sie sich in diesen Katakomben zurechtgefunden hatten, denn zuerst waren sie in die vollkommen falsche Richtung gelaufen, aber eine nette Krankenschwester hatte ihnen den genauen Weg erklärt. Das Schild, auf dem das Wort Archiv stand, und ein Pfeil, der den Gang hinunter deutete, sprachen dafür, dass sie ihr Ziel fast erreicht hatten.

„Ich kann immer noch nicht fassen, dass du ihn dazu gekriegt hast. Gerade wenn er hier arbeitet, müsste er doch superstreng mit der Herausgabe von solchen Dokumenten sein", sagte Isabelle, während sie auf die grüne Metalltür zugingen, hinter der sich das Archiv verbarg.

„War er zuerst auch. Er hat sich so lange geweigert, bis ich ihm als Dankeschön versprochen habe, am Wochenende mit ihm auszugehen", erwiderte Hannah. „Und du wirst mir die Energydrinks bezahlen, die ich trinken muss, um während dieses Dates mit ihm nicht einzuschlafen."

„Oh, du Arme! Es ist wirklich superlieb, dass du das für mich tust.“

„Ich hoffe, es bringt wenigstens etwas, und du findest in der Akte die Informationen, um Adrian besser helfen zu können.“

Sie öffneten die Tür und Hannah begrüßte Justin mit einem umwerfenden Lächeln und bedankte sich dann überschwänglich bei ihm für seine Hilfe.

Isabelle bedankte sich ebenfalls bei ihm und spielte die Rolle, die Hannah ihr zugewiesen hatte … die der Angestellten, die von der strengen Chefin rausgeworfen wurde, wenn sie zu viele Fragen stellte oder Fehler machte.

Sie erklärte ihm, dass sie die Akte von Adrian Vallelonga bräuchte, der im Winter 2023 hier eingeliefert worden war.

Während er die Akte im Archiv heraussuchte, unterhielten sich Hannah und sie über Belangloses. Die Akte war zwar auch digital verfügbar, aber genau wie auch mit ihren Notizen fand sie es angenehmer, eine Papierakte durchzublättern. Beim Scrollen auf einem Bildschirm rutschte einem einfach zu schnell etwas durch.

Vielleicht fand sie in der Akte auch die verschriebenen Medikamente, sodass sie schauen konnte, ob man irgendetwas davon vielleicht nicht doch niedriger dosieren oder mit einem anderen, besser verträglichen Medikament tauschen konnte. Sie kannte sich in diesem Bereich ganz gut aus und wusste, welche Medikamente besser und welche schlechter verträglich waren und welche Nebenwirkungen sie hatten.

Sie wollte Adrian unbedingt helfen, und wenn es nur eine Kleinigkeit war, die seinen Alltag ein bisschen besser machte.

Justin kam wieder und winkte sie zu sich. „Du musst die Akte aber hier hinten im eigentlichen Archiv lesen, denn wenn ein Arzt oder irgendein anderer Krankenhausangestellter hereinkommt und jemand Unbefugtes mit einer Akte in der Hand erwischt, bekomme ich mächtig Ärger."

„Das verstehe ich, und ich bin dir wirklich dankbar, dass du das für uns tust."

„Wer könnte Hannah schon einen Wunsch abschlagen?", sagte er und grinste schief.

„Das stimmt", erwiderte sie lachend. Hannah fand ihn vielleicht langweilig, aber er war eigentlich ganz süß, auf diese bestimmte nerdige Art und Weise.

Er brachte sie zu einem kleinen Tisch, auf dem er bereits die Akte gelegt hatte. „Lass dir ruhig Zeit und schau dir alles in Ruhe an. Ich unterhalte mich so lange mit Hannah."

Als er verschwunden war, sah sie sich in dem riesigen, muffig riechenden und dämmerig beleuchteten Raum um. Die uralten Neonröhren an der Decke entsprachen ganz sicher nicht mehr den Energievorschriften und erzeugten ein fast nicht wahrnehmbares hohes Fiepen. Auf dem Tisch stand eine ebenfalls altmodische Bürolampe, die sie anschaltete. In deren Lichtschein tanzten Abermillionen Staubpartikel.

Sie schlug die Akte auf und las zuerst die Berichte, die bei seiner Einlieferung in der Notaufnahme gemacht worden waren. Dadurch, dass es mitten während der Arbeitszeit passiert war und die Kollegen sofort einen

Krankenwagen gerufen hatten, war Adrian in der sogenannten goldenen Stunde behandelt worden. Denn die erste Stunde nach einem Schlaganfall oder einem Herzinfarkt war entscheidend. Befand sich der Patient innerhalb dieser Zeitspanne bereits im Krankenhaus, standen die Chancen gut, dass er sich fast ohne bleibende Schäden erholte.

Warum war das bei Adrian nicht der Fall? War der Schlaganfall so schlimm gewesen?

Als Nächstes schaute sich Isabelle die Liste der durchgeführten Untersuchungen an und betrachtete die gemachten Aufnahmen. Das Krankenhaus hatte wirklich alles in seiner Macht Stehende getan, um die Ursache für Adrians Schlaganfall herauszufinden. Sie hatten ihn geröntgt, ein CT und ein MRT gemacht, ein Echokardiogramm, ein EEG, eine Herzkatheter-Untersuchung und vieles mehr, aber nichts davon hatte etwas zutage gefördert.

Insgesamt hatte Adrian vier Wochen im Krankenhaus verbracht und hatte eine intensive Behandlung mit Physio- und Sprachtherapie erhalten. Das waren für Isabelle bisher keine neuen Informationen, doch die folgenden Seiten verwirrten sie so sehr, dass sie diese mehrmals las, weil sie sich sicher war, dass sie irgendetwas falsch verstanden hatte. Sie überprüfte sogar den kleinen Patientenaufkleber oben rechts, weil sie dachte, dass die restlichen Blätter vielleicht aus einer anderen Akte stammten und falsch abgelegt worden waren. Aber nein, es waren definitiv Adrians Krankenblätter.

War es hier drin so stickig, oder war es die Aufregung, warum sie so schlecht Luft bekam?

Sie hob ihre Haare hoch und fächelte sich mit der Akte Luft ins erhitzte Gesicht und den Nacken. Sie war vielleicht zehn Minuten hier drin und sie war schon schweißüberströmt. Im Vorraum hatte ein Ventilator auf der Theke gestanden, aber hier hinten kam ja außer Justin kaum jemand hin, da hatte das natürlich keinen Sinn.

Sie überlegte, kurz nach vorn zu gehen, um sich abzukühlen, aber was sie gerade gelesen hatte, war zu schockierend. Daher musste sie unbedingt weiterlesen.

Auf den folgenden Seiten waren Adrians Fortschritte notiert. Er hatte fantastisch auf die Physiomaßnahmen angesprochen und war ein vorbildlicher Patient gewesen. Seine Symptome hatten sich mehr und mehr zurückentwickelt ... so sehr, dass er nach seinem Krankenhausaufenthalt noch nicht einmal in ein Reha-Zentrum, sondern nach Hause zurückgeschickt worden war. Denn die Ärzte waren der Meinung gewesen, dass ambulante Physio- und Sprachtherapie ausreichen würden.

Als er entlassen worden war, war er bereits in der Lage gewesen, mithilfe eines Rollators kurze Strecken zurückzulegen, und hatte zwar ein wenig verwaschen, aber verständlich kommunizieren können.

Was war passiert, dass Adrian nun vollkommen bewegungsunfähig und nicht mehr in der Lage zu sprechen war? Hatte er einen weiteren Schlaganfall erlitten?

Sie sah die Akte gründlich durch, aber nach seiner Entlassung fanden sich keine weiteren Infos in der Akte. War er vielleicht ins andere Krankenhaus der Stadt, ins Marienhospital oder in eine größere Klinik im Umkreis eingeliefert worden? Aber wenn er einen weiteren Schlaganfall erlitten hätte, hätte Andrea ihr das doch bestimmt erzählt. Das war wirklich mysteriös. Auf der letzten Seite fand sie aber zumindest die Information, die sie gesucht hatte. Eine genaue Auflistung der Medikamente, die er während des Krankenhausaufenthaltes bekommen hatte und die ihm für zu Hause verschrieben worden waren.

Sie kramte in ihrer Tasche und suchte den Block und den Stift heraus, um alles zu notieren.

Nachdem sie die Liste studiert hatte, stellte sie fest, dass sie den Block getrost wieder einstecken konnte. Denn Adrian hatte nur ein einziges Medikament verschrieben bekommen. Einen gängigen Blutverdünner namens ASS, den Millionen Deutsche jeden Tag ohne die geringsten Nebenwirkungen nahmen. Was waren das dann für Medikamente, die Adrian jeden Tag schluckte? Wer hatte sie ihm verschrieben? Wofür waren sie gut? Sie hatte sich vom ersten Tag an gewundert, dass er so eine unglaubliche Zahl an Tabletten bekam ... Warum war sie nicht hartnäckiger gewesen, herauszufinden, worum es sich dabei genau handelte? Sie musste unbedingt weiterrecherchieren, um herauszufinden, ob Adrian noch einen weiteren Schlaganfall erlitten hatte.

Sie blätterte zurück zur ersten Seite, weil sie die ganze Akte noch einmal aufmerksam lesen wollte. Vielleicht hatte sie ja doch irgendetwas Entscheidendes übersehen.

Direkt auf der ersten Seite fiel ihr tatsächlich etwas auf, das sie vorhin gar nicht wahrgenommen hatte, weil sie so sehr auf die medizinischen Fakten fokussiert gewesen war.

In den allgemeinen Infos über den Patienten war neben der Adresse, dem Geburtsdatum und anderen Dingen auch ein Notfallkontakt eingetragen. In Adrians Fall lautete dieser aber nicht Andrea Vallelonga, sondern Victor Vallelonga. Wer war das? Adrians Vater oder sein Bruder? Normalerweise trug man immer seinen Ehepartner ein, aber ein anderes Familienmitglied ging natürlich auch. Isabelle notierte sich die Nummer. So hätte sie jemanden, mit dem sie über Adrians gesundheitliche Probleme sprechen konnte, ohne Andrea zu nahe zu treten und schmerzliche Erinnerungen in ihr wachzurufen. Je mehr sie darüber erfuhr, desto schlimmer wurde diese Sache. Erst die Pflege ihrer Mutter, dann der nächste Schock, als ihr Mann plötzlich einen Schlaganfall erleidet. Das Aufatmen, als die Symptome nach und nach zurückgehen und es so aussieht, als würde ihr Mann wieder gesund ... Und dann der nächste Schicksalsschlag, als irgendetwas geschieht, das ihn als kompletten Pflegefall zurücklässt. Sie wusste nicht, ob sie stark genug gewesen wäre, das alles durchzustehen.

Andererseits war der Mensch, wenn es darauf ankam, wesentlich stärker und belastungsfähiger, als man dachte. Das sah man tagtäglich ... Menschen, die als Überlebende aus Kriegsgebieten zurückkehrten oder Naturkatastrophen überlebten. Wie diese Frau, die sich nach dem Tsunami in Phuket schwer verletzt über zehn Stunden an einer Palme festgeklammert hatte, oder Mütter, die Autos hochhoben, um ihre Kinder zu retten. Oder Menschen, denen nach Unfällen keinerlei

Überlebenschance gegeben wurde und die sich ins Leben zurückkämpften. Man wusste nie, wie stark man war, bis man sich plötzlich in einer Situation befand, in der man es sein musste.

Andrea dachte wahrscheinlich gar nicht groß darüber nach, sondern tat einfach, was getan werden musste. Doch sie bewunderte sie trotzdem dafür.

Sie klappte die Akte zu und legte sie ordentlich auf den Tisch zurück, dann ging sie nach vorne, wo Justin ausgelassen auf Hannah einredete. Als er sie hörte, verstummte er und drehte sich zu ihr um. Sobald er Hannah den Rücken zuwandte, verdrehte diese theatralisch die Augen, ließ den Kopf in den Nacken sinken und tat so, als wäre sie eingeschlafen.

Isabelle musste sich auf die Innenseite ihrer Wangen beißen, um nicht laut loszulachen.

Sie bedankte sich überschwänglich bei Justin und versicherte ihm, dass er ihr sehr geholfen hatte.

„Ich rufe dich heute Abend wegen unseres Dates an", rief er Hannah freudig hinterher, als sie in Richtung Tür gingen.

„Kann's nicht erwarten", antwortete sie, sah dabei aber aus, als wenn dieses Date in Wirklichkeit eine Wurzelbehandlung wäre.

„Ich hoffe, dass sich das Ganze wenigstens gelohnt hat", sagte Hannah, als sie sich weit genug entfernt hatten. Der hat gar nicht mehr aufgehört zu reden. Ich wollte ein paar Mal hoch zur Notaufnahme und sie bitten, mir ein bisschen Adrenalin zu spritzen, damit ich nicht ins Koma falle. Mein Gott, wie kann man nur so langweilig sein."

„Er sieht doch eigentlich ganz süß aus", sagte Isabelle.

„Glaub mir, das ist dir vollkommen egal, wenn er erst mal anfängt, dich zuzutexten. Auf das Aussehen bin ich damals auch reingefallen. Wenn ich schon an das Date denke, das mir bevorsteht ... Hast du denn wenigstens etwas Hilfreiches herausgefunden?"

Isabelle erzählte ihr daraufhin davon, was sie gelesen und was sie so verwirrt hatte.

„Das klingt definitiv so, als hätte er noch einen weiteren Schlaganfall oder etwas Ähnliches erlitten. Aber das mit den Medikamenten ist auch seltsam. Hast du nicht gesagt, er kriegt eine ganze Batterie an Pillen jeden Tag?"

Isabelle nickte. „Die Frage ist: Warum muss er so viele nehmen, wenn die Klinik ihm nur ASS verschrieben hat? Und wer hat entschieden, dass er sie bekommt?"

„Was ist mit dieser Nachtschwester? Du hast doch gesagt, die ist total komisch und unfreundlich. Vielleicht hat die Andrea eingeredet, dass Adrian all diese Mittel braucht?" Hannah runzelte nachdenklich die Stirn.

Isabelle kam ins Grübeln. Normalerweise hätte sie diese Idee für komplett abwegig gehalten, schließlich hatte jede Pflegekraft stets nur das Beste für ihre Patienten im Sinn. Aber Hannah hatte recht: Schwester Bernadette war komisch, extrem unfreundlich und mied jedes Gespräch mit ihr. Und es war noch gar nicht lange her, dass sie Bernadette auf die ganzen Pillen angesprochen hatte. Und da hatte diese sie praktisch abgewürgt und so getan, als hätte nur Andrea die komplette Übersicht darüber, was ja eigentlich Quatsch war, da diese ein Laie war und gar keine Ahnung hatte, welche Tabletten wofür waren. Es wäre also gar nicht so undenkbar, dass sie Andrea eingeredet hatte, dass

Adrian all diese Medikamente brauchte, damit es ihm besser ging. An Andreas Stelle würde sie sich bestimmt auch an jeden Strohhalm klammern. Aber warum? Verkaufte sie die Tabletten an Andrea oder wollte sie sich dadurch unentbehrlich und die Familie von sich abhängig machen?

„Ich werde morgen versuchen, mehr über Bernadette herauszufinden", sagte Isabelle. „Wenn wir zum Beispiel ihren Nachnamen haben, können wir sie googeln. Vielleicht finden wir dann was über ihre früheren Arbeitgeber heraus. Und ich werde versuchen, mit Andrea über die Medikamente zu sprechen oder konfrontiere Bernadette direkt damit, falls ich sie sehe."

Hannah wiegte nachdenklich den Kopf hin und her. „Sei lieber vorsichtig. Wenn diese Nachtschwester tatsächlich mit Tabletten handelt oder Schlimmeres, ist sie bestimmt gefährlich. Wenn sie denkt, dass du sie auffliegen lassen könntest, hängt sie dir nachher noch irgendetwas an. Du bist schließlich die Neue, während Bernadette wahrscheinlich schon von Anfang an für Adrians Pflege zuständig war ... Wem, meinst du, würde Andrea glauben, wenn es hart auf hart kommt?"

„Mir, da bin ich mir sicher. Andrea und ich verstehen uns wirklich gut, obwohl wir uns noch gar nicht so lange kennen. Im Gegensatz zu Bernadette frühstücke ich ständig mit ihr oder wir trinken zusammen Kaffee und plaudern. Sie hat mit Bernadette nur ein rein berufliches Verhältnis und mag sie auch nicht so besonders, das hat sie mir mal anvertraut", erklärte Isabelle ihrer Freundin.

„Ich wäre trotzdem vorsichtig."

Sie hatten Hannahs Auto erreicht und fuhren nach Hause. Dort bestellten sie sich eine Pizza und sahen sich einen Film an. Aber Isabelle konnte sich einfach nicht auf die Handlung konzentrieren; zu viele offene Fragen gingen ihr im Kopf herum.

Am nächsten Morgen war sie besonders zeitig bei Andrea, weil sie hoffte, dass sie Bernadette noch begegnen würde. Etwas, was sie normalerweise eher bewusst vermied. Sie begrüßte Andrea schnell und hastete dann die Treppenstufen hoch und eilte in Adrians Zimmer.

Bernadette war tatsächlich noch da, Gott sei Dank. „Sie sind aber früh dran, ist die heutige Generation nicht eher immer auf dem letzten Drücker da?", fragte sie, ohne einen Guten Morgen zu wünschen.

„Ich nicht. Ich bin eher immer zu früh als zu spät dran."

Bernadette murrte irgendetwas Unverständliches und griff nach ihrer Tasche. „Ich wollte sowieso gerade gehen."

„Warten Sie, ich hätte da noch eine Frage. Was genau sind das eigentlich für Medikamente, die Adrian jeden Tag bekommt? Ich dachte, wir könnten manche vielleicht ein bisschen weniger stark dosieren", sagte Isabelle betont beiläufig, während sie ihre Jacke auszog.

Bernadette schaute sie forschend und unfreundlich an. „Ich habe Ihnen doch schon gesagt, dass ich nicht weiß, was er genau bekommt. Ich halte mich genauso an den farbcodierten Plan wie Sie."

„Sie wollen mir sagen, dass so eine erfahrene Schwester wie Sie einfach Medikamente verabreicht, ohne zu wissen, wofür sie sind? Bringen Sie die Medikamente denn nicht mit?“, erwiderte Isabelle.

„Was wollen Sie mir denn da unterstellen? Ich bin seit fünfunddreißig Jahren in diesem Beruf tätig und habe immer nur das Wohl meiner Patienten im Sinn. Natürlich bringe ich die Medikamente nicht mit, wo sollte ich die denn herhaben? Die werden natürlich von einem Arzt verschrieben. Und wenn es Frau Vallelonga einfacher fällt, mit diesem Farbenprinzip zu arbeiten, passe ich mich selbstverständlich an. Sie ist schließlich mein Arbeitgeber. Und wenn der Arzt Herrn Vallelonga diese Medikamente in dieser Dosierung verschrieben hat, wird er sich dabei schon etwas gedacht haben. Aber die jungen Leute wie Sie meinen ja immer, alles besser zu wissen und schlauer zu sein als die Ärzte.“ Sie schnaubte vernehmlich und sah sie kampflustig an.

Okay, das lief nicht so locker und unauffällig, wie ich es geplant hatte, dachte sie. Die Frage war nur: Reagierte Bernadette so empfindlich und aggressiv, weil sie eben Bernadette war, oder weil sie etwas zu verbergen hatte? Auf jeden Fall fühlte sie sich auffällig angegriffen.

„Ich meinte es nicht böse, ich will ja nur Adrian helfen, so wie wir alle. Und gerade, weil Sie so viel Erfahrung haben, dachte ich, dass Sie sich am Anfang nach den genauen Medikamentenbezeichnungen erkundigt haben.“

Bernadette sah sie herablassend an. „Wenn man genug Erfahrung hat, lernt man auch, seine Nase nicht überall hereinzustecken, sondern zu machen, was einem gesagt wird. Sonst ist man seinen Job schneller wieder los, als man schauen kann.“

Isabelle sah sie mit großen Augen an. War das gerade eben etwa eine Drohung gewesen? Würde diese Frau Andrea irgendwelche Lügen erzählen, falls sie sich weiterhin einmischte und Dinge hinterfragte?

„Ich muss jetzt gehen", sagte Bernadette, sah sie noch einmal grimmig an und verließ dann den Raum, ohne Isabelle die Chance zu geben, etwas zu erwidern. Was war das denn gerade gewesen? Wollte Bernadette sie wirklich einschüchtern? Das würde ihr nämlich nicht gelingen. Jetzt würde sie erst recht weiter nachforschen und der Sache auf den Grund gehen. Irgendetwas war da faul, da war sie sich sicher.

Sie begrüßte Adrian kurz und ging dann hinunter zu Andrea. „Wie heißt Schwester Bernadette eigentlich mit Nachnamen?", fragte sie beim Frühstück beiläufig.

„Wie kommst du denn jetzt darauf?", fragte Andrea verwundert.

„Ich habe sie noch oben kurz angetroffen, als ich hergekommen war, und sie war wieder der reinste Sonnenschein. Bernadette klingt ja schon so passend für sie, dass ich mich gefragt habe, ob ihr Nachname genauso zutreffend ist." Isabelle nahm ihr Brot in die Hand und bestrich es dick mit Marmelade.

Andrea prustete los und musste sogar ihre Kaffeetasse abstellen, damit sie nichts verschüttete. Auch ihre Grübchen traten beim Grinsen wieder zutage.

Isabelle sah sie irritiert an.

„Sie heißt Heppi. Aber anders geschrieben als das englische Happy, mit einem e statt einem a und einem i am Ende."

Isabelle lachte ebenfalls ausgelassen. „Das ist nicht wahr, oder? Der Name ist so was von unpassend für diese Scrooge-Version einer Frau. Aber lustig ist es allemal."

Und das Gute war, dass sie jetzt den vollständigen Namen hatte. Wenn Adrian heute Mittag schlief, würde sie sich hinsetzen und ein bisschen Google-Recherche anstellen. So häufig war dieser Name nämlich bestimmt nicht, gerade wenn sie den Umkreis der Suche auf das Ruhrgebiet einschränkte.

Sie erledigte alle anfallenden Arbeiten, war in Gedanken aber doch die ganze Zeit über bei Bernadette. Würde sie irgendetwas über sie herausfinden können? In der heutigen Zeit war es ja fast unmöglich, nicht im Internet aufzutauchen. Aber ältere Leute wie Bernadette würden bestimmt nicht bei Facebook, Instagram, TikTok oder anderen sozialen Medien registriert sein, das machte die Suche natürlich etwas kniffliger.

Als Adrian schlief, setzte sich Isabelle wieder an ihren Lieblingsplatz am Fenster und fing mit ihrer Recherche an. Sie hätte lieber auf ihrem Laptop gesucht, da die Suche durch das größere Display wesentlich angenehmer war, aber sie wollte nicht so lange warten.

Als Erstes rief sie Facebook auf und gab den Namen ein, aber wie sie es vermutet hatte, gab es dort nur zwei Bernadette Heppi und das waren irgendwelche jungen Französinnen. Auch bei Instagram und X, ehemals Twitter, wurde sie nicht fündig. Sie ging daher zu Google und tippte „Bernadette Heppi, Herne" ein. Wenn sie dabei nichts fand, würde sie es mit Schlagworten wie „NRW, Ruhrgebiet, Nachtschwester, Krankenschwester" versuchen.

Mehrmals wurde eine ältere Bernadette Heppi gefunden, doch als sie die entsprechenden Seiten öffnete, stand dort immer Bernadette Karlson-Heppi.

Sie scrollte durch die Suchergebnisse und wurde immer pessimistischer. Doch auf Seite drei landete sie schließlich einen Volltreffer. Sie war so aufgeregt, dass sie zwei Anläufe brauchte, um den richtigen Link anzuklicken.

Unsere Mitarbeiter stand dort als Überschrift und dann folgte eine Tabelle, in der links immer kleine Fotos und rechts die Namen, Berufsbezeichnungen und Stationen standen. Und tatsächlich, die siebte von oben war ganz unverkennbar Bernadette. Sie schaute also auch auf Fotos genauso miesepetrig aus wie im wahren Leben.

Bernadette Heppi, Krankenschwester, Innere Station, stand neben ihrem Gesicht.

Aber das war es nicht, was Isabelle das Gefühl gab, gerade sechs Richtige im Lotto zu haben. Es war das Banner, das oben über der Tabelle prangte. Marienhospital Herne, stand dort neben einem blauen Logo.

Bernadette arbeitete also tagsüber noch im Marienhospital, oder sie hatte dort einmal gearbeitet ... Isabelle wusste nicht, wie aktuell die Seite war, die sie gefunden hatte.

Von allen Krankenhäusern war es ausgerechnet das, in dem sie jetzt Connections besaß. Wenn das nicht mal Glück bedeutete.

Sie schrieb Hannah kurz eine Nachricht und erzählte ihr, dass Bernadette sich heute Morgen äußerst aggressiv gezeigt hatte, nachdem sie dieser ein paar Fragen gestellt hatte. Außerdem erklärte sie ihrer Freundin, was sie bei ihrer Internetrecherche herausgefunden hatte.

Könntest du Justin anrufen und ihn fragen, ob er mal kurz schauen könnte, was in der Personalakte von Bernadette Heppi steht?

Hannah war sofort Feuer und Flamme.

Ich ruf ihn sofort an.

Sie fand diese ganze Schnüffelei furchtbar aufregend. An ihnen waren wahrscheinlich zwei Hobbydetektive verloren gegangen.

Hannah versprach, sich sofort zu melden, falls sie etwas herausfand.

Isabelle saß da wie auf heißen Kohlen und hoffte, dass Justin heute arbeitete, denn sonst könnte er erst nachschauen, wenn er wieder im Krankenhaus war.

Nach einer Stunde bekam sie endlich eine WhatsApp-Nachricht von Hannah.

Hast du gerade Zeit und kannst telefonieren?

Oh, das bedeutete, dass sie etwas herausgefunden hatte, und es musste etwas Interessantes sein, sonst würde sie nicht extra telefonieren wollen.

Sie überlegte kurz und ging dann zu Andrea hinunter. „Sag mal, Andrea, es ist so heiß, da dachte ich, ich lauf schnell runter zur Eisdiele und hole uns dreien ein paar Kugeln, wenn du einverstanden bist. Das ist eine schöne Erfrischung, die Adrian doch bestimmt auch gut essen kann.“

„Das ist eine wunderbare Idee. Adrian hat seit dem Schlaganfall kein Eis mehr gegessen. Darüber freut er sich bestimmt riesig. Warte, ich hole rasch meine Geldbörse.“

Isabelle winkte ab. „Lass gut sein, ich lade euch ein. War ja schließlich auch mein Vorschlag. Beim nächsten Mal kannst du dann einen ausgeben, der Sommer ist ja noch lang.“

„Okay, danke, das ist wirklich lieb von dir“, sagte Andrea.

„Dann bis gleich“, rief Isabelle und eilte durch die Haustür. Sobald sie außer Hörweite war, wählte sie die Nummer ihrer Freundin.

„Was hast du herausgefunden?“, fragte Isabelle aufgeregt.

„Du wirst es nicht glauben, Izzy“, sagte Hannah und machte eine erwartungsvolle Pause.

„Na los, spann mich nicht so auf die Folter“, rief Isabelle ungeduldig, während sie die Straße hinunter zur Eisdiele lief.

„Es hat eine Weile gedauert, aber dann habe ich Justin erreicht, der tatsächlich gerade auf der Arbeit war. Zuerst hat er sich geziert und gemeint, das letztens wäre eine einmalige Ausnahme gewesen, und er könnte seinen Job verlieren. Aber du kennst ja meine Überzeugungskraft. Auf jeden Fall hat er den Namen dieser Schwester ins System eingetippt und ...“

Isabelle stieß ein Stöhnen aus. „Wenn du jetzt in meiner Nähe wärst, würde ich dich gegen die Schulter boxen.“

„Nichts!", rief Hannah.

„Wie nichts? Das kann doch nicht sein, ich habe sie doch auf der Seite gesehen. Da war sowohl ihr Name als auch ihr Foto. Es kann also keine Verwechslung geben."

„Das habe ich Justin auch erklärt und ihn deshalb gebeten, sich auch im Archiv umzusehen. Dort ist er schließlich nach kurzer Zeit fündig geworden. Er hat Bernadette Heppi in den Akten der ehemaligen Mitarbeiter gefunden. Sie war bis 2019 Schwester auf der Inneren Station. Laut Akte ist sie nicht selbst gegangen, sondern gekündigt worden, und zwar fristlos!"

Isabelle blieb so abrupt stehen, dass ein Mann, der hinter ihr war, fast in sie hineinlief. „WAS? Ich wusste es! Ich wusste, dass mit ihr irgendwas nicht stimmt. Das ist der Beweis. Steht darin auch, was der Grund für die Kündigung war?"

„Leider nicht, ich hab natürlich auch sofort gefragt. Er meinte, so etwas wäre immer unter Verschluss, dafür bräuchte man spezielle Rechte", erklärte Hannah.

„Schade, aber egal. Die Tatsache, dass sie dort nicht mehr arbeitet, sagt doch schon alles. Fristlos entlassen wird man schließlich nicht einfach so. Wer weiß, was sie da mit den Patienten angestellt hat. Ich werde sie demnächst ganz genau im Auge behalten und wenn mir das Ganze zu komisch vorkommt, werde ich Andrea davon erzählen. Ich will nur gerne irgendwelche handfesten Beweise haben, die ich ihr vorlegen kann, damit sie das Ganze nicht einfach so abtut. Vielleicht könnte ich Bernadette mit allem konfrontieren und das

Gespräch heimlich aufzeichnen … Mir wird schon irgendwas einfallen. Ich danke dir auf jeden Fall für deine Detektivarbeit."

„Immer wieder gerne. Ich finde das selbst unglaublich spannend. Stell dir mal vor, da läuft irgendetwas und du kannst es aufdecken."

„Da läuft definitiv irgendetwas, darauf kannst du wetten. Ich muss jetzt Schluss machen. Andrea wundert sich sonst, wo ich bleibe. Aber wir reden heute Abend weiter darüber."

Sie verabschiedeten sich und Isabelle holte in der Eisdiele drei gemischte Becher und beeilte sich auf dem Rückweg, um die Zeit wieder aufzuholen.

Als sie bei den Vallelongas ankam, gingen sie nach oben in Adrians Zimmer und während sie Adrian fütterte, aß sie auch ihren eigenen Eisbecher.

Währenddessen versuchte sie unauffällig, Informationen über Bernadette herauszubekommen, aber Andrea hatte eine sehr gute Meinung von ihr. Sie war zwar nicht nett, aber dafür äußerst kompetent und erfahren. Sie war ihr gerade in der Anfangszeit eine extrem große Hilfe gewesen, da sie besonders im medizinischen Bereich vollkommen unerfahren gewesen war.

Und genau das hat Bernadette ausgenutzt, dachte Isabelle bitter. Wer wusste schon, was sie hier mitten in der Nacht, wenn keiner wach war, trieb. Welche Medikamente sie Adrian eigenmächtig verabreichte. Sie traute ihr kein bisschen über den Weg. Doch sie musste etwas in der Hand haben, wenn sie Andrea davon überzeugen wollte, dass es besser war, Bernadette zu entlassen.

Den ganzen Nachmittag über war Andrea ständig in der Nähe, sodass sie nichts unternehmen konnte, aber morgen früh würde sie das Zimmer und die Medikamente genauer untersuchen.

Kapitel 17

Zoey
Anderthalb Jahre zuvor

Zoey sah genervt von ihren Hausaufgaben auf. Heute schien wirklich nicht ihr Tag zu sein. Erst hatte sie den ganzen Vormittag in der Schule hämmernde Kopfschmerzen gehabt, sodass sie fast wahnsinnig geworden war. Jetzt waren diese endlich besser, nachdem ihr Vater ihr vorhin eine Aspirin gegeben hatte, und nun bekam sie die ganze Zeit schon schlecht Luft.

Zuerst hatte sie es auf den Pollenflug geschoben, im Sommer hatte sie ständig verquollene Augen, Schnupfen und Bronchienprobleme, aber sie war schon eine ganze Weile drinnen und das Fenster in ihrem Zimmer war geschlossen.

Sie versuchte, sich wieder auf den Englischaufsatz zu konzentrieren und die Beschwerden zu verdrängen. Zoey musste eine Zusammenfassung über Stolz und Vorurteil von Jane Austen schreiben und sie liebte dieses Buch. Sie hatte es schon drei Mal gelesen. Endlich gab es mal eine Hausaufgabe, die ihr Spaß machte, und dann versauten ihre Allergien ihr das Ganze.

Meistens akzeptierte sie ihre gesundheitlichen Einschränkungen und setzte sich auch nicht groß damit auseinander, schließlich kannte sie es nicht anders.

Aber manchmal, so wie heute, fuckte es sie dermaßen ab, dass sie diesen ganzen Mist hatte.

Sie atmete mehrmals tief und bewusst ein, um besser Luft zu bekommen, und blätterte dann durch Stolz und Vorurteil, um eine bestimmte Stelle zu finden, die sie als Zitat benutzen wollte. Doch sobald sie sich wieder vorbeugte, verspürte sie einen extremen Druck im Brustkorb.

Ihre Beschwerden wurden schlimmer und schlimmer. Das war keine Pollenallergie, das war ein Asthmaanfall!

Panik überflutete sie und sie atmete automatisch hektischer … was dafür sorgte, dass sie noch schlechter Luft bekam. Die supertollen Experten erklärten ja immer, man sollte bewusst und langsam ein- und ausatmen und Ruhe bewahren, denn alles andere verschlimmerte einen Asthmaanfall nur noch. Aber so ein Schwachsinn konnte nur von Leuten kommen, die noch nie im Leben einen gehabt hatten.

Ich ersticke zwar gerade, aber hey, keine große Sache, ich mache erst mal entspannt ein paar Atemübungen.

Sie stand hastig auf und sah sich am Boden nach ihrem Rucksack um, in dem sie einen ihrer Inhalatoren aufbewahrte. Wo war das Mistding? Mittlerweile wurde ihr Atmen von einem leisen Pfeifen begleitet und ihr Brustkorb fühlte sich an, als läge ein breiter Stahlring darum, der sich minütlich mehr und mehr zuzog.

In dieser Sekunde fiel es ihr ein … Sie hatte ihren Schulrucksack im Esszimmer stehen lassen, weil sie ihrer Mutter etwas gezeigt hatte. Und war dann nur mit dem Englischheft und dem Roman raufgegangen.

Sie riss die Zimmertür auf und rannte panisch die Treppen hinunter. Zoey hatte das Gefühl, ihre Luftröhre war nur noch so groß wie ein Nadelöhr. Hektisch schnappte sie nach Luft und ihr Blickfeld wurde schmaler. Sie erreichte jetzt die Küche und sah verschwommen ihre Mutter am Herd stehen. Sie bückte sich, um nach ihrem Rucksack zu greifen, und warf dabei den Küchenstuhl um, der klappernd zu Boden fiel.

Erschrocken drehte sich ihre Mutter um. Ein kurzer Blick in ihr angsterfülltes Gesicht und die erstickten Geräusche, die sie von sich gab, reichten ihr aus, um zu begreifen, was mit ihr los war.

„Ganz ruhig, mein Schatz. Setz dich hin, es wird sofort besser", sagte ihre Mutter mit sanfter Stimme und bugsierte sie auf einen anderen Stuhl. Dann drehte sie sich um, eilte zum Schrank neben dem Herd und zog die Schublade auf. In Sekundenschnelle war sie wieder bei ihr und hielt ihr das Asthmaspray vor den Mund.

„Tief einatmen, Schatz." Andrea gab den ersten Pumpstoß ab und Zoey atmete gequält und fiepend ein.

„Und gleich noch einmal", sagte ihre Mutter und strich dabei beruhigend über ihren Rücken.

Nach dem zweiten Pumpstoß schloss sie die Augen, sackte in sich zusammen und versuchte, ihre Lungen zu weiten, indem sie möglichst tief einatmete.

Die Blockade löste sich quälend langsam und endlich war sie in der Lage, den lebenswichtigen Sauerstoff wieder in ihre Lungen zu saugen.

Ihre Mutter setzte sich auf den Stuhl neben sie. „Was ist denn passiert? Wo kam denn dieser Anfall plötzlich her? Und warum hast du nicht dein Spray oben genommen?"

Sie zuckte mit den Schultern. „Mein Rucksack war ja hier unten, deshalb bin ich schnell runtergerannt. Und an das Spray im Nachttisch und im Badezimmer habe ich vor lauter Panik irgendwie gar nicht gedacht."

Sie war immer noch ein bisschen kurzatmig. Ihre Mutter stand auf und schenkte ihr ein Glas heißes Wasser ein, das half auch immer, damit sie besser atmen konnte.

Sie nahm zwei vorsichtige Schlucke. „Ich habe keine Ahnung, es war total komisch. Ich hatte den ganzen Vormittag schrecklich Kopfschmerzen ..."

„Ja, das kann natürlich sein. Starke Schmerzen bedeuten ja Stress für den Körper, das kann im schlimmsten Fall natürlich einen Anfall auslösen."

Sie trank noch einen Schluck Wasser und räusperte sich. „Nein, die Kopfschmerzen waren schon längst weg. Nachdem Papa mir die Tablette gegeben hat, sind sie innerhalb einer halben Stunde verschwunden."

Ihre Mutter musterte sie alarmiert. „Moment mal ... Papa hat dir eine Tablette gegeben? Was für eine genau?"

Sie sah ihre Mutter verwirrt an. „Eine Aspirin und sie hat auch echt gut geholfen. Aber dann, als ich an meiner Hausaufgabe gearbeitet habe, kriegte ich plötzlich immer schlechter Luft."

Ihre Mutter sprang vom Stuhl auf, wurde ganz rot im Gesicht und sah aus, als würde sie gleich explodieren. Sie lief aufgebracht in der Küche auf und ab.

„Du darfst doch kein Aspirin nehmen, denn das kann einen Asthmaanfall auslösen. Was hat sich dein Vater dabei nur gedacht? Das weiß er doch eigentlich. Ich habe sogar irgendwo hier in der Küche eine Liste mit allen Medikamenten und Lebensmitteln, die wir meiden sollen." Ihre Mutter regte sich immer mehr auf. „Und jetzt kann ich noch nicht mal mit ihm darüber sprechen, weil er mal wieder zu einem ach so wichtigen Computernotfall gerufen worden ist. Und wegen des ganzen Stresses vergisst er dann solch wichtige Sachen."

Sie sah ihre Mutter mit großen Augen an.

„Keine Sorge, Spatz, du hast nichts falsch gemacht. Dein Vater hätte daran denken müssen, dass du kein Aspirin nehmen darfst."

Kapitel 18

Isabelle
Jetzt

Nachdem sie Andrea begrüßt hatte, ging sie nach oben in Adrians Zimmer. Da diese gerade irgendeinen Eintopf für das Mittagessen vorbereitete, war der Zeitpunkt günstig, alles genauer zu untersuchen.

Sie begrüßte Adrian und ging dann zu der Kommode hinüber, auf der alle Medikamente aufgereiht waren.

Isabelle nahm das Fläschchen mit dem roten Aufkleber in die Hand und untersuchte es genauer. Sie versuchte, unter dem farbigen Aufkleber etwas zu erkennen, konnte aber nichts entziffern. Sie schüttete die Tabletten in ihre Handfläche und hielt das Plastikdöschen gegen das Licht, aber der rote Aufkleber ließ nichts durchscheinen. Also schüttete sie die Tabletten wieder hinein und versuchte stattdessen, den Aufkleber vorsichtig abzuziehen. Sie seufzte frustriert, als sich mit der roten Folie auch das weiße Etikett darunter ablöste und einriss. Hastig drückte sie die rote Folie wieder fest und strich sie glatt. Isabelle durfte nichts einreißen, das würde Schwester Bernadette garantiert sofort bemerken. Aber sie musste irgendwelche Beweise haben, bevor sie Andrea vor Bernadette warnte.

Sie öffnete die obere Schublade und sah die Medikamentendöschen, die dort lagen, wenn die oberen aufgebraucht waren. Plötzlich hatte sie eine Idee. Wenn sie von dort jeweils eine Tablette pro Dose entwendete, würde es gar nicht auffallen. Vielleicht könnte sie zu Hause mithilfe von Hannah das Aussehen der Tabletten googeln, um herauszufinden, worum es sich genau handelte. Oder vielleicht war auch irgendetwas auf den Tabletten aufgeprägt, was ihr einen Hinweis geben könnte. Oder eventuell kannte Hannahs Freund Justin jemanden im Labor des Krankenhauses, der die Wirkstoffe der Tabletten für sie herausfinden konnte. Sie kramte in ihrer Handtasche herum und zog den kleinen Ziplock-Beutel hervor, in dem sie den Zerstäuber ihres Parfüms aufbewahrte, da dieser manchmal auslief.

Sie legte das Parfüm in ihre Tasche, schraubte die einzelnen Dosen auf und gab jeweils zwei Tabletten in den Plastikbeutel. Als sie die letzte Dose hochhob, segelte ein Stückchen Papier, das daran geklebt hatte, zu Boden. Sie versuchte, es mit dem Fuß aufzufangen, beförderte es dadurch aber nur unter die Kommode. Sie überlegte kurz, es einfach dazulassen, denn sie hatte Angst, dass Andrea irgendwann hochkam und sie erwischte. Aber vielleicht standen irgendwelche Dosierungen oder Ähnliches darauf und wenn der Zettel fehlte, würde Bernadette nachher sofort bemerken, dass jemand an den Medikamenten gewesen war. Also stellte sie den Plastikbeutel auf die Kommode, kniete sich hin und tastete mit den Fingern unter dem Möbelstück herum. Angewidert verzog sie das Gesicht, als sie Staubflusen und Spinnweben fühlte ... hoffentlich krabbelte ihr keine Spinne über die Hand, denn dann wäre es vorbei mit der Unauffälligkeit, weil sie laut losschreien würde. Endlich ertastete sie das Papier. Als sie es hervorzog und betrachtete, erkannte sie es sofort wieder. Es war das Stückchen Papier, das als Lesezeichen in dem Thriller von Adrian gesteckt hatte. Sie erkannte es augenblicklich, da es einen pastell-türkisfarbenen Ton hatte und so abgerissen worden war, dass es beinahe die Form von dem Staat Italien auf einer Landkarte hatte. Wie kam das Lesezeichen, das sie schon vermisst hatte, in die Kommode auf der gegenüberliegenden Seite?

Sie wollte das Stück Papier gerade in die Schublade zurücktun, als sie wie vom Blitz getroffen mitten in der Bewegung verharrte. Das konnte nicht sein!

Sie umklammerte den Zettel und ihre Hand zitterte so sehr, dass sie ihn beinahe fallen ließ.

Sie hastete zum Bett hinüber. Dabei riss sie den kleinen Beutel von der Kommode herunter, der daraufhin auskippte. Doch sie bemerkte es gar nicht, so geschockt war sie.

Sie eilte zu Adrian hinüber und hielt den Zettel so, dass er ihn genau im Blick hatte.

„Hast du das geschrieben?", fragte sie fassungslos.

Tränen strömten augenblicklich über sein Gesicht. Er schloss langsam die Augen und öffnete sie dann wieder als Bejahung.

Sie starrte auf das ungelenk geschriebene HILFE auf dem Papierfetzen.

Isabelles Gedanken rasten wild hin und her, und ihr Herz hämmerte in ihrer Brust.

Sie beugte sich dicht über Adrians Gesicht. „Hat sie dir das angetan? Verabreicht sie dir Medikamente, die dich krank machen?"

Tränen strömten weiterhin über Adrians Gesicht, doch mit seinen Augen gab er ihr deutlich ein Ja zu verstehen.

Oh mein Gott! Was sollte sie jetzt tun? Sollte sie sofort die Polizei rufen, oder sollte sie zuerst Andrea darüber informieren?

Aber war der Zettel Beweis genug? Würde man einem Mann, der nur Ja oder Nein signalisieren konnte, glauben? Oder würde man denken, dass er sich das Ganze nur einbildete, weil er dadurch, dass er ans Bett gefesselt war, langsam den Verstand verlor?

Sollte sie doch ihren ursprünglichen Plan durchziehen und zuerst mehr über die Tabletten herausfinden?

Dann hätte sie vielleicht einen handfesten Beweis für die Polizei. Aber durfte sie es riskieren, Adrian noch länger in Obhut einer verrückten Nachtschwester zu lassen? Sie wusste einfach nicht, was sie machen sollte, und hatte das Gefühl, dass ihr Kopf gleich platzte.

Adrian sah sie mit weit aufgerissenen Augen an.

Sie schüttelte ihre Panik ab und ergriff Adrians Hand. „Alles wird gut, Adrian! Ich helfe dir. Ich werde dafür sorgen, dass sie dir nie wieder etwas tut. Als Allererstes setzen wir diese Tabletten ab. Wer weiß, was sie dir einflößt."

„Isabelle, kannst du mal runterkommen?", ertönte Andreas Stimme aus der unteren Etage.

„Ich komme gleich wieder, Adrian, und dann überlegen wir zusammen, wie wir jetzt vorgehen."

Mit vor Anstrengung hervortretenden Adern am Hals bewegte Adrian den Kopf langsam rauf und runter.

„Hat Adrian seine Tabletten heute Morgen schon bekommen?", fragte sie, als sie die Treppe heruntergegangen war und in die Küche lief.

„Deshalb habe ich dich runtergerufen. Mir geht es irgendwie überhaupt nicht gut, und ich konnte Adrian noch gar nicht versorgen. Er ist noch nicht gewaschen und hat auch noch nicht gefrühstückt und keine Medikamente bekommen. Ich wollte dich fragen, ob du das vielleicht übernehmen könntest", sagte Andrea.

Das war ja perfekt, dachte Isabelle. Natürlich nicht, dass es Andrea nicht gut ging, aber dass Adrian deswegen noch keine Medikamente bekommen hatte. Für die nächste Dosis mittags wäre sie sowieso zuständig, diese konnte sie also auch ohne Probleme ausfallen lassen. Aber was war mit den Abendtabletten? Die gab entweder Andrea oder sogar Bernadette ihm. Könnte sie irgendetwas tun, um das zu verhindern?

Erst jetzt sah sie Andrea an, die auf einem der Küchenstühle saß. Sie war weiß wie ein Laken und ihr Gesicht schmerzverzerrt.

Isabelle setzte sich zu ihr und musterte sie nervös. „Du siehst aber gar nicht gut aus. Was ist denn los?"

Andrea presste sich eine Hand auf den Bauch. „Ich weiß auch nicht. Ich muss mir irgendwas gezerrt oder eingeklemmt haben. Vielleicht habe ich mir die Leiste eingeklemmt, als ich Adrian gestern Abend gedreht habe. Das hatte ich schon mal, aber da war es nicht halb so schlimm. Ich habe das Gefühl, jemand dreht ein Messer in meinem Körper herum."

Isabelle betrachtete das schweißüberströmte Gesicht ihrer Arbeitgeberin, deren Pony feucht an ihrer Stirn klebte. „Hast du Fieber? Du schwitzt so stark."

„Nein, mir ist nur total heiß, und die Schmerzen machen mich wahnsinnig. Könntest du mir zwei Tabletten Ibuprofen aus der Hausapotheke bringen?"

Isabelle stand sofort auf. „Aber natürlich. Bleib sitzen, ich bin gleich wieder da." Sie eilte die Treppe hinauf ins Badezimmer und öffnete den Medizinschrank über dem Waschbecken. Nach kurzem Suchen hatte sie die Pappschachtel mit dem Schmerzmittel gefunden. Sie zog die Blisterverpackung heraus, stellte aber schnell fest, dass diese leer war.

Sie ging wieder runter zu Andrea. „Hast du noch woanders Tabletten? Die Packung oben ist leer."

Andrea verzog erneut das Gesicht. „So ein Mist. Ich muss die Letzte irgendwann genommen und im Stress vergessen haben, neue zu kaufen."

„Kein Problem, ich gehe eben los und hole dir welche. Die Apotheke ist ja nur zwei Bushaltestellen entfernt" Isabelle lächelte sie mitfühlend an.

„Normalerweise würde ich dich nie um so etwas bitten, das ist schließlich nicht deine Aufgabe, aber ich kann kaum von diesem Stuhl aufstehen, geschweige denn Bus fahren. Aber nur, wenn es dir wirklich keine Umstände macht."

„Ich sehe doch, dass du starke Schmerzen hast. Ich bin ruckzuck wieder da. Und danach kümmere ich mich auch sofort um Adrian. Du bleibst bitte so lange hier sitzen", sagte Isabelle und holte ihre Tasche.

„Aber Adrian hat bestimmt Hunger. Ich krieg das schon irgendwie hin“, sagte Andrea, stöhnte aber leise auf, als sie sich nur auf dem Stuhl nach vorne beugte.

„Keine Widerrede. Ich bin gleich wieder da. Adrian macht es bestimmt nichts aus, noch ein paar Minuten auf sein Frühstück zu warten, wenn er wüsste, dass du solche Schmerzen hast.“

„In Ordnung, ich bleib hier sitzen. Ich weiß auch ehrlich gesagt gar nicht, ob ich die Stufen hochkommen würde, die Schmerzen sind wirklich absolut grauenvoll.“

„Bis gleich“, rief Isabelle und verließ hastig das Haus.

Kapitel 19

Während sie zur Bushaltestelle lief, warf sie einen Blick auf die Uhrzeit auf ihrem Handy und stellte fest, dass der Bus bereits in zwei Minuten kam. Wenn das mal nicht perfektes Timing war.

Sie stieg ein, fuhr die zwei Haltestellen, besorgte zwei Packungen Ibuprofen in unterschiedlichen Stärken für Andrea und fuhr direkt mit dem nächsten Bus wieder zurück, sodass sie zwanzig Minuten später schon wieder das Haus der Vallelongas erreichte. Als sie den Flur betrat, hörte sie Andrea bereits laut und schmerzerfüllt stöhnen. Sie ging in die Küche, aber dort war sie nicht.

„Andrea?", rief sie.

„Ich bin im Wohnzimmer", antwortete sie mit gepresst klingender Stimme.

Isabelle ging trotzdem zuerst in die Küche, nahm ein Glas aus einem der Hängeschränke und Mineralwasser aus dem Kühlschrank.

Als sie ins Wohnzimmer kam, sah sie Andrea wie einen Fötus zusammengerollt auf der Couch liegen. Mit beiden Händen umklammerte diese ihren Bauch. Wenn es möglich war, war diese in der Zwischenzeit noch blasser geworden.

Sie betrachtete Andrea beunruhigt. „Ich glaube, mit ein paar Schmerzmitteln ist es nicht getan, das scheint etwas Ernsteres zu sein. Es wäre besser, wenn du zu einem Arzt gehen würdest.“

„Ich kann Adrian doch nicht allein lassen. Nein, nein, das geht schon. Wenn ich die Schmerzmittel genommen habe, geht's mir bestimmt gleich viel besser“, stieß Andrea durch ihre zusammengebissenen Zähne hervor.

Isabelle hatte da ihre Zweifel. Das war kein eingeklemmter Nerv. Ganz sicher nicht. Andrea war kalkweiß, nur ihre Wangen waren gerötet, und ein Schweißfilm überzog ihr Gesicht.

Isabelle stand auf und ging ins Badezimmer, wo sie vorhin im Medizinschrank ein Fieberthermometer entdeckt hatte.

Zuerst protestierte Andrea, aber dann ließ sie es sich in den Mund stecken. Schon anhand des Piepens erkannte Isabelle, dass Andrea hohes Fieber hatte.

Als sie darauf schaute, erschrak sie dennoch. „Andrea, du hast 40,2 Grad Fieber!“ Als sie die Frau so zusammengekrümmt daliegen sah, fiel ihr plötzlich etwas aus ihrer Kindheit ein. „Andrea, leg dich bitte kurz auf den Rücken und zieh das rechte Bein an den Körper.“

Andrea schien es wirklich schlecht zu gehen, denn sie fragte noch nicht einmal, wieso, sondern tat, worum Isabelle sie gebeten hatte.

In dem Moment, als sie das angezogene Bein wieder nach unten bewegte, schrie sie schmerzerfüllt auf.

„Andrea, ich glaube, du hast eine akute Blinddarmentzündung. In meiner Schulzeit hat das auch mal eine Klassenkameradin gehabt. Wir müssen sofort einen

Krankenwagen rufen, bevor du einen Blinddarmdurchbruch bekommst."

„Aber, Adrian …", sagte Andrea stockend.

Isabelle fand es unfassbar, dass Andrea selbst jetzt, wo es ihr so schlecht ging, nur an Adrian denken konnte.

„Mach dir darüber bloß keine Gedanken. Ich kümmere mich um ihn. Ich werde meine Freundin Hannah anrufen und sie bitten, mir ein paar Sachen vorbeizubringen. Ich bleibe so lange hier, wie du im Krankenhaus bleiben musst."

„Aber das kann ich doch nicht von dir verlangen."

Isabelle tätschelte beruhigend ihre Hand. „Das hast du ja nicht. Ich mache das freiwillig."

Andrea stieß wieder einen leisen Schmerzenslaut aus. „Aber dann bezahle ich dir jede einzelne Überstunde, darauf bestehe ich", sagte sie kraftlos.

„Darüber können wir sprechen, wenn es dir wieder besser geht." Isabelle zog das Handy hervor und rief einen Krankenwagen.

Dann eilte sie schnell hinauf in Andreas Schlafzimmer und packte ein paar Nachthemden, Unterwäsche und Socken ein und lief dann ins Badezimmer, um auch noch ein paar Hygieneartikel in die kleine Reisetasche zu werfen, die im Schlafzimmer auf dem Kleiderschrank gelegen hatte.

Sie war gerade wieder unten angelangt, als es auch schon an der Tür klingelte. Die Sanitäter kamen herein und legten Andrea behutsam auf eine Trage, da sich diese vor Schmerzen mittlerweile gar nicht mehr bewegen konnte. Auf dem Weg zur Haustür versicherte Isabelle ihr noch mehrmals, dass sie sich keine Sorgen um ihren Mann machen musste, da sie sich in ihrer Abwesenheit um ihn kümmern würde.

Sie wartete in der Haustür, bis der Krankenwagen davongefahren war, dann fiel ihr siedend heiß ein, dass Adrian ja immer noch nicht gefrühstückt hatte. Sie eilte in die Küche und bereitete ihm schnell einen Smoothie und eine Schüssel Blaubeer-Porridge zu. Danach ging sie in die obere Etage. Als sie durch die Tür von Adrians Zimmer kam, stolperte sie fast über etwas am Boden. Die Tablettentüte! Vor lauter Aufregung um Andrea hatte sie die Tabletten und die Entdeckung des Hilfe-Zettels vollkommen verdrängt. Wenn sie Adrian versorgt und informiert hatte, musste sie unbedingt überlegen, wie sie mit dem Thema Bernadette weiter verfuhr. Gerade jetzt, wo Andrea nicht im Haus war und sie nicht mit ihr darüber sprechen konnte. Dann wurde ihr bewusst, dass Bernadette ja heute Abend ganz normal zur Nachtschicht hier erscheinen würde.

Sie würde auf keinen Fall zulassen, dass diese Irre komplett allein mit Adrian blieb. Wer wusste schon, was sie in so einem Fall tun würde.

Isabelle setzte sich neben Adrians Bett auf einen Stuhl. „Es tut mir sehr leid, Adrian, dass es heute so spät mit dem Frühstück geworden ist. Andrea ging es schon den ganzen Morgen nicht so gut, und so wie es aussieht, hat sie eine Blinddarmentzündung. Ich habe gerade einen Krankenwagen gerufen, der sie ins Marienhospital gebracht hat."

Adrian machte große Augen und regte sich merklich auf. Seine Wangen wurden ganz rot und seine Adern traten hervor.

Isabelle dachte an seinen gefährlich hohen Blutdruck. „Keine Sorge, eine Blinddarmentzündung ist nichts Schlimmes", sagte sie deshalb schnell. Die Operation ist Routine. In wenigen Tagen ist Andrea wieder hier. Du musst dir keine Sorgen machen. Und solange sie nicht da ist, werde ich mich um dich kümmern. Du musst dich nicht aufregen, alles wird gut."

Sie griff nach dem Smoothie und wollte ihm den Strohhalm in den Mund stecken, aber Adrian drehte den Kopf weg und starrte panisch auf den Medikamentenschrank.

Natürlich! Er hatte auch sofort eins und eins zusammengezählt, und ihm war bewusst geworden, dass er dann heute Nacht ganz allein mit Bernadette sein würde.

„Du brauchst keine Angst wegen Bernadette zu haben. Ich werde hier wohnen, bis Andrea wieder da ist. Ich werde dich nicht allein lassen. Wir werden Bernadette zur Verantwortung ziehen. Wir brauchen nur irgendwelche handfesten Beweise, damit ich die Polizei alarmieren kann. Aber wir werden auf jeden Fall die Medikamente absetzen, solange wir nicht wissen, was Bernadette dir da genau verabreicht. Deine Dosis heute Morgen hat Andrea vergessen und mittags und abends werden wir auch auslassen. Dann schauen wir mal, ob es dir danach besser geht. In Ordnung?"

Adrian nickte, ließ sich jetzt den Strohhalm zwischen die Lippen schieben und trank seinen Smoothie.

Danach fütterte sie ihm seinen Porridge. Anschließend sagte sie Adrian, dass sie kurz in die Küche gehen würde, um dort ein bisschen Ordnung zu machen und das Mittagessen vorzubereiten, denn zu alldem war Andrea heute Morgen natürlich nicht gekommen.

Während sie aufräumte, schickte sie Hannah eine lange Sprachnachricht, in der sie ihr von den neuesten Ereignissen erzählte. Wenn sie deren Plan richtig im Kopf hatte, musste diese heute gar nicht arbeiten und hatte erst am Abend ein Date, daher bat sie Hannah, vorbeizukommen und ihr ein paar Klamotten und Zahnputzzeug mitzubringen. Gemeinsam könnten sie dann auch die Tabletten überprüfen und nach Infos im Internet suchen.

Nachdem sie das Mittagessen gekocht hatte, ging sie nach oben zu Adrian und kümmerte sich um seine Pflege.

Sie beschloss, Bernadette heute abzusagen, immerhin hatte sie den perfekten Vorwand, denn dadurch, dass sie hier blieb, war es nicht nötig, dass Bernadette kam.

Zuerst befürchtete Isabelle, dass Andrea die Nummer nur in ihrem Handy notiert hatte, doch nach einigem Suchen fand sie in der Küchen-Kram-Schublade ein altmodisches Adressbüchlein, in dem tatsächlich Bernadettes Telefonnummer zu finden war.

Sie musste mehrmals tief durchatmen, bis sie es schaffte, einen ruhigen Tonfall gegenüber dieser Verrückten anzuschlagen. Sie durfte sich auf keinen Fall auffällig benehmen, denn ansonsten würde Bernadette garantiert sofort merken, dass etwas nicht stimmte. Und das musste sie auf jeden Fall verhindern. Falls diese Adrian wirklich etwas angetan hatte, und vielleicht auch schon anderen Patienten vor ihm, wollte Isabelle unbedingt, dass sie dafür bestraft wurde.

Als sich Bernadette meldete, erklärte ihr Isabelle hastig, was passiert war und dass sie deshalb so lange freihatte, bis Andrea wieder aus dem Krankenhaus entlassen werden würde.

„Oh, die arme Frau Vallelonga. Wissen Sie, in welchem Krankenhaus sie liegt? Dann würde ich sie nach der Operation besuchen gehen. Und ich komme selbstverständlich zur Arbeit. Frau Vallelonga hat mir nichts anderes diesbezüglich gesagt."

„Das konnte Andrea ja auch nicht, das Ganze war ja vollkommen überraschend und sie hatte große Schmerzen. Aber da ich die nächsten Tage hier im Haus wohnen werde, ist Ihre Anwesenheit überflüssig."

„Das sehe ich ganz und gar nicht so." Jetzt wurde Bernadettes Ton ruppiger. „Sie kennen sich mit den Medikamenten doch gar nicht richtig aus und Ihnen fehlt ganz eindeutig die nötige Erfahrung, wenn nachts irgendetwas passieren sollte. Außerdem nehme ich Anweisungen nur von Frau Vallelonga persönlich entgegen."

Isabelle musste sich auf die Lippen beißen, um nicht zu antworten: Ja, das kann ich mir vorstellen, dass ich mich mit den Medikamenten nicht auskenne ... vor allem nicht damit, Patienten welche zu verabreichen, die sie vielleicht gar nicht brauchen.

Aber sie verkniff sich jeden verdächtigen Kommentar und versuchte stattdessen, Bernadette das Ganze weiter auszureden, doch diese blieb stur wie ein Ochse.

„Solange ich keine entsprechende Anweisung von Frau Vallelonga bekomme, werde ich meinen Dienst wie immer antreten. Bis heute Abend." Und zack, hatte sie aufgelegt.

Isabelle starrte fassungslos auf ihr Handy.

Klar, an ihrer Stelle würde Isabelle auch Angst haben, dass irgendetwas herauskam und die Medikamentengabe selbst in die Hand nehmen. So ein Mist. Ihr war überhaupt nicht wohl dabei, mit dieser Person allein zu sein. Vor allem dürfte sie kein Auge zutun, damit sie Bernadette die ganze Zeit über im Blick behalten konnte.

Als es an der Tür klingelte, brauchte sie einen Moment, bis ihr wieder einfiel, dass sie Hannah gebeten hatte, vorbeizukommen.

Sie ließ ihre Freundin herein, kochte einen Kaffee für sie beide und dann setzten sie sich gemeinsam an den Küchentisch. Während der Kaffee durchgelaufen war, hatte sie kurz nach Adrian gesehen, doch dieser war nach dem Mittagessen eingeschlafen.

Beim Heruntergehen hatte sie außerdem die Tüte mit den Tabletten mitgenommen.

Hannah war auch ihrer Meinung, dass man nichts überstürzen sollte, denn ansonsten würde die Polizei das Ganze garantiert schnell als Hysterie abtun.

Sie schütteten die Tabletten auf den Küchentisch und versuchten dann, im Internet herauszufinden, worum es sich dabei handelte. Bei den weißen Tabletten war es fast unmöglich, zu sagen, was es war, da es so viele gab, die genau gleich aussahen. Daher konzentrierten sie sich auf die Tabletten, die von der Farbe oder Form her auffälliger waren.

Eine davon, die Adrian dreimal täglich bekam, war klein und hell- bis mittelblau und eine Zahl war darauf geprägt.

„Ich hab sie gefunden!", rief Hannah einige Minuten später. „Sie sieht ganz genauso aus und hat auch die Zahl eingeprägt. Warte, ich klicke auf die Beschreibung."

Während Hannah las, stieß sie einen leisen Pfiff aus.

„Lies gefälligst laut vor ... Wie heißt das Medikament?"

„Es heißt Tavor, und der Hauptbestandteil ist Lorazepam. Hör zu, hier steht: Tavor zählt zu den starken Schlaf- und Beruhigungsmitteln, den sogenannten Tranquilizern. Es wirkt sedierend und muskelrelaxierend."

Sie las still weiter und erklärte, dass dieses Medikament schnell abhängig machen konnte und aufgrund der Stärke nur kurze Zeit genommen werden durfte.

Beide starrten die kleine blaue Pille auf dem Tisch an. „Warum gibt man jemandem, der sich nicht bewegen kann und der andauernd schläft, ein so starkes Schlaf- und Beruhigungsmittel?", fragte Hannah verwirrt und fuhr sich durch ihre rote Lockenmähne.

Isabelle runzelte die Stirn. „Genau deswegen. Adrian ist vielleicht gar nicht so schläfrig und bewegungsunfähig, sondern nur wegen dieses Medikaments. Überleg doch mal ... Er bekommt das dreimal täglich. Das heißt, er ist praktisch dauersediert."

Hannah riss die Augen auf, als ihr klar wurde, was Isabelle damit sagen wollte. „Oh mein Gott", hauchte sie.

„Du meinst wirklich ..."

„Das werden wir rausfinden, wenn wir es schaffen, auch die anderen Medikamente zu identifizieren. Mal schauen, ob diese nach einem Schlaganfall normalerweise verabreicht werden oder ob sie auch seltsam sind."

Hannah drehte eine der Tabletten nachdenklich in der Hand hin und her, dann strahlte sie auf einmal. „Dass ich da nicht früher draufgekommen bin!"

„Eben, finde ich auch", entgegnete Isabelle trocken. „Was meinst du?"

„Google hat doch diese Funktion ... Man hält seine Handykamera vor irgendein Tier und es sagt einem zum Beispiel, welche Rasse der Hund ist ..."

Isabelle zog die Augenbraue hoch und sah Hannah an. „Ähhmm, ja, die kenne ich ... aber wie kommst du jetzt darauf?"

Hannah verdrehte die Augen. „Normalerweise bin ich doch die mit der langen Leitung. Wir können diese Funktion für die Tabletten benutzen. Vielleicht erkennt Google sie auch und sagt uns direkt, was es für welche sind. Dann müssen wir nicht auf gut Glück Bilder von Hunderten Tabletten durchsuchen."

„Stimmt, das ist perfekt. Gut, dass dir das eingefallen ist. Normalerweise bin ich ja gegen dieses ganze KI-Zeug. Aber bei so etwas ist das wirklich eine riesige Hilfe. Dann hoffen wir mal, dass wir Adrians ... Oh Mist, vor lauter Drama heute, erst mit den Tabletten, dann mit Andrea, hab ich tatsächlich Adrian komplett vergessen ... Ich bin ja eine tolle Pflegerin."

Sie sprang auf und rannte zum Schrank hinüber, um Adrian schnell einen der hochkalorischen Drinks zuzubereiten, die er regelmäßig trank, um nicht zu viel Gewicht zu verlieren. „Die ersten Stunden bin ich allein für Adrian verantwortlich und schon vergesse ich, ihm seine Drinks zu machen. Was für eine Pflegerin vergisst denn bitte schön ihren Patienten?"

„Mach dir keine Vorwürfe, das ist ja wohl kein normaler Tag. Und das, was du gerade tust, tust du letzten Endes ja auch für Adrian. Stell dir mal vor, es stimmt wirklich, dass Schwester Bernadette ihm irgendwelche Medikamente gibt, die ihn krank machen. Dann rettest du ihm damit vielleicht sogar das Leben.“

Während Isabelle hektisch den Mixer anschaltete, um das Getränk umzurühren, nickte sie. „Du hast ja recht, trotzdem darf ich Adrian nicht einfach so oben allein liegen lassen. Er ist schließlich auf mich angewiesen.“

Sie schüttete das Getränk in ein großes Glas und steckte einen Strohhalm hinein. „Ich geh eben hoch, gebe Adrian das und frage ihn, ob er sonst noch etwas braucht. Aber du kannst währenddessen gerne mit der Suche weitermachen. Je mehr wir rauskriegen, umso besser. Und mit der Google-Suche geht es hoffentlich einfacher und schneller.“

Sie ging die Treppe hoch und betrat Adrians Zimmer. Dieser drehte langsam den Kopf und sah sie aufmerksam an, als sie eintrat. Normalerweise schlief er um diese Uhrzeit immer. Aber jetzt wusste sie auch, warum. Dieses Medikament hatte ihn so schläfrig gemacht.

„Hi, Adrian, tut mir leid, dass ich erst jetzt komme. Ich hab dir erst mal einen Shake gemacht, aber nachher koche ich noch etwas Warmes. Ich bleibe heute bei dir, auch über Nacht. Du musst dir also keine Sorgen wegen Schwester Bernadette machen. Ich komme erst jetzt hoch, weil ich gerade mit einer Freundin zusammen herauszufinden versuche, was du für Tabletten bekommst. Eine Tablette konnten wir schon identifizieren. Es ist ein sehr starkes Beruhigungsmittel. Etwas, das man auf keinen Fall zur Genesung nach einem Schlaganfall verabreicht."

Adrian riss seine Augen auf und starrte sie entsetzt an.

Sie ergriff Adrians Hand und drückte sie sanft.

„Ich weiß, das ist beängstigend, aber ich werde weiter nachforschen. Wir werden Bernadette das Handwerk legen, und wenn wir genug Beweise haben, wird sie dafür ins Gefängnis kommen."

Er wandte den Blick ab und drehte den Kopf so, dass er Andreas Foto ansah, dann hob er das Kinn ein Stück, als wollte er in diese Richtung nicken.

„Von Andrea habe ich noch nichts gehört. Sie wird bestimmt noch operiert und danach kommt sie ja in den Aufwachraum. Es wird noch eine Weile dauern, bis sie sich melden kann. Aber du brauchst dir wirklich keine Sorgen machen, eine Blinddarmoperation ist absolute Routine. Ihr passiert ganz sicher nichts. In ein paar Tagen ist sie bestimmt schon wieder zu Hause."

Sie hob seinen Kopf vorsichtig an und wartete, bis Adrian das ganze Glas ausgetrunken hatte. „Ich gehe jetzt wieder runter, um weiter wegen deiner Tabletten zu recherchieren, aber nachher bringe ich dir noch etwas zu essen. Wenn du etwas brauchst, klingele, dann komme ich sofort."

Adrian nickte und sie beeilte sich, wieder zu Hannah hinunterzukommen.

„Und? Bist du schon weitergekommen mit der Suche?"

„Und ob." Sie hielt eine unscheinbare weiße Tablette in die Höhe. Diese war rund und besaß einen Quer- und einen Längsstrich, sodass sie quasi aus vier Vierteln bestand.

„Dieses gute Stück ist Haldol."

Isabelle runzelte die Stirn und zog eine Augenbraue hoch. „Den Namen habe ich schon mal gehört. Weswegen nimmt man es? Lass mich raten: nicht wegen eines Schlaganfalls, was?"

Hannah schüttelte den Kopf. „Nein, ganz und gar nicht. Haldol ist ein Neuroleptikum. Es wirkt direkt im Gehirn und wird zum Beispiel bei psychischen Störungen, Psychosen und Schizophrenie eingesetzt."

Isabelle sah Hannah nachdenklich an. „Aber warum verabreicht Bernadette ihm das?"

„Das habe ich mich auch gefragt, und weitergesucht. Nebenwirkungen von Haldol sind unter anderem Bluthochdruck, Schläfrigkeit, Krämpfe und Bewegungsverlangsamung ... Wenn man davon ausgeht, dass er es wahrscheinlich gar nicht braucht und bestimmt viel zu hoch verabreicht kriegt, führt es wahrscheinlich dazu, dass er seine Gliedmaßen gar nicht mehr bewegen kann."

„Und der hohe Blutdruck! Andrea konnte sich nie erklären, woher der auf einmal kam, weil es gar keine Risikofaktoren oder erbliche Vorbelastung gab."

„Das ist echt unglaublich. Warum ist denn Andrea nie darauf gekommen, dass mit den Medikamenten etwas nicht stimmt?"

„Sie kennt sich in diesem Bereich kein bisschen aus, deswegen hat sie sich dafür ja extra eine Krankenschwester besorgt. Und wenn diese ihr erklärt, dass all diese Tabletten gut für Adrian sind und ihm helfen, dann glaubt sie ihr natürlich. Bernadette hat ihr wahrscheinlich einen wunderschönen Lebenslauf vorgelegt und sie hat den Angaben einfach vertraut. Oder selbst, wenn sie mal gegoogelt hat, hat sie gesehen, dass Bernadette tatsächlich im Marienhospital gearbeitet hat."

Hannah schüttelte fassungslos den Kopf. „Was muss das für eine Frau sein?"

„Ich habe immer gewusst, dass mit ihr irgendwas nicht stimmt. Ich konnte sie vom ersten Augenblick an nicht leiden. Sie war einfach zu überkorrekt, verstehst du, was ich meine?"

Hannah nickte und las sich immer noch die Nebenwirkungen des Medikaments durch. „Das Zeug ist echt heftig, selbst ohne die Nebenwirkungen. Leute, die die Tabletten regelmäßig nehmen müssen, werden als Haldol-Zombies beschrieben."

„Gott sei Dank, hat Adrian jetzt sowohl seine Morgen- als auch die Mittagsdosis nicht bekommen. Solange Andrea im Krankenhaus ist, bekommt er nicht eine Tablette mehr, außer vielleicht das ACC, das das Krankenhaus damals verschrieben hat. Hoffen wir, dass wir bis dahin genug Beweise haben, damit Andrea uns glaubt."

Isabelle schnappte sich die nächste Tablette vom Tisch und hielt sie vor ihre Kameralinse. Hannah tat es ihr mit einer anderen Tablette gleich. Im Raum wurde es still, denn beide vertieften sich in die Beschreibungen und Beipackzettel, die man online lesen konnte.

„Und, was hast du gefunden?", fragte Hannah.

„Meins heißt Adumbran und ist ein Beruhigungs- und Schlafmittel, ist auch aus der Gruppe der Benzodiazepine. Sedierend, hypnotisch ... Es ist ein Wunder, dass Adrian nicht schon längst im Koma liegt", sagte Isabelle entsetzt und knetete nervös die Tischdecke.

„Es wird noch besser. Meine Tablette heißt Baclofen und ist ein extrem starkes Medikament zur Reduzierung von Muskelspannung. Man verschreibt es bei Zerebralparese, MS und Rückenmarkserkrankungen. Ich könnte mir vorstellen, dass es bei Leuten, die nichts dergleichen haben, und wenn es zu hoch dosiert wird, dazu führt, dass sie ihre Gliedmaßen gar nicht mehr bewegen können."

Bei diesem Cocktail war es ein Wunder, dass Adrian überhaupt noch lebte und dass sein Herz das Ganze mitmachte. Es war plötzlich absolut verständlich, dass es ihm so schlecht ging und sich sein Zustand nicht besserte.

„Lass uns sofort zur Polizei gehen", sagte Hannah aufgebracht.

„Das geht nicht, ich kann Adrian nicht allein lassen ..."

„Dann rufen wir die Polizei eben und bitten sie, hierherzukommen."

„... und wir haben nicht genug Beweise." Isabelle tat, als hätte sie Hannah nicht gehört.

„Und was ist hiermit?", fragte Hannah. „Diese Medikamente sind ja wohl Beweis genug."

„Nicht, wenn wir nicht beweisen können, dass Bernadette sie mitbringt und Adrian verabreicht. Wir müssen sie irgendwie dazu kriegen, dass sie es zugibt. Ich weiß, es ist wahrscheinlich sinnvoller, direkt zur Polizei zu gehen, aber ich will auf jeden Fall vermeiden, dass sie das Ganze nicht ernst nehmen."

Hannah wiegte nachdenklich den Kopf hin und her. „Aber wie soll das funktionieren?"

Isabelle starrte die Tabletten an. „Wir müssen ihr eine Falle stellen, sie vielleicht offen damit konfrontieren. Oder sie reizen, bis sie wütend wird, und alles, was sie sagt, mit dem Handy aufnehmen. So etwas gilt vor Gericht zwar nicht als Beweis, aber wenn wir irgendeine Art Geständnis haben und dazu noch die Medikamente, dann können wir auf jeden Fall die Polizei einschalten. Adrian kann zwar keine umfassende Zeugenaussage machen, aber er kann der Polizei auf Ja- und Nein-Fragen antworten."

Hannah stöhnte. „Ich wünschte, ich hätte in meinem Leben mehr Krimis gesehen oder gelesen, anstatt mich immer darüber lustig zu machen. Dann wüssten wir vielleicht, wie wir jetzt am besten vorgehen müssen, um sie zu überführen."

Isabelle musste trotz der ernsten Situation lachen. „Ich glaube nicht, dass uns ein paar Krimis zu Verhörspezialistinnen gemacht hätten. Ich habe alle Harry-Potter-Bücher mehrmals gelesen und kann trotzdem immer noch nicht zaubern."

Hannah streckte ihr grinsend die Zunge heraus.

„Ich weiß auch nicht genau. Ich denke, wir müssen improvisieren. Sie kommt ja heute Abend vorbei ... und ich werde alles unternehmen, damit sie nicht über Nacht bleibt. Und dabei müssen wir versuchen, sie irgendwie dazu zu kriegen, das Ganze zuzugeben. Und das wird garantiert nicht leicht, denn wer so etwas tut, der ist garantiert extrem auf der Hut."

Isabelle stand auf und bereitete ein frühes Abendessen zu. Sie überlegte, im Krankenhaus anzurufen und nach Andrea zu fragen, aber sie war keine Familienangehörige, daher würden sie ihr bestimmt nichts sagen.

Während sie kochte, verstaute Hannah die Tabletten wieder ordentlich in den Dosen.

Nichts sollte darauf hindeuten, dass sie Bescheid wussten.

Als das Essen fertig war, stopfte sie die Tablettendöschen in ihre Hosentaschen und trug dann das Essen in Adrians Zimmer.

Dieser war schon wieder wach. Die Müdigkeit war also tatsächlich von den ganzen Medikamenten gekommen und nicht von seinem Gesundheitszustand.

Sie stellte den Teller auf den Nachttisch und ordnete als Erstes die Tabletten wieder richtig ein. Dann fütterte sie Adrian und erzählte ihm, was sie herausgefunden hatten, allerdings erst einmal in abgeschwächter Form. Denn die ganzen Wirkstoffe befanden sich immer noch in seinem Blutkreislauf. Was bedeutete, dass er, wenn er sich zu sehr aufregte, aufgrund des Bluthochdrucks einen erneuten Schlaganfall erleiden könnte. Und das wäre wirklich Ironie des Schicksals.

Als er aufgegessen hatte, griff er nach ihrer Hand, presste Daumen und Zeigefinger zusammen und fuhr so ihre Handfläche rauf und runter.

Isabelle freute sich, als sie das sah, denn es bedeutete, dass Adrian schon ein bisschen mehr Gewalt über seinen Körper hatte. Aber sie verstand nicht, was er ihr damit sagen wollte. Sie beobachtete die Geste ein paar Augenblicke lang, dann machte es klick.

„Du willst etwas aufschreiben, oder?", fragte Isabelle.

Adrian nickte und schloss außerdem die Augen. Sozusagen ein doppeltes Ja.

Sie sprang auf und schaute sich im Zimmer um. Doch nirgendwo fand sie etwas zum Schreiben. Dann erinnerte sie sich an den Papierfetzen, auf dem Hilfe stand. Mittlerweile hatte sie verstanden, dass Adrian ihn geschrieben und in dem Buch versteckt hatte, weil er gewusst hatte, dass Bernadette dort nie hineinsehen würde. Aber dann hatte sie ihn aus irgendeinem Grunde gefunden und im Medikamentenschrank versteckt, damit Isabelle ihn nicht entdeckte. Aber wieso hatte sie ihn nicht ganz weggeworfen? So war es doch viel gefährlicher, dass sie ihn irgendwann doch fand. Aber vielleicht war Bernadette gestört worden ... Vielleicht war Andrea oder sogar sie selbst ins Zimmer gekommen, und sie hatte ihn schnell in die geöffnete Schublade geworfen. Was für eine übermenschliche Anstrengung musste es Adrian gekostet haben, wo er kaum in der Lage war, auch nur den Kopf zu drehen, Papier und Stift an sich zu nehmen und diesen Zettel zu schreiben und ihn danach in das Buch zu bekommen. Er hatte wahrscheinlich Ewigkeiten dafür gebraucht und Bernadette hatte seine ganzen Mühen und Hoffnungen innerhalb kürzester Zeit zerstört. Nun ergab alles plötzlich einen Sinn ... Warum er sich beim Lesen des Thrillers so furchtbar aufgeregt und sogar geweint hatte.

Wut stieg in ihr auf.

Sie ging schnell runter in die Küche und holte einen kleinen Notizblock und einen Stift.

„Ich muss jetzt leider los, ich treffe mich doch heute mit Tim", erklärte Hannah.

Isabelle lachte. „Irgendwann kannst du ein ganzes Buch schreiben über deine fürchterlichen Tinder-Dates."

„Warte ab, irgendwann ist der Richtige dabei. Ich bin wie die Prinzessin, die erst eine Menge Frösche küssen muss, bis sie ihren Prinzen findet."

Isabelle lachte laut auf und zog eine Augenbraue hoch. „Ich glaube nicht, dass du auf Tinder oder einem anderen dieser Portale einen Prinzen finden wirst, aber ich finde deine Erzählungen zu spannend und zu lustig, um dir das Ganze auszureden."

Hannah warf ihr einen gespielt finsteren Blick zu. „Eine schöne Freundin bist du mir." Dann lachte sie ebenfalls und zwinkerte Isabelle zu.

„Dann verschwinde ich jetzt. Aber Date hin oder her, du musst mich unbedingt auf dem Laufenden halten, sobald du etwas Neues erfährst."

Isabelle hielt den Block in die Höhe. „Das könnte schneller gehen, als du glaubst, denn Adrian hat mir gerade signalisiert, dass er irgendetwas aufschreiben will. Die Wirkung der Medikamente lässt immer mehr nach, sodass er jetzt wohl fähig ist, etwas zu schreiben."

Hannah warf einen Blick auf ihr Handydisplay. „So ein Mist, ich hab keine Zeit mehr, um zu warten, was er schreibt. Soll ich texten, dass ich später komme, oder ganz absagen?", fragte Hannah.

„Und wenn Tim dein Prinz ist? Auf gar keinen Fall", erwiderte Isabelle grinsend. „Ich schreib dir sofort, wenn es irgendwas zu berichten gibt. Ich weiß ja auch nicht, was Adrian mir sagen will. Vielleicht geht es gar nicht um Bernadette, sondern um etwas ganz anderes, was er schon lange sagen wollte, aber nicht konnte."

Widerwillig nickte Hannah. „Na gut. Wehe, der Typ ist es nicht wert und er bringt mich zum Einschlafen wie unser Traumprinz Justin", sagte Hannah und stand auf.

„Dann bis nachher", sagte Isabelle und ging mit Block und Stift bewaffnet zu Adrian hoch.

Sie holte ein extra Kissen und schob es ihm in den Rücken, damit er ein wenig erhöht lag. Dann steckte sie ihm den Stift zwischen die Finger und hielt den Block für ihn, damit er nur noch darauf schreiben musste.

Konzentriert starrte Adrian auf seine Hand, während er sie zitternd hob, bis die Kugelschreibermine den Block berührte. Selbst diese kleine Bewegung schien seine äußerste Konzentration zu erfordern. Aber wenigstens konnte er es. Das war unter dem Einfluss der Tabletten noch vollkommen undenkbar gewesen.

Isabelle hielt den Block möglichst gerade und Adrian fing an zu schreiben.

Für jeden Buchstaben brauchte er eine Ewigkeit, aber sie bemühte sich, geduldig zu sein, denn der Mann versuchte wirklich sein Bestes.

Nach drei Minuten konnte Isabelle das erste Wort lesen, das ihr aber keine neuen Informationen lieferte. Es war: Hilfe.

Dann schrieb er weiter und Isabelle wusste, jetzt wurde es interessant, denn sie spürte, gleich würde sie alles erfahren. Er hatte gerade Be geschrieben, als die Tür aufging.

Hatte Hannah ihr Date doch abgesagt? Aber nein, es war nicht Hannah. Es war genau die Person, über die Adrian ihr gerade alles erzählen wollte.

Isabelle sprang auf und eilte in Richtung Tür, um Bernadette den Blick auf Adrian zu versperren. Auf gar keinen Fall durfte sie sehen, dass ihr Patient in der Lage war, etwas zu schreiben. Denn dann würde sie schnell eins und eins zusammenzählen und darauf kommen, dass er seine Tabletten nicht eingenommen hatte.

„Was machen Sie denn hier? Wie sind Sie hier reingekommen?", fragte Isabelle aufgebracht und versuchte, ihre Nervosität zu überspielen.

„Ich habe jetzt Dienst, und wie ich schon sagte, solange Frau Vallelonga nicht ausdrücklich anordnet, dass ich nicht kommen brauche, trete ich meinen Dienst ordnungsgemäß an. Und hereingekommen bin ich mit dem Schlüssel, der im Garten versteckt liegt. Frau Vallelonga hat ihn mir gezeigt, für den Fall, dass sie die Klingel mal nicht hört oder irgendein Notfall ist."

„Das hier ist aber kein Notfall, Sie hätten ganz normal klingeln können."

Bernadette machte eine wegwerfende Handbewegung. „Das ist ja jetzt auch egal. Sie können jetzt gehen und mich morgen um sieben Uhr ablösen."

Sie lief zum Medikamentenschrank hinüber. „Ich werde Herrn Vallelonga jetzt erst mal seine Tabletten verabreichen."

Ja, das kann ich mir vorstellen, dass du das tun willst, dachte Isabelle wütend.

Sie drehte sich schnell zu Adrian um, um den Block zu verstecken, aber Adrian hatte schon geschaltet und seine Hand samt Block unter die Bettdecke geschoben.

„Seine Medikamente habe ich ihm schon verabreicht", sagte sie hastig.

Bernadette warf einen Blick auf die Uhr. „Aber es ist doch jetzt erst die Uhrzeit."

„Durch die ganze Aufregung hat Adrian heute eine Dosis weniger bekommen, daher dachte ich, es wäre besser, ihm die anderen Tabletten ein bisschen früher zu geben." Isabelle musste unbedingt verhindern, dass Bernadette ihn wieder unter Medikamenteneinfluss setzte.

Schwester Bernadette sah sie missbilligend an und runzelte die Stirn. „Ohne eine entsprechende Ausbildung sollten Sie so etwas auf keinen Fall auf eigene Faust machen."

Du musst es ja wissen, dachte Isabelle im Stillen, und es fiel ihr immer schwerer, nach außen hin ruhig zu bleiben.

Sie beschloss, sich ein bisschen vorzuwagen. „Finden Sie es nicht seltsam, dass Adrian so einen Haufen Tabletten bekommt? Ich habe mal nachgegoogelt, nach einem Schlaganfall bekommt man in der Regel eigentlich nur einen Blutverdünner." Sie konnte ja schlecht sagen, dass sie die Krankenhausakte eingesehen hatte.

„Ja, das stimmt. Das sind auch meine Erfahrungen, aber jeder Patient ist anders und auch jede Krankheit. Der Arzt wird sich schon etwas dabei gedacht haben, als er diese speziellen Tabletten verschrieben hat. Adrian leidet ja auch unter extrem hohem Blutdruck, Krämpfen und anderen Dingen", erklärte Bernadette.

Dinge, die nur von den Tabletten ausgelöst wurden, wie Isabelle mittlerweile wusste.

„Was genau bekommt Adrian denn?", fragte Isabelle forsch.

Bernadette zuckte mit den Schultern. „Das weiß ich nicht, das müssen Sie Frau Vallelonga fragen. Aber Sie können jetzt, wie gesagt, gehen", sagte sie und lief auf Adrians Bett zu.

Isabelle verstellte ihr den Weg. „Ich werde nirgendwo hingehen, denn ich lasse Sie ganz bestimmt nicht mit Adrian allein. Ich vertraue Ihnen nämlich nicht."

„Was soll denn das bitte schön heißen ... Sie vertrauen mir nicht? Ich arbeite hier schon viel länger als Sie, und ich bin eine ausgebildete Krankenschwester mit jahrzehntelanger Berufserfahrung", regte sich Bernadette auf und stemmte die Hände in die Hüften.

„Eine Krankenschwester, die von Ihrem letzten Arbeitgeber rausgeworfen wurde!", schleuderte ihr Isabelle entgegen.

Bernadette schnappte nach Luft. „Woher wissen Sie das? Außerdem hatte das nichts mit meiner fachlichen Kompetenz zu tun", flüsterte Bernadette, erschrocken, dass Isabelle ihr Geheimnis kannte.

„Ach nein? Haben Sie dort Patienten vielleicht auch einfach so Tabletten verabreicht und sie damit kränker gemacht ... so wie Sie es bei Adrian tun?"

Bernadette wurde immer röter im Gesicht. „Das ist ja wohl ungeheuerlich! Ich würde meinen Patienten niemals schaden. Ich tue immer alles, was in meiner Macht steht, um mich so gut es geht um meine Patienten zu kümmern. Wie können Sie es wagen, so etwas zu behaupten? Sie kennen mich doch überhaupt nicht."

Isabelle beschloss, aufs Ganze zu gehen. „Ich weiß, dass Sie Adrian Medikamente verabreichen, die er nicht benötigt und die ihm sogar schaden. Ich weiß, dass Sie fristlos entlassen worden sind im Marienhospital. Und Adrian kann das Ganze auch bestätigen." Sie ging hinüber zur Bettdecke, um Bernadette den Zettel zu zeigen, den Adrian geschrieben hatte. Dort stand deutlich, dass er Isabelle wegen Bernadette um Hilfe bat. Das hoffte sie zumindest. Als die Krankenschwester hereingeplatzt war, hatte er erst Hilfe. Be geschrieben, aber danach war ja noch einige Zeit vergangen.

Sie schlug die Bettdecke zurück. „Keine Sorge, Adrian", sagte sie zu ihm, als er sie mit weit aufgerissenen Augen ansah. „Ich beschütze dich vor Bernadette, du brauchst keine Angst mehr zu haben. Sie wird dir nichts mehr tun."

Sie nahm den Block zur Hand und schaute darauf. Adrian hatte es tatsächlich geschafft, die Botschaft zu Ende zu schreiben.

Nur lautete sie ganz anders, als sie es erwartet hatte. Denn von Bernadette stand dort kein Wort.

Das Be bedeutete gar nicht Bernadette. Hilfe. Befrag Victor, stand stattdessen auf dem Zettel.

Isabelle starrte perplex darauf. Wer war Victor?

Doch bevor sie weiter darüber nachdenken konnte, kam Bernadette wutentbrannt zu ihr und riss ihr den Zettel aus der Hand.

„Dann wollen wir doch mal sehen, welchen Beweis Sie da haben, der mich angeblich belastet." Bernadette las den Zettel und sah sie fragend an. „Und inwiefern beschuldigt mich Herr Vallelonga hier drauf?", fragte sie und hielt ihr den Block unter die Nase.

„Ich … ähm … Ich habe …" Isabelle wusste nicht, was sie sagen sollte. Was sollte das bedeuten? Wer war dieser Victor? Würde dieser ihr vielleicht etwas Belastendes über Bernadette erzählen können?

„Sie scheinen vollkommen den Verstand verloren zu haben. Ich weiß nicht, was Sie sich da einbilden, aber Sie liegen komplett falsch."

„Ach ja? Dann lag Ihr letzter Arbeitgeber wohl auch falsch, was?"

Bernadette warf einen Blick auf Adrian. „Lassen Sie uns das Ganze doch unten bei einer Tasse Kaffee besprechen, ganz in Ruhe." Ihr Gesicht war knallrot, aber sie schien sich in Adrians Gegenwart um Contenance zu bemühen.

Isabelle wollte vehement widersprechen, denn Adrian sollte das Ganze auf jeden Fall mithören. Aber bei diesem Gedanken fiel ihr ihr Handy ein, mit dem sie das Gespräch doch hatte aufzeichnen wollen und das noch immer unten auf dem Küchentisch lag, da sie damit im Internet nach den Tabletten gesucht hatte. Außerdem fühlte sie sich wohler, wenn sie wusste, dass sie es in der Nähe hatte, um notfalls die Polizei rufen zu können. Wenn jemand verrückt genug war, einem Patienten schädliche Medikamente zu verabreichen, war er garantiert auch verrückt genug für irgendwelche Kurzschlussreaktionen.

Daher stimmte sie zu, versprach Adrian aber, in Kürze wieder nach ihm zu sehen, und auch Victor zu benachrichtigen – das hieß, falls sie herausbekam, wer dieser Victor war.

Sie ließ Bernadette zuerst die Treppe hinuntergehen, damit diese sie nicht hinunterschubsen konnte, doch bei diesem Gedanken schüttelte sie über sich selbst den Kopf. Sie befand sich hier doch nicht in irgendeinem ihrer geliebten Thriller. Die Krankenschwester war wahrscheinlich schon über sechzig, übergewichtig und bewegte sich schwerfällig, als wenn sie Arthrose im Knie hätte. Nicht gerade eine ernst zu nehmende Gefahr. Andererseits, war es nicht so, dass die gefährlichsten Serienmörder vollkommen harmlos ausgesehen hatten? Ted Bundy war das beste Beispiel. Nur weil er so attraktiv und nett ausgesehen hatte, hatte er so viele Frauen in die Falle locken können. Dennoch konnte sie sich nicht vorstellen, dass Bernadette ihr ernsthaft etwas tun würde. Aber warum hatte sie Adrian die falschen Tabletten gegeben und anderen Patienten vor ihm wahrscheinlich auch? Hatte sie sich so ihren Job sichern wollen?

„Ich mache uns erst mal einen Kaffee und dann, wenn sich die Gemüter beruhigt haben, können wir in aller Ruhe reden", sagte Bernadette.

Während diese ihr den Rücken zuwandte und Kaffeepulver in die Maschine löffelte, eilte Isabelle schnell zum Tisch und schnappte sich ihr Handy. Sie öffnete die Notiz-App, um sich Adrians Nachricht und den Namen aufzuschreiben.

Als sie die App geöffnet hatte, erschienen die Notizen, die sie sich im Krankenhaus gemacht hatte. Sie wollte schon anfangen zu tippen, als ihr Blick an einer Zeile hängen blieb.

Natürlich! Das hatte sie komplett vergessen. Natürlich! Das hatte sie ja komplett vergessen, in all der Aufregung. Victor Vallelonga!

Aufgrund des gleichen Nachnamens vermutete Isabelle, dass er Adrians Vater oder Bruder war. Zum Glück hatte sie damals geistesgegenwärtig die Telefonnummer aufgeschrieben.

Vielleicht konnte dieser ja ein bisschen Licht ins Dunkel bringen … wobei das unwahrscheinlich war, denn Adrian hatte ja mit ihm genauso wenig kommunizieren können wie mit ihr.

Aber sie würde auf jeden Fall dort anrufen.

„Ich muss mal kurz telefonieren, ich bin gleich wieder da", sagte sie zu Bernadette. Sie eilte aus der Küche, ging durch den Flur und verließ dann das Haus, denn die Nachtschwester sollte auf keinen Fall etwas von dem Telefonat mitbekommen.

Sie kopierte die Nummer aus ihren Notizen, fügte sie in ihren Kontakten hinzu und rief an.

Es dauerte so lange, dass sie sich sicher war, dass jede Sekunde die Mailbox anspringen würde, doch dann meldete sich eine gehetzt klingende Männerstimme. Im Hintergrund hörte sie Verkehrslärm.

„Vallelonga. Ja, bitte?"

„Guten Tag, Herr Vallelonga. Mein Name ist Isabelle Reinhard. Ich pflegte seit einiger Zeit Ihren Sohn? … Bruder? … Adrian Vallelonga."

„Adrian ist mein Bruder. Mein jüngerer Bruder. Wie sind Sie an meine Nummer gekommen?" Sein Tonfall war misstrauisch.

Oh, Mist. Sie hätte sich besser vorbereiten und überlegen sollen, was sie sagen wollte. Schließlich antwortete sie: „Andrea hat sie mir gegeben." Wusste er überhaupt von dem Zustand seines Bruders? Vielleicht hatten die beiden ja gar keinen Kontakt mehr gehabt. Das war ja bei vielen Geschwistern leider so. Aber nein, dann hätte Adrian seinen Bruder im Krankenhaus bestimmt nicht als Notfallkontakt angegeben.

Der Mann stieß ein bitteres Lachen aus. „Das glaube ich eher weniger. Andrea konnte mich noch nie ausstehen und hat immer alles darangesetzt, einen Keil zwischen mich und meinen Bruder zu treiben." Zum Glück fragte er nicht mehr weiter nach, woher sie die Nummer stattdessen hatte.

Isabelle schluckte schwer. „Dann wissen Sie also gar nicht, was mit Adrian passiert ist?", fragte sie zögerlich.

„Doch natürlich weiß ich das, und ich habe immer wieder versucht, Kontakt zu Adrian aufzunehmen. Ich habe Andrea gesagt, dass es vollkommen egal ist, ob sie und ich uns sympathisch sind oder nicht, weil Adrian jetzt uns beide braucht. Aber Andrea meint ja immer, alles allein schaffen zu müssen, und keiner darf sich einmischen. Da stellt sie lieber fremde Leute ein … nichts gegen Sie … anstatt den eigenen Bruder miteinzubeziehen."

Sie hatte sich den Kopf darüber zerbrochen, wie sie auf das Thema zu sprechen kommen konnte, und jetzt sprach er es von sich aus an. Isabelle stieß leise einen erleichterten Seufzer aus.

Aber dennoch musste sie vorsichtig sein und das Thema unauffällig zur Sprache bringen. „Wie lief es denn so mit der Pflege?", fragte sie daher nur.

Victor schwieg einen Moment lang. „Es ist Ihnen also auch aufgefallen?", fragte er dann. „Ich habe hin und her überlegt, ob ich mit jemandem darüber reden sollte, aber dann dachte ich immer, dass ich nur verrückt bin und Dinge sehe, die gar nicht da sind. So etwas würde man der Person, um die man sich kümmert, doch nicht wissentlich antun. Warum sollte man das tun? Und da ich eben nicht wirklich am Alltag meines Bruders teilhaben kann, habe ich das Thema irgendwann abgehakt und mir gesagt, dass ich mir das alles lediglich eingebildet habe."

„Das alles? Was meinen Sie damit?" Isabelle lief nervös hin und her und blickte auf die Straße hinaus.

„Dass es Adrians Schwiegermutter plötzlich immer schlechter ging ... Damit fing es an ... Da wurde ich stutzig."

Isabelle runzelte die Stirn. „Aber sie war doch alt und gebrechlich, oder nicht? Darum ist sie doch überhaupt erst zu Adrian und Andrea gezogen."

„Ja, das stimmt. Sie war alt und immer schlechter zu Fuß, aber sie war nicht todkrank. Sie hatten ja ursprünglich sogar überlegt, dass sie in eine Senioreneinrichtung ziehen sollte, wo sie eigenständig lebt, aber eben nur ein bisschen Unterstützung hat. Doch man hatte das Gefühl, man konnte praktisch dabei zuschauen, wie sie von Woche zu Woche abbaute. Andrea meinte, das hätte damit zu tun, dass die alte Dame nun jemanden hatte, der sich um sie kümmerte ... dass sie dadurch, dass sie nur noch im Bett lag, ihren Lebenswillen verloren hätte. Das wäre ein bekanntes Phänomen, über das sie gelesen hätte. Aber ich habe das nicht geglaubt. Denn am Anfang, als sie bei den beiden einzog, ist sie jeden Tag in den Garten gegangen oder hat im Wohnzimmer gesessen und ein Buch gelesen oder mit ihnen gemeinsam Fernsehen geschaut, das hat Adrian mir erzählt. Sie war einfach eine ältere Dame mit den typischen Beschwerden, die das Alter eben so mit sich bringt. Nichts hat darauf hingedeutet, dass sie innerhalb weniger Monate sterben würde." Er machte eine Pause und räusperte sich nervös. „Ich habe das Gefühl, dass es Andreas Mutter nicht einfach so schlechter ging ... Ich glaube, dass sie keines natürlichen Todes starb!" Er stieß die Worte so hastig hervor, als würden sie in Flammen stehen und er hätte Angst, sich zu verbrennen.

Isabelle riss erschrocken die Augen auf und presste sich unwillkürlich eine Hand aufs Herz. Es war also wirklich wahr? Und Bernadette hat das Ganze nicht nur Adrian angetan, sondern auch schon Andreas Mutter? Was wäre, wenn sie diesen Job bei den Vallelongas nicht angetreten hätte? Hätte Adrian dann dasselbe Schicksal ereilt wie Andreas Mutter? Hätte Bernadette die Medikamente mehr und mehr erhöht, bis er schließlich daran gestorben wäre, nachdem es ihm nach und nach immer schlechter gegangen wäre, und niemand hätte gewusst, wieso?

„Können Sie mir mehr darüber erzählen? Hat Adrians Schwiegermutter Medikamente nehmen müssen?"

Kapitel 20

Margarete
Anderthalb Jahre zuvor

Es war jetzt sechs Monate her, dass Margarete zu ihrer Tochter gezogen war. Sie war schon immer eine sehr eigenständige und unabhängige Frau gewesen, und nach dem Tod ihres Mannes hatte sie auch nicht mehr das Bedürfnis gehabt, je wieder mit einem Mann zusammenzuleben. Ganz im Gegenteil, sie genoss es, selbst bestimmen zu können, wann sie das Haus verließ oder wiederkam, was sie im Fernsehen sah oder wann sie aß. Vierzig Jahre lang hatte sie sich nach den Wünschen und Vorstellungen ihres Mannes gerichtet, und das war lang genug, fand sie. Deswegen hatte sie sich auch vehement geweigert, in ein Pflegeheim zu ziehen, denn dort würde es wieder Menschen geben, die versuchen würden, ihren Tagesablauf zu bestimmen.

Sie wollte ein selbstbestimmtes Leben führen. Bevor es mit dem Laufen immer schlechter bei ihr wurde, hatte sie sogar von einer Art Weltreise geträumt. Es gab so viele Orte, die sie so gern einmal sehen wollte, und fremde Kulturen, die sie kennenlernen wollte. Mit ihrem Mann hatte es immer nur den 08/15-Pauschal-Touristen-Urlaub an die Nordsee gegeben.

Er hatte keine Kirchen oder historische Bauwerke besuchen wollen, Museen waren ihm ein Graus gewesen, und alles außer der guten alten deutschen Küche hatte er vehement abgelehnt.

Doch nachdem sie ein paar Mal in ihrer Wohnung gestürzt war und ihre Tochter vorgeschlagen hatte, dass sie doch bei ihnen einziehen könnte, war ihr das wie der perfekte Kompromiss vorgekommen. Sie wäre weiterhin unabhängig, könnte rausgehen, wann sie wollte. Sie hätte ein eigenes Zimmer mit Fernseher, in das sie sich zurückziehen könnte, wenn sie allein sein wollte. Aber es wäre immer jemand da, wenn sie mal Hilfe bräuchte oder Gesellschaft haben wollte. Sie könnte bei schönem Wetter im Garten arbeiten, in Herne-Süd oder im Zillertal spazieren gehen oder mit dem Bus oder der U-Bahn in die Stadt fahren. Und Reisen wäre vielleicht auch möglich, wenn es ihr wieder besser ging.

Am Anfang hatte auch alles genauso geklappt, wie sie es sich ausgemalt hatte, und es war auch wirklich schön gewesen, mit ihrer Familie zusammenzuleben. Sie konnte sich vorstellen, dass Adrian bestimmt nicht begeistert von der Aussicht gewesen war, zukünftig mit seiner Schwiegermutter unter einem Dach zu leben. Doch er war immer nett und zuvorkommend zu ihr, und sie genoss es, Zeit mit ihrer Enkelin Zoey zu verbringen. Sie erinnerte sich noch daran, wie diese ein Baby gewesen war, und jetzt war sie schon ein Teenager. Es war unfassbar, wie schnell die Zeit verrann.

Ihre Tochter hatte sogar eine Schwester engagiert, die tagsüber für ein paar Stunden verfügbar war, wenn sie mal etwas brauchte, egal ob es ein Glas Wasser oder Medikamente waren. Oder ihr die Treppe herunterhalf, damit sie nicht stürzte.

Alles war einfach wunderbar gewesen, doch schon wenige Wochen nach dem Einzug hatte sie gemerkt, dass es ihr plötzlich schlechter ging. Anfangs hatte sie es auf den Stress des Umzugs geschoben, auf die räumliche Veränderung ... Es gab ja dieses Sprichwort: Einen alten Baum verpflanzt man nicht. Aber es wurde nicht besser, sondern immer schlechter. Sie spürte praktisch, wie sie von Tag zu Tag schwächer wurde. Ihre Muskeln schienen sich in Gummi zu verwandeln und ihre Beine sie nicht mehr zu tragen. Irgendwann kam sie die Treppen nicht mehr herunter, und schließlich wurde es so schlimm, dass sie das Bett gar nicht mehr verlassen konnte.

Und auch mit ihrem Kopf stimmte etwas nicht. Sie fühlte sich permanent benebelt und hatte das Gefühl, den ganzen Tag schlafen zu wollen. Sie versuchte, dagegen anzukämpfen, aber sie war nicht stark genug. Es war nicht wie niedriger Blutdruck oder irgendeine Schwäche, es war so viel stärker. Es fühlte sich an, als würden Bleigewichte ihren Körper beschweren. Und nichts, was sie tat, kam dagegen an.

Als sie damals die Gallenblase herausbekommen hatte und aus der Narkose erwacht war, hatte sie sich ähnlich gefühlt. Es war so ein Zustand zwischen Wachen und Schlafen. Der Kopf schien mit Watte gefüllt zu sein, und egal, wie sehr man sich auch versuchte zu konzentrieren, die Gedanken entglitten einem einfach immer wieder und flogen davon. Alles war leicht und so weit weg. So musste es sich anfühlen, unter Drogen zu stehen, dachte sie. Bevor sie wieder einmal wegdämmerte in einen traumlosen Zustand, der weder Schlaf

noch Bewusstlosigkeit war. Es war vielmehr eine Art
Schweben im luftleeren Raum.

Kapitel 21

Isabelle
Jetzt

Sie wollte Victor gerade von ihren Erlebnissen mit Bernadette erzählen, als die Tür aufging und genau diese hinaus in den Garten trat. „Ich wollte mal nachsehen, wo Sie bleiben. Der Kaffee ist fertig. Hat Adrian schon Abendbrot bekommen? Sonst kümmere ich mich darum."

Adrian! Sie hatte ihn einfach mit dieser Irren allein gelassen. Bernadette hätte ohne Probleme nach oben gehen können, um ihm Medikamente einzuflößen oder ihm etwas anderes antun zu können. Während sie seelenruhig hier im Garten telefonierte und nichts davon mitbekam. Zum Glück hatte sie Bernadette erzählt, dass er seine Tabletten ganz normal bekommen hatte, sonst hätte diese das garantiert schon getan.

„Es tut mir leid, aber ich muss jetzt Schluss machen, Herr ..." Sie verstummte, als sie sah, dass Bernadette weiterhin in der Tür stand und sie anstarrte.

„Ähm, ich rufe Sie nachher noch mal an, wenn Ihnen das nicht zu spät ist."

„Kein Problem, ich arbeite immer bis spät in die Nacht. Sie können gerne anrufen, denn ich habe auch noch einige Fragen."

Sie legte auf und schob das Handy in die hintere Hosentasche, denn sie wollte es immer griffbereit haben, wenn sie doch mal schnell die Polizei rufen musste. Das Ganze konnte schließlich jederzeit ausufern und eskalieren. Und man wusste nie, wozu eine Person wie Bernadette wirklich fähig war. Vielleicht war sie auch leichtsinnig, und es wäre besser, die Polizei direkt zu alarmieren, aber sie hatte einfach zu viel Angst, dass diese ihr nicht glauben würde.

Mist, sie hätte Adrians Bruder fragen sollen, ob dieser bereit wäre, alles zu bezeugen und Bernadette auch offiziell vor der Polizei zu belasten.

Sie musste Bernadette dazu bringen, das Ganze zuzugeben, und es dabei mit ihrem Handy aufnehmen. Und vor allem durfte sie Adrian nicht mehr mit ihr allein im Haus lassen. Isabelle schüttelte über ihre eigene Dummheit den Kopf.

Sie ging wieder hinein. Bernadette hatte sich an den Tisch gesetzt, auf dem jetzt zwei Tassen Kaffee standen.

„Kommen Sie, wir sollten in Ruhe darüber reden", sagte Bernadette und nahm einen großen Schluck Kaffee. „Trinken Sie, bevor er kalt wird."

Isabelle nahm Platz und starrte den Becher vor sich an. Sie hatte gerade schon einen großen Fehler gemacht, noch einer würde ihr garantiert nicht passieren.

Sie hätte niemals geglaubt, dass ihr das Lesen von Thrillern und Krimis einmal das Leben retten würde. Aber hier saß sie nun und blickte auf eines der klassischen Elemente eines Krimis: das vergiftete Getränk. Sie konnte gar nicht mehr zählen, in wie vielen Büchern der Täter dem Opfer ein mit Schlaftabletten oder

Gift versetztes Getränk serviert hatte. Und Tabletten waren schließlich Bernadettes Spezialgebiet.

Wenn sie den Kaffee allerdings nicht trank, würde Bernadette vielleicht misstrauisch werden und etwas Schlimmeres versuchen. Also holte sie weit mit den Armen aus, als wollte sie sich recken, und warf dabei ganz zufällig ihren Kaffeebecher um, sodass sich die Flüssigkeit über den ganzen Tisch ergoss.

„Oh mein Gott, das tut mir ja so leid", rief Isabelle gespielt zerknirscht.

Bernadette warf ihr einen bitterbösen Blick zu, und Isabelle meinte, in ihren Augen so etwas wie Wut oder Enttäuschung aufblitzen zu sehen.

Isabelle war schon aufgesprungen und hatte sich einen Lappen geschnappt, mit dem sie den Kaffee aufwischte. „Ich bin manchmal so ein Tollpatsch, es tut mir wirklich leid."

„Kein Problem, ich gieße Ihnen einen neuen Becher ein, während Sie sauber machen", erklärte Bernadette und machte Anstalten aufzustehen.

„Nein, nein, bleiben Sie sitzen. Wenn ich es mir recht überlege, wäre mir sowieso eher nach einer kalten Cola", erwiderte Isabelle und ging zum Kühlschrank hinüber. Sie nahm eine kleine Flasche Cola heraus und öffnete sie. Erleichtert registrierte sie das Zischen und das leise Knacken, als sie den Deckel drehte. Diese Cola konnte sie ohne Bedenken trinken.

Sie setzte sich Bernadette gegenüber und betrachtete die Krankenschwester. Wie vielen Patienten hatte sie wohl schon das Gleiche angetan wie Adrian und Andreas Mutter?

Kapitel 22

Margarete
Anderthalb Jahre zuvor

Sie verstand einfach nicht, was mit ihr los war.

Ja, sie wurde älter, das konnte sie auch mit viel gutem Willen nicht abstreiten, und auch wenn es ihr äußerst schwergefallen war, aber der Entschluss, zu ihrer Tochter zu ziehen, war der richtige gewesen. Sie war schon ein paar Mal gefallen, und sie hatte sich zum Glück jedes Mal wieder eigenständig aufrappeln können und hatte keine schlimmen Verletzungen davongetragen. Aber sie wusste, dass man sich in ihrem Alter auch mal schnell einen Knochen oder im schlimmsten Fall das Hüftgelenk brach oder unglücklich mit dem Kopf aufschlug, und jetzt war immer jemand da, falls es noch mal passierte.

Aber seit einiger Zeit ging es ihr plötzlich immer schlechter und schlechter. Und das, was sie fühlte, kam ihr nicht vor wie Symptome des Älterwerdens. Diese kannte sie schließlich zur Genüge. All das Ziepen in den Knochen, die Schwäche und viele andere Sachen.

Nein, sie fragte sich mehr und mehr, ob es vielleicht an den Medikamenten lag, die sie nahm. Denn sie musste mehrere Tabletten am Tag nehmen, gegen ihren hohen Blutdruck, ihre Durchblutungsstörungen und ihren Zucker. Und sie hatte festgestellt, dass es ihr nach der Einnahme der Tabletten stets deutlich schlechter ging.

Am Anfang hatte sie es für Zufall gehalten, aber als sie darauf geachtet hatte, wurde ihr klar, dass all die neuen Symptome nach der Tabletteneinnahme einsetzten.

Sie hatte sich gefragt, ob Andrea die Medikamente vielleicht in einer anderen Apotheke abholte, die ihr zwar den gleichen Wirkstoff, aber Tabletten von einer anderen Firma gaben. Von Freundinnen hatte sie gehört, dass das manchmal zu Unverträglichkeiten führte.

Daraufhin hatte sie sich die Tabletten genauer angeschaut, und sie sahen ganz anders aus als die, die sie sonst immer genommen hatte. Waren sie nur von einer anderen Firma oder war es gar ein anderer Wirkstoff?

Sie wollte jemandem davon erzählen, doch kurz darauf ging es ihr plötzlich so schlecht, dass sie keine klaren Worte mehr herausbekam. Es war absolut schrecklich, und jedes Mal erfasste sie eine Welle der Panik, wenn sie etwas vollkommen klar im Kopf artikulierte, dann aber letzten Endes nur Kauderwelsch aus ihrem Mund herauskam.

Sie hatte kurzzeitig überlegt, ob sie vielleicht einen Schlaganfall erlitten hatte. Aber ihr Vater hatte einen gehabt, daher kannte sie die Symptome gut genug, um zu wissen, dass es bei ihr anders war. Mal abgesehen davon war der Prozess dafür viel zu schleichend vorangegangen.

Und es hatte erst angefangen, als sie bei ihrer Tochter und ihrem Schwiegersohn eingezogen war. Zuerst war alles gut gewesen, sie hatte sogar das Gefühl gehabt, dass es ihr besser gegangen war. Denn Andrea besaß im

Gegensatz zu ihr einen Garten, und die leichte Gartenarbeit hatte ihren alten Knochen irgendwie gutgetan. Außerdem lag Andreas Haus in der Nähe eines kleinen Parks und des Zillertals, sodass sie fast täglich kurze Spaziergänge unternommen hatte. Das war laut ihres Arztes ja eines der besten Sachen, die man tun konnte, um fit zu bleiben.

Doch dann war es ihr nach und nach immer schlechter gegangen, und schließlich war ihr Zustand rapide bergab gegangen.

Nein, sie hatte es nicht glauben wollen und können, aber so langsam sprach alles dafür, dass jemand ihr dies mit Absicht antat. Am Anfang war ihr dieser Gedanke absolut verrückt und wie reine Einbildung vorgekommen, sodass sie sich auch nicht getraut hatte, es laut gegenüber jemand anderem auszusprechen.

Sie hatte angefangen, alles ganz genau zu beobachten und stundenlang darüber nachzugrübeln, und es ergab erschreckend viel Sinn.

Sie hatte auch jemanden im Verdacht, doch selbst darüber nachzudenken, kam ihr vollkommen absurd vor. Warum sollte jemand, der sie liebte, ihr so etwas Schreckliches antun? Doch egal, wie sehr sie sich gegen diesen Gedanken sträubte, alle Indizien sprachen dafür.

Als könnte die Person Gedanken lesen, kam sie in diesem Moment herein. „Zeit für deine Tabletten", rief sie fröhlich.

Sie sah zur Tür hinüber und entdeckte Zoey, die gerade den Flur entlangging. Margarete wollte um Hilfe rufen, doch es kam nur ein gutturaler Laut aus ihrem Mund.

Als sie den Kopf wandte, spürte sie, wie ihr die Tabletten mit festem Druck in den Mund geschoben wurden, und als sie protestieren wollte, floss auch schon Wasser aus einem Becher hinterher, und sie musste schlucken, um nicht zu ersticken.

Schon wenige Minuten später verschwamm der Mensch, der ihr doch eigentlich helfen sollte, vor ihren Augen, und eine bleierne Müdigkeit überrollte sie.

Warum tat sie ihr das an?

Kapitel 23

Isabelle
Jetzt

Isabelle taxierte Bernadette noch immer. „Ich werde jetzt kurz nach Adrian sehen, und danach können wir reden."

Sie behielt die Flasche in der Hand, damit Bernadette nicht irgendetwas hineinschütten konnte, wenn sie oben war.

Doch das war unnötig, denn Bernadette folgte ihr auf dem Fuße.

Sie eilte zu Adrian hinüber, der sie mittlerweile mit einem viel wacheren Ausdruck in den Augen ansah. Zum ersten Mal, seit sie ihn kennengelernt hatte, schien er seine Umgebung wirklich wahrzunehmen. Sonst hatte immer ein glasiger Ausdruck darin gelegen.

Sie stellte sich neben Adrians Bett, drehte sich aber so, dass sie Bernadette die ganze Zeit über im Auge behalten konnte, falls diese etwas Unüberlegtes tat. Sie zog ihr Handy aus der Hosentasche, wandte Bernadette kurz den Rücken zu und aktivierte unauffällig die Aufnahmefunktion auf ihrem Smartphone.

„Adrian, ich habe gerade schon kurz mit deinem Bruder gesprochen und werde ihn gleich noch einmal anrufen, aber er bestätigt alles. Er hat mir erzählt, dass es auch schon deiner Schwiegermutter spontan schlechter ging, als diese bei euch gewohnt hat. Und dass er vermutet hat, dass nachgeholfen wurde, die arme Frau kränker zu machen, als sie war."

Sie warf Bernadette einen vielsagenden Blick zu. Es dauerte einen Moment, bis die Krankenschwester begriff, was Isabelle damit sagen wollte.

„Ich fasse es nicht ... Jetzt habe ich also nicht nur Herrn Vallelonga bewusst Leid zugefügt, sondern auch noch seiner Schwiegermutter? Lassen Sie mich raten, an Frau Vallelongas Blinddarmentzündung bin ich wahrscheinlich auch noch schuld, was?", rief sie zornentbrannt.

Isabelle wollte gerade etwas erwidern, verstummte aber abrupt. Das hatte sie tatsächlich noch gar nicht in Betracht gezogen. Gab es irgendwelche Medikamente oder Mittel, die Bernadette Andrea hätte unterschieben können, die so eine Entzündungsreaktion auslösten?

Andererseits wäre es doch extrem bescheuert, das Ganze offen zuzugeben und sie so erst auf diesen Gedanken zu bringen, dachte Isabelle.

Oder extrem genial. Es könnte ja auch umgekehrte Psychologie sein ... das Ganze selbst ansprechen, um den Verdacht von sich abzulenken.

„Und? War es so? Haben Sie Andrea aus dem Haus haben wollen, um Ihr Werk zu vollenden? Um Adrian genauso umzubringen, wie seine Schwiegermutter?"

Bernadette schnappte nach Luft. „Was erlauben Sie sich? Zuerst unterstellen Sie mir, Patienten krank zu machen, und jetzt sogar, sie umzubringen? Sie haben

Sie ja wohl nicht mehr alle! Ich habe noch nie jemandem etwas zuleide getan. Ich helfe Menschen und mache sie nicht krank!"

„Ach nein? Dann hat Victor Vallelonga also gelogen?"

„Ich kenne Herrn Vallelongas Schwiegermutter gar nicht. Als ich hier anfing, war sie schon tot. Ich habe mich immer nur um Herrn Vallelonga gekümmert. Er muss eine andere Schwester meinen."

„Natürlich. Und dass Sie von Ihrem letzten Arbeitgeber fristlos gekündigt wurden, ist wahrscheinlich auch nicht wahr, oder?"

„Doch, das ist wahr, aber ich habe keinem meiner Patienten je etwas getan ... Eher im Gegenteil", murmelte Bernadette und senkte beschämt den Blick.

„Und warum wurden Sie dann gefeuert? Weil Sie zu nett zu den Patienten waren?", fragte Isabelle ironisch.

Bernadette warf einen Blick auf Adrian. „Wie ich vorhin schon sagte, möchte ich darüber lieber nicht in Herrn Vallelongas Gegenwart reden", erwiderte Bernadette und wirkte immer beschämter und nervöser.

Isabelle zückte ihr Handy und hielt es in die Höhe. „Entweder Sie erzählen uns jetzt die ganze Geschichte, oder ich rufe augenblicklich die Polizei an und erzähle ihnen, was Sie getan haben."

„Ich habe gar nichts getan! Wie oft soll ich Ihnen das denn noch sagen?"

Isabelle tat so, als wollte sie einen Anruf tätigen.

„Ist ja schon gut. Ich werde Ihnen alles erzählen."

Und das tat sie.

Kapitel 24

Bernadette
Vier Jahre zuvor

Bernadette schloss behutsam die Tür des Patientenzimmers hinter sich und eilte hastig den Flur entlang, bis sie den kleinen Vorratsraum erreichte. Sie warf die Tür hinter sich zu, lehnte sich gegen die Wand, sank zu Boden und ließ ihren Tränen endlich freien Lauf.

Julia war gerade erst volljährig geworden, und doch hatte sie noch nie einen Freund gehabt, eine Party besucht oder Alkohol getrunken. Sie würde niemals den Führerschein machen, in ihre erste eigene Wohnung ziehen oder eine Familie gründen. Es war so unfassbar ungerecht.

Bernadette wusste, sie durfte das Leid ihrer Patienten nicht so nah an sich heranlassen. Aber egal, wie sehr sie sich auch bemühte, sie konnte ihre Gefühle doch nicht einfach abstellen und an der Krankenhaustür zurücklassen, wenn sie nach Hause ging. So war sie nun einmal nicht. Besonders nicht, wenn es um Kinder oder junge Menschen ging, die eigentlich noch ihr ganzes Leben vor sich haben sollten.

Sie hatte schon des Öfteren in ihrer Berufslaufbahn Gespräche darüber führen müssen, dass sie einen professionellen Umgang mit den Patienten wahren musste und keinerlei Gefühle zulassen durfte. Aber wie sollte man so herzlos sein, wenn man sah, wie ein Patient litt? Wenn er vor Schmerzen schrie oder zu schwach war, um sich auch nur aufzusetzen. Wie sollte sie sich da distanziert und professionell verhalten? Sie fand auch nicht, dass dies der richtige Weg war. Wenn sie in der gleichen Situation wäre, würde sie auch jemanden um sich haben wollen, der Wärme ausstrahlte und der einem das Gefühl gab, dass man nicht nur irgendein Job war.

Aber sie gab zu, dass ihr Julia im Laufe der Zeit ganz besonders ans Herz gewachsen war. Seit sie ein kleines Kind war, war das Krankenhaus ihr zweites Zuhause und sie hatte bereits unzählige Operationen und schmerzhafte Behandlungen über sich ergehen lassen müssen. Bernadette kannte sie seit sieben Jahren und hatte miterlebt, wie das schüchterne Mädchen zu einer wunderschönen jungen Frau herangereift war. Und je öfter sie eingeliefert worden war, desto enger war ihre Bindung zu diesem lieben und, trotz aller Umstände, fröhlichen Mädchen geworden. Sie hatte oft an ihrem Bett gesessen, auch nach Feierabend und hatte ihr Geschichten erzählt oder ihr etwas vorgelesen. Nach Operationen hatte sie ihre Hand gehalten, bis sie wohlbehalten aufgewacht war, ihr feuchte Umschläge auf die Stirn gelegt oder Eiswürfel geholt. Sie hatte Süßigkeiten oder Eis ins Zimmer geschmuggelt und einmal sogar einen Hund, da Julia Tiere aller Art liebte. Es war der zwölfte Geburtstag des Mädchens gewesen und eine große Party mit Übernachtung ihrer Freundinnen war geplant gewesen. Doch dann war es zu einem Notfall gekommen und Julia hatte ins Krankenhaus eingeliefert werden müssen. Sie hatte sich so sehr auf diese

Feier gefreut. Schon Wochen vorher hatte sie Bernadette bei ambulanten Besuchen immer wieder davon erzählt. Endlich etwas Normales, in ihrer ansonsten so unnormalen Kindheit. Umso trauriger und untröstlicher war sie natürlich gewesen, und hatte bittere Tränen geweint. Bernadette konnte leider keine große Party im Krankenhaus steigen lassen, aber dann war ihr die Idee mit dem Hund gekommen. Den überglücklichen Ausdruck in ihrem Gesicht und das Leuchten ihrer Augen an diesem Nachmittag würde sie niemals vergessen.

Doch jetzt hatten die Ärzte ihrer Mutter und ihr mitgeteilt, dass alle Therapiemöglichkeiten ausgereizt waren und auch keine weiteren Operationen mehr sinnvoll waren. Sie hatten davon gesprochen, sie nach Hause zu schicken ... von palliativer Behandlung. Das hatte Bernadette das Herz gebrochen.

Aber es war nicht nur Trauer, die sie durchströmte, sondern auch Wut. Wut, weil sie nichts tun konnte, um dieses Mädchen zu retten.

Die letzten Monate hatte sie damit verbracht, jeden Abend stundenlang das Internet zu durchforsten und an ihren freien Tagen in der Bücherei nach alternativen Behandlungsmöglichkeiten recherchiert. Nach Dingen, die man in Julias Therapie noch nicht ausprobiert hatte. Alles, was vielversprechend klang, schrieb sie nieder oder druckte es aus. Aber die Ärzte hier wollten ihr einfach nicht zuhören. Sie blockten alles ab, was nicht den üblichen Standards entsprach.

Sie wischte sich die Tränen aus dem Gesicht und atmete mehrmals tief durch, bevor sie den Abstellraum verließ, um sich weiter um die Patienten zu kümmern.

Sie hatte schon fast Feierabend, als ihr Dr. Albus über den Weg lief ... Junior wohlgemerkt. Denn Dr. Albus Senior war der Pflegedienstleiter. Und ihrer Meinung nach hatte er mehr als nur ein oder zwei Strippen gezogen, damit sein Sohn in seinem jungen Alter hier auf der Station als leitender Arzt arbeiten konnte. Denn er war noch sehr jung, extrem arrogant und mehr an Geld und Status interessiert als daran, Menschen zu helfen.

Sie hatte noch nie einen Arzt getroffen, der ihr derart unsympathisch war, aber da er über ihr stand und zugleich noch über das nötige Vitamin B verfügte, riss sie sich in seiner Nähe immer zusammen und war ausgesucht höflich und professionell.

Aber ihrer Meinung nach war er hier absolut fehl am Platz. Eigentlich als Arzt überhaupt, denn andere Menschen schienen ihm vollkommen egal zu sein. Doch ihretwegen konnte er gern eine Privatpraxis eröffnen und stinkreiche genauso arrogante Leute behandeln. Nichtsdestotrotz brauchte sie ihn jetzt, denn er als leitender Arzt traf nun mal alle Entscheidungen hier auf der Station.

„Dr. Albus, hätten Sie einen Moment Zeit?", fragte Bernadette und bemühte sich um ein freundliches Lächeln.

Er verlangsamte seinen Schritt noch nicht einmal, sodass sie fast neben ihm herjoggen musste.

„Nein, ich habe jetzt Feierabend und will pünktlich auf dem Golfplatz sein. Kann das bis morgen warten?"

Bernadette musste sich zwingen, nicht die Augen zu verdrehen. Ein Termin auf dem Golfplatz, da musste man natürlich pünktlich sein ... Da ging es ja schließlich um Leben und Tod, dachte sie sarkastisch.

„Ich will Sie auch nicht aufhalten. Ich habe nur eine sehr vielversprechende Studie aus der Schweiz entdeckt, über eine neue Therapieform, die Julia Schönemann helfen könnte.“

„Wem?“, fragte er.

Bernadette verbiss sich einen Seufzer. Natürlich kannte er seine Patienten nicht mit Namen.

„Die junge Frau aus Zimmer 343, die entlassen werden soll, weil sie angeblich austherapiert ist“, präzisierte Bernadette.

„Ach die. Jetzt weiß ich, wen Sie meinen. Ein wirklich äußerst interessanter Fall, weil die Krankheit bei ihr so aggressiv und schnell fortgeschritten ist.“

„Julia ist eine unglaubliche Frau und ein toller Mensch. Ich habe diese Akte hier zusammengestellt. Darin ist die neue Therapie genau vorgestellt und auch noch andere alternative Behandlungsmethoden, die ich gefunden habe. Es wäre fantastisch, wenn Sie sich die Unterlagen ansehen und schauen könnten, was davon für Julia alles infrage kommt. Ich werde auch gerne in meiner Freizeit weitere Recherchen betreiben, wenn Ihnen das hilft. Wir könnten zusammen einen neuen Therapieplan für Julia erstellen.“

Dr. Albus stieß ein humorloses Lachen aus und musterte sie wie ein lästiges Insekt. „Wir können uns einen Therapieplan überlegen? Wann haben Sie denn Ihren Doktor gemacht? Soweit ich mich erinnere, sind Sie immer noch eine gewöhnliche Krankenschwester.“

Bernadette wollte am liebsten erwidern, dass sie als gewöhnliche Krankenschwester, die aber über jahrzehntelange Berufserfahrung verfügte, wahrscheinlich im kleinen Finger mehr praktisches Wissen hatte als dieser arrogante reiche Schnösel im ganzen Leib. Und dass er wahrscheinlich ohne seinen lieben Herrn Vater noch nicht einmal das Studium geschafft hätte. Aber sie musste sich zusammenreißen ... Es war egal, wie unsympathisch ihr dieser Kerl war ... Er könnte ihr helfen, Julias Leben zu verlängern, sodass sie vielleicht doch noch ein paar der wichtigen Meilensteine im Leben erreichen konnte.

Sie streckte Dr. Albus auffordernd die Mappe entgegen, doch er machte keinerlei Anstalten, sie entgegenzunehmen.

Stattdessen trat er einen Schritt vor. „Nichts für ungut, aber unter uns gesagt, wäre das bei dieser Patientin eine Verschwendung der Ressourcen. Die ist ja schon jetzt ein Fass ohne Boden, was die entstandenen Krankenhauskosten angeht", sagte er mit gesenkter Stimme. „So, ich muss jetzt aber auch endlich los zum Golf."

Bernadette starrte ihn mit offenem Mund an.

Das hatte er jetzt nicht gerade wirklich gesagt ...

Kapitel 25

Isabelle
Jetzt

Sie hatte Bernadettes Erzählungen genau zugehört. Sie klangen überzeugend, und Bernadette schien selbst durch das Erzählen wieder aufgewühlt zu sein. Aber vielleicht war sie auch einfach nur eine begnadete Schauspielerin und hatte sich diese Story gerade eben aus dem Ärmel geschüttelt, um sie beide von ihrer Unschuld zu überzeugen.

„Woher soll ich wissen, dass Sie mir die Wahrheit sagen und die Story nicht nur frei erfunden haben, um Ihre Haut zu retten?", fragte Isabelle daher.

„Warten Sie einen Moment", erwiderte die ältere Frau und zog ihr Handy aus der Hosentasche.

Was hatte sie vor? Wollte sie einen Leumundszeugen anrufen?

Bernadette tippte eine Weile ungeschickt auf dem Handy herum und streckte es Isabelle dann entgegen.

„Sie müssen nur auf Play drücken", sagte sie leise und wich zurück, als wäre das Handy kochend heiß und sie könnte sich daran verbrennen.

Isabelle verstand nicht, was das sollte. Bernadette hatte nämlich YouTube für sie geöffnet.

Doch als sie die Bildunterschrift las, wurde ihr plötzlich alles klar.

Sie drückte auf den Pfeil, um das Video zu starten und erkannte Bernadette sofort, obwohl diese nur seitlich zu sehen war. Vor ihr stand ein Arzt im weißen Kittel.

Dr. Albus Junior, dachte Isabelle.

Der Winkel der Aufnahme ließ vermuten, dass das Video heimlich aufgenommen worden war.

Man sah, wie der Arzt leise auf Bernadette einredete, konnte aber nicht verstehen, was er genau sagte.

Doch sie ahnte, was es war, denn sie sah, wie sich Bernadettes ganzer Körper versteifte und ihre Kinnlade heruntersank.

Kurz darauf wurde ihr Gesicht knallrot. Wenn dies ein Comic wäre, würde jetzt Dampf aus ihren Ohren kommen, dachte Isabelle und schüttelte dann den Kopf wegen ihrer vollkommen unpassenden Gedanken.

„Eine Verschwendung von Ressourcen?", schrie sie schrill.

Dr. Albus nickte. „Ja, in der Tat. Dieses Bett können wir wesentlich rentabler belegen."

Isabelle sah, wie der älteren Frau die Mappe aus der Hand glitt, doch sie schien es nicht einmal zu bemerken. Wie ein Fisch auf dem Trockenen schnappte sie nach Luft und versuchte, etwas zu sagen, doch sie brachte keinen anständigen Satz hervor. „Ich ... Sie ... Das ..."

Dr. Albus' Mund verzog sich zu einem arroganten und überheblichen Lächeln.

Dann passierte etwas, womit Isabelle auf gar keinen Fall gerechnet hätte. Die immer auf Professionalität und Genauigkeit bedachte Krankenschwester holte aus und verpasste dem Arzt eine schallende Backpfeife ... so fest, dass sein Kopf zur Seite ruckte.

Sie schien offenbar all ihre Wut in diesem einen Schlag kanalisiert zu haben.

Das Gesicht des Arztes wurde zuerst blass, sodass der feuerrote Abdruck besonders gut zu sehen war, dann glich sich sein restlicher Hautton an und er sah aus, als würde er gleich Feuer speien.

Bernadette stoppte das Video und sah sie beschämt an. „So, jetzt kennen Sie und Herr Vallelonga mein Geheimnis. Ich habe die Beherrschung verloren. Ich konnte einfach keinen professionellen Abstand zu meiner Patientin bewahren. Das geht mir stets so. Ich kann die Schicksale von Menschen nicht einfach an der Haustür ablegen. So ein Verhalten wie meines wäre in jedem Fall eine Katastrophe gewesen. Aber es war keine andere Schwester, die ich geschlagen habe, und auch nicht irgendein Arzt – sonst wäre ich vielleicht mit einer deftigen Abmahnung davongekommen – nein, es war der leitende Stationsarzt und noch dazu der Sohn des Pflegedienstleiters. Damit war mein Schicksal natürlich besiegelt. Ich wurde fristlos entlassen. Das geschah offiziell, inoffiziell wurde ich durch den Pflegedienstleiter zum Paria. Egal, wo ich mich auch bewarb, kein Krankenhaus in der Umgebung ließ mich auch nur zum Vorstellungsgespräch kommen, selbst wenn laut Website offene Stellen vorhanden waren. Also entschloss ich mich, bei privaten Arbeitgebern auf Jobsuche zu gehen, und nahm mir vor, mich dort so professionell wie nur irgend möglich zu benehmen. Keine Bindung mehr zu den Patienten, keine persönlichen Gespräche mehr. Ich weiß, wie das nach außen hin wirkt, aber es ist letztlich nur meine Art von Schutzpanzer, damit ich den Beruf, den ich liebe, weiterhin ausführen und Menschen helfen kann."

Sie wandte sich jetzt an Adrian. „Es tut mir sehr leid, dass ich nicht ehrlich zu Ihnen und Frau Vallelonga war und Ihnen nichts von diesem Vorfall erzählt habe. Ich kann natürlich verstehen, wenn Sie mir jetzt kündigen werden ..." Bernadette schluckte schwer und sah tieftraurig aus.

Adrian blickte sie mit wachen Augen an und schüttelte gut sichtbar den Kopf.

„Nein? Bedeutet das, dass ich weiter hier arbeiten darf?", fragte Schwester Bernadette hoffnungsvoll.

Dieses Mal bewegte er den Kopf von oben nach unten.

Bernadette stieß einen erleichterten Seufzer aus. „Da bin ich aber wahnsinnig froh. Vielen Dank, Herr Vallelonga. Ich arbeite nämlich wirklich gerne hier. Bei Ihrer Frau werde ich mich natürlich ebenfalls entschuldigen."

Isabelle hatte die Szene stumm verfolgt und grübelte eine Weile stumm nach. „Apropos entschuldigen. Ich möchte mich hiermit auch bei Ihnen entschuldigen. Es freut mich, dass Sie nichts mit der ganzen Sache zu tun haben, Frau Heppi. Aber das führt mich natürlich zu der Frage, wer es sonst gewesen sein sollte. Wer hätte noch eine Gelegenheit und ein Motiv dazu?"

Schwester Bernadette sah sie stirnrunzelnd an. „Ich verstehe immer noch nicht, wie Sie überhaupt auf diese Idee kommen. Wer sagt denn, dass Herrn Vallelonga irgendetwas angetan wird? Er ist ein sehr kranker Mann und die Symptome, die er hat, sind absolut typisch nach einem schweren Schlaganfall."

„Das ist es ja gerade ... Er hatte gar keinen schweren Schlaganfall. Das heißt, doch, hatte er schon, aber er wurde rechtzeitig behandelt. Schon im Krankenhaus hatte er angefangen, sich zu erholen, und seine Sprach- und Bewegungsfähigkeit ist zurückgekehrt. Er konnte seine Arme bewegen und sogar mithilfe eines Rollators laufen", erklärte Isabelle triumphierend.

„Wie ... Woher wollen Sie das wissen?", fragte Bernadette verwirrt.

Jetzt, wo sie Bernadette als Täterin ausschließen konnte, beschloss sie, diese einzuweihen und ihr alles zu erzählen, was sie und Hannah herausgefunden hatten.

Sie zeigte ihr die Fotos, die sie von der Krankenakte gemacht hatte, und ging zum Medikamentenschrank hinüber und erklärte der Krankenschwester, was sich tatsächlich in den ganzen Tablettendöschen befand.

Bernadette war so schockiert, dass sie Isabelle einfach nur fassungslos mit offenem Mund anstarrte.

Isabelle konnte sich vorstellen, was gerade in der Krankenschwester vorging. Die Frau, der es so wichtig war, Patienten zu helfen, hatte unwissentlich einen Mann Tag für Tag kränker gemacht, indem sie ihn praktisch mit Medikamenten vergiftet hatte.

Sie beugte sich gerade über die verschiedenen Pillen, die sie auf dem Schrank ausgeschüttet hatten, als sie ein lautes Rascheln und einen gutturalen Laut hinter sich hörten. Erschrocken drehten sie sich um.

Es war Adrian, der mit dem Blatt Papier auf der Decke hin und her rieb, um ihre Aufmerksamkeit zu erlangen.

Er hatte den Mund weit geöffnet, sein Gesicht war dunkelrot und die Venen an seinem Hals traten, wie Stahlseile hervor, als er versuchte, zu sprechen.

Isabelle eilte zu ihm hinüber. „Ruhig, Adrian. Streng dich nicht zu sehr an. Es dauert eine Weile, bis die Medikamente komplett deinen Körper verlassen haben und selbst dann wirst du nach all der Zeit Schwierigkeiten mit dem Sprechen haben. Versuch lieber, es aufzuschreiben."

Sie sah sich suchend nach dem Kugelschreiber um und entdeckte ihn schließlich auf dem Boden neben dem Bett. Wahrscheinlich war er von der Bettdecke gerollt, nachdem Adrian die letzte Nachricht geschrieben hatte.

Sie hob den Stift auf, steckte ihn zwischen Adrians Finger und hielt ihm das Blatt hin, damit er es einfacher hatte, darauf zu schreiben.

Neugierig kam auch Bernadette näher und beugte sich über das Bett, um zu sehen, was Adrian schrieb.

„Es ist wirklich erstaunlich. Herr Vallelonga hat seinen Arm und seine Hand noch nie so bewegen können. Und auch sein Blick ist klarer und fokussierter, als ich es jemals erlebt habe. Sie könnten tatsächlich recht mit den Medikamenten haben", sagte Bernadette sichtlich erschüttert.

Langsam setzte er die Mine auf das Blatt Papier auf und schrieb den ersten Buchstaben. Seine Hand zitterte extrem und man sah, wie sich sein Gesicht vor Anstrengung verzerrte, aber Buchstabe für Buchstabe floss auf das Papier.

Der Erste war ein A. Für Isabelle und Bernadette ging das Ganze quälend langsam voran. Aber wenn man bedachte, dass Adrian bis vor Kurzem noch vollkommen bewegungsunfähig gewesen war, war es eigentlich ein Wunder, dass er jetzt in der Lage war, etwas aufzuschreiben und auf diese Weise mit ihnen zu kommunizieren. Und sie war sich sicher, dass es auch nicht mehr lange dauern würde, bis er seine Stimme wiederfand.

Mittlerweile stand auf dem Blatt: Andrea will …

Im Kopf versuchte sie, den Satz zu beenden, und fragte sich, was Adrian ihnen wohl sagen wollte. Sie konnte sich vorstellen, wie verängstigt er sein musste und dass er sich noch dazu Sorgen um seine Frau machte. Trotz allem, was hier gerade los war, hätte sie das bedenken müssen, und noch einmal im Krankenhaus anrufen müssen, damit sie Adrian Neuigkeiten über den Gesundheitszustand seiner Frau hätte mitteilen können.

Bis er seinen Satz zu Ende geschrieben hatte, hatte sich Isabelle Dutzende Möglichkeiten überlegt, aber nicht eine davon traf es auch nur im Entferntesten. Neben ihr stieß Schwester Bernadette einen entsetzten Laut aus und sah sie dann mit weit aufgerissenen Augen an.

Schockiert starrte sie auf den Satz, der dafür sorgte, dass sich ihr der Hals zuschnürte und ihr Herz einen Schlag aussetzte.

Andrea will mich töten.

Es stand dort schwarz auf weiß, aber es wollte dennoch nicht in Isabelles Kopf. Andrea? Die nette Andrea, die sich so sehr für ihren Mann aufopferte, sollte diejenige sein, die ihn vergiftete? Das konnte nicht stimmen.

Auch wenn dieser Satz mehr als deutlich klang, musste er etwas anderes bedeuten. Sie hatte so oft mit ihr in der Küche gesessen und Kaffee getrunken. Sie hatte solches Mitleid mit ihr gehabt wegen Adrian und wegen ihrer Mutter ...

Oh Gott, wenn das wirklich stimmte ... wenn Andrea ihrem Mann das antat, dann hatte sie vielleicht auch schon ihrer Mutter ...

Sie schüttelte den Kopf. Sie sah Adrian ins Gesicht. „Du meinst, Andrea hat dir das angetan? Andrea ist für all diese Medikamente verantwortlich, die dich vergiften?" Sie konnte das Zittern in ihrer Stimme nicht unterdrücken.

Sie betete, dass er den Kopf schüttelte, dass es eine andere Erklärung gab. Aber Adrian nickte nachdrücklich und schloss zur Bekräftigung einmal langsam die Augen und öffnete sie wieder.

„Wie? Wie kann das sein?", fragte sie fassungslos.

Kapitel 26

Margarete
Anderthalb Jahre zuvor

Ich konnte dieses Leid einfach nicht mehr mitansehen. Tag für Tag wurde Margarete liebevoll gepflegt, doch der alten Frau ging es schlechter und schlechter. Keiner der Ärzte, die hier waren und sie untersucht hatten, hatten ihr helfen können. Es war das Alter, hatten sie einfach nur diagnostiziert. Auf Nachfragen, ob man etwas besser machen konnte ... andere Medikamente verabreichen oder eine Physiotherapie machen könnte, hatten die Ärzte versichert, dass Margarete ganz hervorragend gepflegt werde. Es gebe nichts, was man verbessern könne. Das Fortschreiten des Alters sei nun einmal unaufhaltsam und man könne nichts mehr für die alte Dame tun.

Aber das stimmte nicht. Man konnte doch etwas tun. Man konnte der alten Frau helfen. Man könnte dafür sorgen, dass diese nicht mehr leiden und dahinvegetieren musste.

Ich gab eine Handvoll Morphium-Tabletten in den Mörser und zerkleinerte sie sorgfältig, bis nur noch ein feines weißes Pulver übrig blieb. Dann goss ich Orangensaft in ein Glas, gab den kompletten Inhalt des Mörsers hinzu und rührte alles sorgfältig um.

Anschließend machte ich mich auf den Weg zum Zimmer der alten Dame.

Ich lächelte glücklich. Die Ärzte konnten Margarete Schneider nicht helfen, aber ich konnte es. Ich würde sie von ihren Leiden erlösen.

***

Margarete hörte das Knarren der Treppenstufen und ihr Herz krampfte sich zusammen. Sie wusste, gleich würde die Tür aufgehen und sie würde wieder irgendwelche Medikamente verabreicht bekommen, die dafür sorgten, dass sie wie gelähmt war.

Sie hatte den Gedanken kaum zu Ende gedacht, da öffnete sich die Tür. Ängstlich wanderte ihr Blick in die entsprechende Richtung. Vor Kurzem hatte sie wenigstens noch den Kopf drehen können, aber auch das war nicht mehr möglich. Sie hatte der Familie und auch den Ärzten versucht mitzuteilen, was man ihr antat, aber sie alle hatten sie nicht verstanden. Wahrscheinlich hatten sie gedacht, sie brabbelte nur wirres Zeug vor sich hin. Auch jetzt wollte sie wieder um Hilfe rufen, aber irgendwie schien ihr Gehirn die Befehle nicht mehr weiterzuleiten. In ihrem Inneren schrie sie gequält auf, aber dennoch drang kein Laut nach außen.

Jedes Mal, wenn sie gezwungen war, die nächste Tablettendosis zu schlucken, hatte sie Angst, dass es das letzte Mal sein würde. Dass sie dieses Mal nicht mehr aus dem zähen Nebel der Benommenheit auftauchen konnte.

Doch dann atmete sie erleichtert auf. Es waren dieses Mal gar keine Tabletten, sondern nur ein Glas Orangensaft. Die andere Hand war leer. Sie schloss kurz die Augen und gab sich der Erleichterung hin. Es war noch nicht so weit. Sie hatte eine Gnadenfrist bekommen. Einen Hoffnungsschimmer, dass sie es schaffte, jemandem davon zu erzählen. Sie brauchte momentan also keine Angst zu haben.

Das Glas wurde an ihre Lippen gehalten und sie schluckte den kühlen Orangensaft. Gierig trank sie ihn bis auf den letzten Tropfen aus und kostete die Süße aus, denn aufgrund ihres Diabetes musste sie oft auf Süßes verzichten. Doch als die Süße verschwand, nahm sie einen seltsam bitteren Geschmack auf der Zunge wahr, der absolut untypisch für Orangensaft war.

Sie riss die Augen auf und Panik durchflutete sie. War das wirklich nur Orangensaft gewesen oder hatte man etwas hineingerührt?

Obwohl sie voller Angst war und nicht wusste, was mit ihr geschah, raste ihr Herz nicht, sondern schlug immer langsamer und langsamer und Benommenheit breitete sich in ihrem Kopf aus. Sie hatte das Gefühl, gleichzeitig zu schweben und zu ertrinken. Was war los mit ihr?

Schwärze breitete sich an den Rändern ihres Sichtfeldes aus und sie konnte plötzlich alles nur noch unscharf erkennen. Etwas schien ihr Herz und ihre Lungen zu umklammern und gnadenlos zusammenzupressen. Sie riss den Mund auf und schnappte wie ein Fisch auf dem Trockenen nach Luft. So hatte sie sich noch niemals gefühlt. Das waren nicht die Medikamente, die sie sonst bekam ... die sie in eine Art Dämmerzustand hielten. Nein, dieses Mal wurde sie in eine unendliche Schwärze gezogen, aus der sie nie wieder erwachen würde. Tränen traten ihr in die Augen und rannen über ihr faltiges Gesicht.

„Shhhhh, bald ist alles gut", hörte sie, wie aus weiter Ferne, ein Flüstern.

Kapitel 27

Andrea
Sechs Monate zuvor

Zuerst hatte sie sich geärgert, dass er nicht mehr zu Hause wohnte, denn so hatte sie keine Kontrolle darüber gehabt, ob er die Medikamente wirklich zu sich nahm, und sie hatte schon befürchtet, dass ihr ganzer Plan fehlschlug. Aber dann hatte Andrea den Anruf von Adrians Vorgesetztem bekommen, dass Adrian auf der Arbeit zusammengebrochen war und per Notarzt ins nächste Krankenhaus gebracht wurde. Und im Nachhinein betrachtet, war es so sogar noch viel besser, dass er nicht mehr zu Hause wohnte. Denn wenn das Ganze in ihrem Haus passiert wäre, hätte sie einen Notarzt rufen müssen und es hätte vielleicht Fragen oder Nachforschungen gegeben. Aber so würde sie niemand damit in Verbindung bringen.

Laut Adrians Chef sah alles nach einem Schlaganfall aus. Er hatte sich nicht mehr bewegen und nicht mehr kommunizieren können.

Es hatte intensiver Recherchen bedurft, bis sie ein Medikament gefunden hatte, das perfekt für ihren Plan geeignet war, und sie hatte das Glück, dass es in großen Mengen in Adrians Medikamentenvorrat vorhanden gewesen war. Sie hatte herausgefunden, dass Antipsychotika das Schlaganfallrisiko massiv erhöhten und auch diverse Drogen. Bei diesen musste sie allerdings vorsichtig sein, da diese natürlich auch noch andere Symptome hervorbrachten, durch die Adrian stutzig geworden wäre. Daher hatte sie sich für das gefährlichste Antipsychotikum in hoher Dosierung und für eine kleine Menge Amphetamin entschieden.

Sie hatte lange überlegt, wie sie Adrian das Ganze verabreichen konnte, und hatte schließlich beschlossen, es zu zermahlen und ihm jeden Tag in den Kaffee zu geben, was perfekt funktioniert hatte ... Bis er ausgezogen war. Denn da er immer extrem starken Kaffee trank, schob er das Herzklopfen, den Schwindel oder die Aufgedrehtheit einfach auf den hohen Koffeingehalt.

Jetzt, wo er nicht mehr zu Hause wohnte, war ihr ganzer schöner Plan hinfällig geworden.

Doch zum Glück war er absolut süchtig nach diesem bescheuerten italienischen Kaffeepulver, das sauteuer war und das er sich extra aus Italien liefern ließ.

Als er ausgezogen war, hatte er die Dose im Küchenschrank vergessen und sie hatte kurzerhand alle Tabletten, die sie hatte, zerstampft und unter das Pulver gerührt. Wenn man genau hinsah, konnte man die winzigen weißen Punkte erkennen, aber das würde er nicht tun, er ahnte ja schließlich nichts davon.

Allerdings hatte sie so natürlich keine Ahnung, wie viel Wirkstoff er pro Tag zu sich nahm, und sie hatte Angst gehabt, dass es zu wenig war, um einen Schlaganfall auszulösen ... oder zu viel, sodass er daran starb. Und das durfte auf keinen Fall passieren, denn dann konnte sie ihn ja nicht mehr pflegen.

Denn das war es, was sie wollte. Doch alles hatte absolut perfekt funktioniert, besser ging es gar nicht.

Adrian war nach aktuellem Stand bewegungsunfähig und konnte nicht sprechen, das war einfach wunderbar.

Denn in diesem Fall konnte er natürlich nicht allein leben, und sie als liebende Ehefrau würde ihn natürlich mit offenen Armen zurücknehmen. Sie würde ihn mit nach Hause nehmen und dort würde sie ihn pflegen ... Ein Leben lang.

***

„Ja, ich nehme ihn mit nach Hause und werde mich um ihn kümmern. Ruckzuck ist er wieder auf den Beinen", sagte Andrea zu dem zuständigen Arzt.

Adrian wollte nicht wieder nach Hause, denn das alles kam ihm mehr als komisch vor. Andrea kam ihm komisch vor ... Sein Schlaganfall kam ihm komisch vor. Niemand in diesem Krankenhaus hatte sich erklären können, warum er einen Schlaganfall erlitten hatte. Er war jung, er war körperlich gut in Form, hatte kein Übergewicht, keinen hohen Blutdruck und auch Dinge wie ein Loch im Herzen waren ausgeschlossen worden.

Sie hatten ihn nach Medikamenten gefragt, und er hatte verneint, da er keine nahm. Aber wäre es möglich, dass Andrea ihm welche verabreicht hatte? Auf der einen Seite konnte er sich das beim besten Willen nicht vorstellen, schließlich war er schon über ein Jahrzehnt mit dieser Frau verheiratet. Sie liebten sich ... Sie würde doch nicht versuchen, ihn umzubringen. Aber irgendetwas musste den Schlaganfall ja ausgelöst haben.

Doch zum Glück machte er Tag für Tag Fortschritte. Er war schon in der Lage, kurze Stücke mit einem Rollator zu gehen, und auch seine Sprache kam wieder zurück.

Er würde einfach so lange bei Andrea wohnen, bis er wieder in der Lage war, allein zu leben. Außerdem würde er ja nicht allein mit ihr sein. Zoey wäre die ganze Zeit im Haus und auch Physiotherapeuten, Sprachtherapeuten und Krankenschwestern kämen regelmäßig vorbei. Und wenn er wirklich hart arbeitete, wäre er schon bald wieder der Alte.

Wahrscheinlich bildete er sich das Ganze auch nur ein, aber wenn sie ihn anblickte, dann lief ihm jedes Mal ein Schauer kalt den Rücken hinunter.

Kapitel 28

Isabelle
Jetzt

Adrian sah sie immer noch mit weit aufgerissenen Augen an und sie sah Erleichterung und Hoffnung darin ... Erleichterung, dass die Wahrheit endlich ans Licht gekommen war. Hoffnung, dass dieser Albtraum nun endlich ein Ende haben würde.

Isabelle griff nach einer seiner Hände und drückte sie aufmunternd. „Keine Angst, Adrian, Bernadette und ich werden uns um alles kümmern. Wir holen dich hier raus. Andrea wird dir nichts mehr tun."

Dann wandte sie sich an Bernadette, die genauso schockiert zu sein schien wie sie selbst.

„Wie kann das sein? Wie kann es sein, dass Andrea so ein Monster, so eine Psychopathin ist? Sie wirkte immer so nett und liebevoll auf mich. Ich hatte solches Mitleid mit ihr.

Wie kann man sich so sehr in einem Menschen täuschen?" Sie fühlte sich immer noch wie vor den Kopf geschlagen.

Sie konnte die liebevolle, sich aufopfernde Ehefrau einfach nicht mit der Person in Einklang bringen, die einen Menschen, den sie liebte, Tag für Tag langsam vergiftete und ans Bett fesselte.

Dann wurde Isabelle plötzlich etwas bewusst und sie zog zischend die Luft ein.

„Was ist?", fragte Bernadette.

„Adrian ist gar nicht ihr erstes Opfer. Sie hat das Ganze schon mit ihrer Mutter gemacht!", rief sie entsetzt.

Bernadette sah sie fragend an und Isabelle wurde bewusst, dass die Krankenschwester von all dem gar nichts mitbekommen hatte. Da sie diese bis eben noch für die Täterin gehalten hatte, hatte sie sie natürlich nicht in ihre und Hannahs Ermittlungen miteinbezogen. So schnell, wie es möglich war, ohne dass es komplett verwirrend wurde, brachte sie Bernadette auf den neuesten Stand und berichtete ihr alles, was sie durch ihre Recherchen und die Nachbarin erfahren hatte.

Während sie erzählte, schlossen sich Adrians Finger immer fester um ihre Hand. Erst jetzt wurde ihr so richtig bewusst, welche Ängste er Tag für Tag durchgestanden haben musste. Er hatte miterlebt, wie Andrea ihrer Mutter ganz genau dasselbe angetan hatte, und er hatte gewusst, wie es ausgegangen war ... dass die alte Dame letzten Endes gestorben war.

Und mit diesem Wissen hatte er Tag für Tag bewegungslos hier gelegen ... ihr vollkommen hilflos ausgeliefert.

Er griff wieder nach dem Stift und Isabelle half ihm, das Papier gerade zu halten.

Jetzt ging es schon ein bisschen schneller mit dem Schreiben und die Schrift war zwar noch sehr zittrig, aber lesbarer als vorhin.

Bernadette beugte sich ebenfalls über das Bett, um den Text zu lesen, und tätschelte ihm dann den Arm. „Machen Sie sich bitte keine Vorwürfe, Herr Vallelonga. Diese Krankheit wird selbst von den engsten Familienmitgliedern fast niemals entdeckt, daher ist sie ja so tückisch. Es gibt nichts, was Sie falsch gemacht haben."

„Krankheit? Haben Sie mich nicht verstanden? Andreas Mutter war nicht krank, zumindest nicht so, dass sie hätte sterben müssen. Andrea hat sie vergiftet, genau wie Adrian."

Bernadette sah sie mit diesem speziellen Blick an, den sie ihr am Anfang immer geschenkt hatte, und Isabelle kam sich wieder so vor, als wäre sie zum Direktor zitiert worden.

„Ich meinte damit auch nicht Andreas Mutter. Andrea ist krank ..."

Isabelle schüttelte den Kopf. „Kommen Sie mir jetzt nicht mit irgendwelchen psychologischen Sachen ... Wer zwei Leute umbringt, beziehungsweise fast umbringt, ist nicht krank, sondern ein irrer Psychopath."

„Das wollte ich gar nicht sagen. Obwohl ich noch keinen Fall in meiner Karriere erlebt habe, ist das Krankheitsbild von den Erzählungen her absolut eindeutig. Andrea leidet unter dem Münchhausen-Stellvertreter-Syndrom!"

„Dem Münchhausen-was?", fragte Isabelle skeptisch.

„Es gibt eine Erkrankung, die sich das Münchhausen-Syndrom nennt, bei dem eine Person bei sich selbst Krankheitssymptome erzeugt, um Aufmerksamkeit zu erlangen. Beim Münchhausen-Stellvertreter-Syndrom verursacht eine Person diese Krankheitszeichen bei einem nahestehenden Familienmitglied. Meist ist es die Mutter, die so etwas ihrem Kind antut, aber es kann natürlich auch der Mann der Erkrankte sein. Oder das Opfer kann der eigene Ehepartner oder die Mutter sein. Dann spricht man vom Münchhausen-by-adult-proxy-Syndrom. Das Tückische an dieser Krankheit ist, dass sie extrem schwer zu entdecken ist, denn die Erkrankten sind äußerst geschickt darin, Symptome zu fälschen und Spuren zu verwischen. Und da sie so extrem mitleiden und sich bei der Pflege aufopfern, werden sie fast immer als das Opfer angesehen und bekommen genau das Mitleid und die Aufmerksamkeit, nach der sie sich so sehr sehnen. Dadurch wird die Krankheit allerdings nur noch mehr verschlimmert ... Ein Teufelskreis.“

Isabelle starrte Bernadette fassungslos an. Ihr fehlten gerade im wahrsten Sinne des Wortes die Worte. Sie hatte nicht gewusst, dass es diese Krankheit gab, aber von dem, was Bernadette erzählt hatte, klang es tatsächlich sehr passend.

„Moment, ich google das mal eben“, sagte sie und tippte den Namen in die Suchleiste ein.

Mit einer Mischung aus Faszination und Grauen las sie mehrere Berichte. Und je mehr sie erfuhr, desto sicherer war sie sich, dass Bernadette recht hatte. Alles, was sie las, passte haargenau auf Andrea. Die Erkrankten opferten sich auf und taten nach außen alles für die Menschen, die sie liebten. Während sie selbst es in Wirklichkeit waren, die ihre Lieben krank machten, oft sogar bis zum Tod. Überall stand, dass diese Krankheit sehr oft unentdeckt blieb, bis es zu spät war. Es war also kein Wunder, dass Adrian es nicht bemerkt hatte. Er hatte nur eine Tochter gesehen, die sich aufopferungsvoll um ihre kranke Mutter kümmerte, der es leider immer schlechter ging.

Jetzt glaubte sie auch zu verstehen, warum Adrian ausgezogen war ... Er hatte es wahrscheinlich irgendwann geahnt. Vielleicht hatte er Andrea sogar damit konfrontiert. Sie wünschte, er wäre schon wieder in der Lage zu sprechen, denn sie hatte eine Million Fragen, die sie ihm stellen wollte. Aber wenn er all das aufschreiben sollte, würde es Ewigkeiten dauern und es würde ihn außerdem komplett überfordern. Schließlich war sein Körper über viele Monate hinweg vergiftet worden und das, nachdem er bereits durch eine Vergiftung einen schweren Schlaganfall erlitten und extrem geschwächt gewesen war.

Auch wenn es absolut Sinn ergab, konnte Isabelle es immer noch nicht glauben. So etwas passierte doch nur in irgendwelchen Thrillern und Krimis und nicht im wahren Leben und nicht in einer beschaulichen kleinen Stadt wie Herne.

Aber was war mit der Tochter? War sie ebenfalls tot, oder war sie wirklich in einem Internat, so wie es die alte Nachbarin gesagt hatte?

Doch egal, wie sehr sie auch nach Antworten gierte, sie mussten Adrians Körper die Zeit geben, die er brauchte. Und wer wusste schon, ob er überhaupt wieder in der Lage sein würde zu sprechen. Es konnte gut sein, dass diese Tortur bleibende Schäden bei ihm hinterlassen hatte. Seelische auf jeden Fall. Sie konnte sich

gar nicht vorstellen, wie es in ihm aussehen musste ...
All die Qualen und Ängste, die er durchlitten hatte.

Bernadette beugte sich über Adrian. „Ich werde jetzt
erst mal etwas Deftiges für Sie kochen und auch noch
mehr zu trinken holen, damit wir all die Giftstoffe und
Medikamente aus Ihrem Körper spülen können."

Isabelle nickte. „Das ist eine gute Idee. Ich bleibe so
lange hier." Sie überlegte einen kurzen Moment.
„Wenn Adrian gegessen hat, sollten wir die Polizei an-
rufen, oder? Ich meine, ja, Andrea ist krank, aber letz-
ten Endes hat sie ihre Mutter umgebracht und auch fast
Adrian. Egal, welche Gründe dies hatte, sie stellt eine
Gefahr für ihre Mitmenschen dar. Oder was meinen
Sie, Bernadette?"

„Ich stimme Ihnen vollkommen zu. Wir sollten die
Polizei auf jeden Fall anrufen, dabei aber direkt klar-
stellen, dass wir vermuten, dass Frau Vallelonga unter
dem Münchhausen-by-adult-proxy-Syndrom leidet. Es
ist schrecklich, was sie getan hat, aber sie hat es nicht
aus Böswilligkeit gemacht. Es ist eine wirklich kompli-
zierte Krankheit. Obwohl sie schreckliche Dinge und
wahrscheinlich sogar einen Mord begangen hat, geschah das nicht aus irgendwelchen niederen Beweg-
gründen wie Rache oder Eifersucht, wie es sonst der
Fall ist. All das, was Sie über Frau Vallelongas Eigen-
schaften gesagt haben, wie aufopferungsvoll und liebevoll sie gewesen ist, stimmt höchstwahrscheinlich. In
ihrem kranken Geist hat sie nur wie eine Löwin für die
Menschen, die sie liebt, gekämpft und gesorgt. Ich
selbst mache mir hingegen Vorwürfe, dass ich die An-
zeichen nicht bemerkt habe oder mehr nachgefragt

habe. Wie zum Beispiel bei der Menge der Medikamente und der Farbcodierung."

Isabelle tat sich schwer damit, sich in Andrea hineinzuversetzen. Konnte man sich wirklich so sehr von der Realität entfernen, dass man jemandem die schlimmsten Dinge antat und dennoch tief in seinem Herzen glaubte, alles für denjenigen zu tun? Ihm sogar zu helfen? Diese Vorstellung erschreckte sie zutiefst.

„Wenn wir alles genau erklären, wird die Polizei schon wissen, was zu tun ist", sagte sie, während Bernadette zur Tür ging. Die können dann direkt einen Psychologen aus dem Krankenhaus zurate ziehen und Frau Vallelonga von der Inneren auf die psychiatrische Station verlegen lassen, wo ihr geholfen werden kann. Außerdem muss Herr Vallelonga dringend in ein Krankenhaus, damit er von Kopf bis Fuß untersucht und medizinisch überwacht werden kann."

Bernadette ging jetzt nach unten in die Küche und Isabelle redete auf Adrian ein und versuchte, ihm zu versichern, dass alles gut werden würde. „Ich muss kurz meine Freundin Hannah anrufen, denn sie hat maßgeblich Anteil daran, dass wir herausgefunden haben, was mit dir passiert ist. Und sie macht sich bestimmt schon große Sorgen, weil sie so lange nichts von mir gehört hat."

Adrian nickte; dieses Mal schon deutlich kräftiger. Sie hoffte so sehr, dass er keine bleibenden Schäden wegen dieses Martyriums davontragen würde.

Als sie ihr Handy aus der Tasche zog, entdeckte sie unzählige WhatsApp-Nachrichten und auch entgangene Anrufe. Sie musste es wohl ganz automatisch auf Stumm geschaltet haben.

Hannah ging schon beim ersten Klingeln dran. „Gott sei Dank! Ich war kurz davor, die Polizei anzurufen, weil ich mir solche Sorgen gemacht habe. Geht's dir gut? Geht es Adrian gut?"

Liebe durchflutete Isabelle und ihr Herz quoll fast über vor Glück, weil sie so eine gute Freundin hatte. „Ja, uns geht es gut und mit Bernadettes Hilfe konnten wir herausfinden, was hier wirklich los ist."

Sie erzählte Hannah in möglichst kurzen Zügen von Bernadettes Unschuld und von Andreas Erkrankung. Während Hannah aus allen Wolken fiel und tausend Fragen stellte, hörte sie unten lautes Geklapper und einmal auch ein Klirren. Sie bekam augenblicklich ein schlechtes Gewissen. Eigentlich sollte sie runtergehen und Bernadette beim Kochen helfen, sie war schließlich nicht mehr die Jüngste und genau wie Isabelle die ganze Nacht wach geblieben. Aber immer, wenn sie zum Ende kommen wollte, hatte Hannah noch mehr Fragen. Diese hatte sich mittlerweile ihren Laptop geschnappt und das Münchhausen-Stellvertreter-Syndrom gegoogelt.

„Ich fass es nicht ... Das passt ja wirklich wie die Faust aufs Auge. Ich glaube, ich habe vor einiger Zeit sogar mal einen Film gesehen, wo eine der Hauptfiguren diese Krankheit hatte. Wieso bin ich da nicht schon früher draufgekommen?", rief Hannah.

Isabelle musste trotz der schlimmen Situation lächeln. „Eben genau deswegen. Es klingt wie etwas aus einem Film, nicht wie etwas, was in der Realität tatsächlich passieren kann. Aber Bernadette ist sofort darauf gekommen."

„Was macht ihr jetzt? Informiert ihr die Polizei oder, ich weiß auch nicht, irgendwelche Ärzte?“

Isabelle blickte Adrian kurz an, der sie wach und interessiert musterte, obwohl er nur die eine Seite des Gesprächs hören konnte.

„Wir werden gleich die Polizei informieren, aber erst …“ Isabelle verstummte, denn Adrians Gesichtszüge veränderten sich plötzlich. Seine Augen quollen fast hervor, sein Mund öffnete sich und seine Halsvenen traten hervor.

Panik durchflutete sie. Oh mein Gott, bekam Adrian gerade einen Krampfanfall oder Schlimmeres? Hatte das abrupte Absetzen der ganzen Medikamente irgendetwas Negatives in seinem Körper ausgelöst? Nein, nein, nein. Das durfte doch nicht wahr sein. Er hatte Unvorstellbares durchgemacht und endlich war alles herausgekommen. Er hatte vielleicht die Chance, wieder vollständig zu genesen. Da durfte es jetzt nicht zu irgendeiner Reaktion kommen, weil sie die Medikamente abgesetzt hatte. Eine Welle der Verzweiflung überrollte sie. War das ihre Schuld, weil sie ihm die Tabletten einfach nicht mehr gegeben hatte, ohne vorher mit einem Arzt zu sprechen? Hatte sie alles nur noch verschlimmert?

„Adrian! Was ist los?“, fragte Isabelle panisch. „Bernadette … BERNADETTE … irgendetwas stimmt nicht mit Adrian“, brüllte Isabelle.

„Bernadette ist gerade unabkömmlich“, sagte eine melodische Frauenstimme.

Isabelle drehte sich ruckartig zur Tür um und ihre Augen wurden so groß wie Adrians. Es war gar kein

Krampfanfall, sondern blanke Angst gewesen, die sie auf Adrians Gesicht gesehen hatte.

„An... Andrea? Was ... Wie ... Warum bist du nicht im Krankenhaus?"

„Isabelle, was ist los? Antworte mir", schallte Hannahs aufgeregte Stimme aus dem Handy.

„Leg auf! Sofort!" Andrea trat drohend näher, und Isabelle konnte erkennen, wie blass sie war und dass ihr Schweißtropfen auf der Stirn standen. Wahrscheinlich hatte sie große Schmerzen.

„Aber ..."

„JETZT!", donnerte Andrea.

Als sie erschrocken das Telefon zu Boden fallen ließ, hörte sie immer noch Hannahs aufgeregtes Rufen.

„Warum bist du nicht im Krankenhaus?", fragte Isabelle erneut.

„Ich habe mich selbst entlassen, denn ich hatte das ungute Gefühl, dass du irgendwie hinter mein kleines Geheimnis kommen könntest, wenn du zu lange mit Adrian allein bist. Und offenbar hatte ich recht. Bernadette hat zwar nichts preisgegeben, aber sagen wir mal so, einen Oscar für schauspielerische Leistungen wird sie in ihrem Leben nicht bekommen. Wie hat Adrian es euch mitteilen können? Kann er etwa wieder kommunizieren?"

Seit Andrea den Raum betreten hatte, hatte sich Adrian kein bisschen mehr gerührt, nur seine angsterfüllten Augen deuteten darauf hin, dass er alles mitbekam.

„Nein, wie sollte das funktionieren? Adrian tut sich ja schon schwer damit, auch nur zu nicken, wie sollte er mir da etwas so Komplexes mitteilen können?" Sie hielt es für besser, Andrea in dem Glauben zu lassen, dass

Adrian sich noch immer in dem fast katatonen Zustand befand, wie in den Monaten zuvor. Denn sie hatte Angst, dass Andrea ihm aufgrund einer Kurzschlusshandlung etwas antun würde.

Warum kam Bernadette nicht rauf? Was hatte Andrea damit gemeint, dass diese gerade unabkömmlich war? Oh Gott, hatte sie ihr etwa etwas angetan?

Plötzlich erinnerte sie sich an das Scheppern in der Küche … Sie hatte gedacht, Bernadette hätte etwas fallen lassen. Dabei hatte sie wahrscheinlich gerade mit Andrea gekämpft. Warum war sie bloß nicht runtergegangen, um nachzuschauen?

Sie spielte kurz mit dem Gedanken, mit voller Kraft auf Andrea zuzulaufen, sie umzurennen und aus dem Haus zu flüchten. Aber das würde bedeuten, dass sie Adrian hier zurückließ … Vollkommen hilflos … Nicht in der Lage, sich zu wehren.

Das konnte sie ihm nicht antun. Nicht nachdem, was er bereits durchgemacht hatte. Jemand musste für ihn kämpfen und ihn beschützen.

„Mir kam irgendwann einiges hier seltsam vor und daraufhin habe ich angefangen zu recherchieren … Ich habe mir sogar Adrians Krankenakte besorgt.“

Andrea schaute sie sichtlich fassungslos an. „Nicht zu fassen. Und ich dachte, du wärst so ein typisches nettes Mädchen von nebenan, dem man vertrauen könnte. Und was mache ich jetzt mit dir?“, fragte sie mit vor Wut verzerrtem Gesicht. Ihre Augen, aus denen Andrea sie anstarrte, waren eiskalt und bar jeglicher Emotion. Nichts war mehr von der aufopferungsvollen, herzlichen und liebevollen Frau zu erkennen, die Isabelle in so kurzer Zeit ans Herz gewachsen war. Zum wiederholten Male fragte sie sich, wie sie sich so sehr in Andrea hatte täuschen können.

Warum hatte sie den Wahnsinn und die Kälte nie in ihren Augen wahrnehmen können? Warum war es keinem der anderen Personen, die mit ihr zu tun gehabt hatten, jemals aufgefallen?

Andrea kam nun langsam auf sie zu und hob dabei ihre Hand. Sie war so sehr auf Andreas Blick fixiert gewesen, dass sie den Gegenstand in ihrer Hand gar nicht bemerkt hatte.

Jetzt konnte sie den Blick allerdings nicht mehr von der glitzernden Nadel der Spritze abwenden.

„Das kannst du nicht tun", rief Isabelle panisch und wich zurück, bis sie die Wand neben Adrians Bett an ihrem Rücken spürte.

„Du lässt mir leider keine andere Wahl. Ich will das nicht tun, glaub mir, denn ich mag dich wirklich. Aber du würdest zur Polizei gehen und alles verraten und das kann ich nicht zulassen."

Isabelles Gedanken überschlugen sich und sie überlegte fieberhaft, was sie jetzt tun sollte. Sie bezweifelte nicht, dass in der Spitze etwas war, was sie töten würde, oder sie vielleicht sogar in einen Zustand versetzen würde wie Adrian. Dann würde sie den gleichen Albtraum durchleben wie er. Bewegungslos und gefangen im eigenen Körper, vollkommen hilflos und unfähig, jemanden um Hilfe zu bitten. Sie würde dahinvegetieren, ohne jemandem sagen zu können, was wirklich passiert war.

Nein, das durfte nicht geschehen! „Damit wirst du nicht durchkommen", sagte sie, während sie sich nach irgendetwas umsah, mit dem sie sich verteidigen konnte. „Die Leute sind doch jetzt schon misstrauisch. Adrian, deine Mutter, deine Tochter ... Wenn mir jetzt auch noch etwas in deiner Nähe zustößt, wird herauskommen, was du getan hast."

Andreas Augen wurden schmal. „Woher weißt du von meiner Mutter und Zoey? Wer hat dir davon erzählt?"

Immer noch hatte Isabelle nichts gefunden, womit sie Andrea außer Gefecht setzen konnte. Wenn sie ein Buch oder die Nachttischlampe auf sie warf, würde sie das vielleicht eine Minute aufhalten. „Ich habe recherchiert, das habe ich dir doch gesagt. Und wenn ich mir schon alles zusammenreimen kann, dann können es auch andere, glaub mir. Du brauchst Hilfe, Andrea."

Andrea stieß ein so irres Lachen aus, dass es Isabelle eiskalt den Rücken hinunterlief. „Ich brauche ganz sicher keine Hilfe. Es ist nämlich vollkommen anders, als du denkst ... Ganz anders", erwiderte Andrea.

„Ich weiß genau, wie es ist, Andrea. Du bist krank. Du wolltest das alles gar nicht, da bin ich mir sicher. Ich weiß, du liebst Adrian und du hast auch deine Mutter geliebt. Du wolltest ihnen nur helfen. Ich habe dich in den letzten Wochen gut kennengelernt, Andrea. Ich weiß, dass du ein netter und aufopferungsvoller Mensch bist. Die anderen werden das auch erkennen, und ich werde dir helfen, damit du die Unterstützung bekommst, die du brauchst." Während sie redete, sah sie sich weiterhin fieberhaft um. Gab es irgendetwas in diesem Raum, das sie als Waffe nutzen konnte? Aber alles, was sie erblickte, war entweder zu leicht, zu sperrig oder außerhalb ihrer Reichweite. Ihr Herz raste wie wild und Schweißtropfen bildeten sich auf ihrer Stirn.

Was sollte sie nur tun? Wie war sie nur in diesen Albtraum geraten?

Andrea hatte sie fast erreicht und Isabelle sprach immer schneller. „Ich helfe dir, versprochen. Wir finden eine gute Therapieeinrichtung für dich. Ich werde dich besuchen kommen. Und wenn es Adrian wieder besser geht, wird er dir bestimmt verzeihen. Nicht du hast all diese Dinge getan ... Es war nur deine Krankheit."

„Du verstehst rein gar nicht. Du hast doch keine Ahnung. Ich hasse Adrian, und zwar aus tiefstem Herzen!" Mit diesen Worten stürzte sich Andrea wie eine Furie auf sie.

Isabelle schrie auf und riss ihre Hände hoch, um Andreas Arm zu umklammern, der die Spritze hielt. Doch Andrea war viel stärker, als sie aussah, und riss sich von ihr los. Besonders, wenn man bedachte, dass sie eine frische Operationswunde hatte. Aber sie schien in so eine Raserei verfallen zu sein, dass sie die Schmerzen, die sie zweifelsohne haben musste, gar nicht wahrnahm.

Sie trat nach Andrea, doch diese wich ihr aus.

Warum war Andrea so kaltherzig?

So wie sie Bernadettes Erklärungen verstanden hatte, waren Menschen, die an dieser Krankheit litten, doch eigentlich keineswegs gewalttätig und böswillig, sondern glaubten tief in ihrem Inneren, dass sie den Menschen, die sie liebten, halfen. Nahm Andrea Isabelle in ihrem verwirrten, kranken Hirn als Bedrohung für Adrian wahr? Dachte sie, sie wollte Adrian schaden?

Die Spritze senkte sich immer tiefer auf sie hinab. Sie glitt panisch und mit weit aufgerissenen Augen an der

Wand herunter und Andrea beugte sich über sie. Isabelle stieß einen schrillen Schrei aus, riss ihren Arm los und die Spritze raste auf sie hinunter.

Sie hatte solches Mitleid mit Adrian gehabt und ihm unbedingt helfen wollen und jetzt würde sie ganz genauso enden wie er oder vielleicht sogar sterben. Wer wusste schon, was sich in dieser Spritze befand.

Sie riss die Arme erneut schützend nach oben, aber sie wusste mit trauriger Gewissheit, dass es rein gar nichts nutzen würde. Warum hatte sie nicht schon vor Stunden die Polizei gerufen, als sie und Bernadette das Puzzle zusammengesetzt hatten?

Weil ein kleiner Teil ihres Herzens es trotz allem … trotz all der erdrückenden Beweise … doch nicht geglaubt hatte, es nicht glauben wollte. Sie hatte sich irren wollen. Und jetzt würde sie für diesen Glauben an das Gute in Andrea mit ihrem Leben bezahlen.

„Bitte nicht. Tu es nicht, Andrea! Das ist nur deine Krankheit, das bist nicht du." Sie wollte aufspringen und wegrennen, doch sie war wie gelähmt.

Sie schloss die Augen und betete, dass Andrea doch noch Erbarmen zeigte.

In diesem Moment geschahen in Sekundenschnelle mehrere Dinge gleichzeitig.

Andrea stieß einen markerschütternden Schrei aus und sackte mit ihrem vollen Gewicht auf Isabelle zusammen.

Isabelle riss die Augen wieder auf und stieß Andrea hektisch von sich herunter. Diese umklammerte nun ihren Hals, aus dem seitlich ein Kugelschreiber hervorragte. Während Isabelle diesen Anblick zu verarbeiten versuchte, sah sie aus dem Augenwinkel Adrian, der kopfüber aus dem Bett fiel.

Sie versuchte aufzuspringen, um ihn aufzufangen, aber Andreas Körper war ihr im Weg und so knallte Adrian ungebremst aus dem Bett auf den harten Boden. Es gab einen dumpfen Schlag und er rührte sich nicht mehr.

Sie war so panisch, dass es einen Moment dauerte, bis sie verstand, was gerade eben passiert war. Adrian musste gesehen haben, dass sie in Lebensgefahr schwebte und musste all seine Kräfte mobilisiert haben, um sich zur Seite zu drehen und Andrea den Kugelschreiber, mit dem er zuvor geschrieben hatte, in den Hals zu rammen.

Er hatte ihr das Leben gerettet. Der Mann, den sie eigentlich hatte beschützen wollen, hatte letzten Endes sie gerettet!

Andrea starrte sie mit weit aufgerissenen Augen an und streckte die Hand nach Isabelle aus. Große Mengen Blut liefen ihr seitlich am Hals hinunter. Sie versuchte, etwas zu sagen, aber der Kugelschreiber schien etwas zu blockieren, denn sie brachte nur krächzende Laute hervor. Und nun lief auch strahlend rotes Blut über ihre Lippen und rann ihre Mundwinkel hinab. Als erster Reflex beugte sich Isabelle über sie, um ihr zu helfen. Doch dann wurde ihr wieder bewusst, dass Andrea eben noch versucht hatte, sie schwer zu verletzen oder sogar umzubringen. Also stieg sie über sie hinweg, schüttelte deren tastende Hand ab und eilte zu Adrian hinüber.

Sie ließ sich neben ihm in die Hocke sinken und drehte ihn ganz behutsam auf den Rücken. Dann schob sie ihm vorsichtig die Arme unter seine Achseln. Sie würde es nicht schaffen, ihn wieder zurück ins Bett zu wuchten, aber sie zog ihn so weit hoch, dass er sich an der Wand anlehnen konnte.

Er hatte eine rote Stelle an der Stirn, die garantiert eine ordentliche Beule werden würde, und eine Abschürfung an der Nase, weil er sich nicht hatte abstützen können, als er aus dem Bett gefallen war. Aber ansonsten schien er unverletzt zu sein.

Als sie ihn ansah, schossen ihr unwillkürlich Tränen in die Augen. „Ich danke dir, Adrian. Ohne dich hätte sie mich wahrscheinlich umgebracht. Doch jetzt wird alles gut." Sie suchte hektisch auf dem Boden nach ihrem Handy. Als sie es gefunden hatte, überlegte sie eine Sekunde lang, ob sie den Notarzt anrufen sollte ... für Andrea, für Adrian und wahrscheinlich auch für Bernadette. Oder die Polizei, um Andrea zu verhaften. Aber der Notarzt war wahrscheinlich die beste Wahl. Zuerst Notarzt, dann Polizei. Denen konnte sie ja auch von Andreas Krankheit erzählen, sodass diese direkt entsprechendes Personal mitschicken konnten.

Sie hatte gerade die 1 angetippt, als sie Sirenen hörte. Das war bestimmt nur Zufall. Sie tippte die nächste 1 an, hatte aber das Gefühl, dass die Sirenen lauter geworden waren. Als sie aus dem Fenster blickte, sah sie eine ganze Armada von Fahrzeugen die Straße herunterrasen. Zwei große Krankenwagen, ein kleiner Notarztwagen, mehrere Polizeiautos und sogar ein Feuerwehrauto.

Einige Augenblicke lang war sie immer noch komplett verwirrt, doch dann fiel es ihr wie Schuppen von den Augen: Hannah!

Andrea war hereingekommen, als sie gerade mit Hannah telefoniert hatte. Sie hatte das Telefon fallen lassen, das Gespräch aber nicht beendet. Hannah hatte also die ganze Zeit über alles mitbekommen und daraufhin die Polizei und die Feuerwehr alarmiert. Das hieß, selbst wenn Adrian es nicht geschafft hätte, Andrea zu überwältigen, wäre Hilfe unterwegs gewesen. Wieder einmal füllte sich ihr Herz mit Liebe, weil sie das Glück hatte, so eine Freundin in ihrem Leben zu haben.

„Adrian, Hilfe ist da! Ich gehe schnell runter und öffne die Tür, in Ordnung?“

Adrian nickte und es geschah etwas, das dafür sorgte, dass sie trotz der dramatischen Erlebnisse am liebsten vor Glück jubeln wollte. Adrian schenkte ihr ein Lächeln!

Seit er die Medikamente nicht mehr nahm, ging es ihm Stunde für Stunde besser. Sie hätte niemals gedacht, dass sie sich über so etwas Alltägliches wie ein Lächeln einmal so sehr freuen würde.

Ob Adrian sich von dieser Tortur vollständig erholen würde, würde die Zeit zeigen müssen, aber es war ein gutes Zeichen, dass er schon einige seiner motorischen Fähigkeiten zurückgewonnen hatte.

Sie lächelte zurück, doch das Lächeln verschwand, als sie sich Andrea zuwandte, die immer noch auf derselben Stelle auf dem Boden hockte und ihren Hals umklammerte.

„Die Polizei und der Notarzt sind da, und sie werden dafür sorgen, dass du die Hilfe bekommst, die du brauchst. Aber wehe, du versuchst, Adrian etwas anzutun, während ich weg bin.“

Dann fiel ihr die Spritze wieder ein und nach einem kurzen suchenden Blick fand sie diese in der Nähe des Bettes und steckte sie ein. Andrea schien allerdings nicht in der Verfassung zu sein, sich auch nur einen Zentimeter zu bewegen. Denn neben der Halswunde war offenbar auch die frische OP-Narbe aufgebrochen, denn sie sah einen Blutfleck auf deren T-Shirt, der immer größer wurde. Doch sie hatte sich schließlich schon einmal grundlegend in ihr geirrt.

Und das, was sie jetzt in ihren Augen sah, bestätigte alles … denn es sah aus wie Enttäuschung.

Es schellte und sie rannte hinunter, um zu öffnen. Aus den Augenwinkeln sah sie Bernadette auf dem Küchenboden liegen. Oh Gott, hoffentlich war diese nur ohnmächtig, weil Andrea sie niedergeschlagen hatte.

Es war verrückt, denn es war noch gar nicht so lange her, dass sie Bernadette nicht hatte ausstehen können. Und noch vor wenigen Stunden hatte sie diese sogar beschuldigt, Adrian zu vergiften. Doch jetzt machte sie sich Sorgen um die ältere Frau.

Sie öffnete die Haustür und erklärte den Sanitätern hastig, dass sowohl in der Küche jemand Hilfe brauchte als auch oben. Dann wandte sie sich an einen der Polizisten und erzählte ihm alles über Andreas Krankheit. Sie hatte Angst, dass der Polizist sie für verrückt halten würde, aber Hannah hatte der Polizei offenbar schon einiges erzählt.

Nachdem die Sanitäter Bernadette versorgt hatten, brachten sie diese ins Krankenhaus, waren aber zuversichtlich, dass es nichts Dramatisches war.

Andrea hatte sie offenbar mit einem Holzbrettchen niedergeschlagen, das Bernadette zum Schneiden von Gemüse benutzt hatte. Sie hatte eine Platzwunde am Hinterkopf davongetragen, musste aber nicht genäht werden. Sie war ansprechbar und orientiert. Trotzdem würde zur Sicherheit im Krankenhaus ein CT gemacht werden, um eine Hirnblutung auszuschließen. Auch Andrea wurde notärztlich versorgt und anschließend mit Blaulicht ins Krankenhaus gebracht. Der Kugelschreiber hatte wohl einigen Schaden an der Luftröhre und an wichtigen Arterien angerichtet und sie musste sofort operiert werden.

Für Adrian war ein Krankentransport gerufen worden, da er kein akuter Notfall war. Er war ebenfalls abgeholt worden und wurde jetzt im Krankenhaus von oben bis unten durchgecheckt und danach würde man weitersehen.

Mitten in der ganzen Aufregung schellte es erneut an der Tür und Isabelle brach spontan in Tränen aus, als sie Hannah dort entdeckte. Direkt nachdem sie Polizei und Feuerwehr alarmiert hatte, hatte sie sich ein Taxi gerufen und den Fahrer angewiesen, hierher zu rasen.

Sie gingen ins Wohnzimmer, wo Isabelle in den Armen ihrer Freundin zusammenbrach. Bis gerade eben war sie von Adrenalin überflutet gewesen und hatte einfach nur reagiert. Doch jetzt wurde ihr plötzlich alles wirklich bewusst, jetzt fing sie an, zu verstehen, was gerade alles passiert war. Sie konnte nicht aufhören, zu weinen und zu schluchzen und zitterte am ganzen Körper. Während Hannah sanft über Isabelles Rücken strich, hielten die Polizisten pietätvoll Abstand und warteten, bis sie Isabelle vernehmen konnten.

Kapitel 29

Isabelle
Anderthalb Monate später

Sie konnte nicht glauben, dass der Tag, der einem Psychothriller entsprungen sein konnte, bereits sechs Wochen zurücklag.

In den ersten Tagen hatte sie mehrere Termine bei der Polizei, wo sie alles immer wieder hatte durchkauen müssen. Jede Kleinigkeit, vom ersten Tag an, hatten die Polizisten wissen wollen, denn jede Information konnte wichtig sein. Bernadette, die nur eine Nacht im Krankenhaus hatte bleiben müssen, war ebenfalls mehrmals befragt worden, und man war auch von Tür zu Tür gegangen und hatte sich mit den Nachbarn unterhalten.

Durch die Polizei hatte Isabelle auch etwas erfahren, das ihr auf der Seele gebrannt hatte: was mit Zoey geschehen war.

Zwischenzeitlich hatte sie nämlich die Befürchtung gehabt, dass Zoey doch tot war ... dass Andrea sie genauso umgebracht hatte wie ihre Mutter. Aber die Nachbarin von nebenan hatte recht gehabt. Zoey war wirklich in einem Internat und es ging ihr blendend. Zumindest bis vor Kurzem. Sie vermutete, dass Adrian etwas geahnt hatte und Zoey aus den gefährlichen Klauen ihrer Mutter gerettet hatte, bevor diese ihr auch etwas hatte antun können. Allerdings hatten die Polizisten sie jetzt natürlich über die ganze Sache aufklären müssen. Ihr sagen müssen, dass ihre Mutter ernsthaft krank sei und dass es daher eine Weile dauere, bis sie diese wiedersehen könne, und dass ihr Vater vergiftet worden und fast gestorben sei.

Wenn sie als Erwachsene das schon alles nicht begreifen konnte, wie sollte es dann ein Teenager verstehen. Vor allem, wenn es dabei um die eigenen Eltern ging?

Was Andrea betraf, war diese noch immer im Krankenhaus. Zuerst auf der Intensivstation und jetzt auf der geschlossenen psychiatrischen Station. Der Kugelschreiber hatte großen Schaden angerichtet und trotz Notoperation hatte Andrea die Fähigkeit zu sprechen verloren und es war noch nicht abzusehen, ob sie diese jemals wiedererlangen würde.

Da sie aggressiv und schlecht zu beruhigen gewesen war, hatte man sie zwischenzeitlich sogar ans Bett fesseln und sie mit starken Medikamenten ruhigstellen müssen.

Isabelle hatte sie einmal besucht, aber Andrea war so benommen von den Beruhigungsmitteln gewesen, dass sie wie in Trance gewirkt hatte. Ihre Augen waren nicht in der Lage gewesen, Isabelles Gesicht zu fixieren, und sie war sich nicht sicher, ob diese überhaupt mitbekommen hatte, dass sie da war.

Sie wusste immer noch nicht, was sie in Bezug auf Andrea fühlen sollte. Einerseits verspürte sie Wut und beinahe Hass beim Gedanken daran, dass diese ihre Mutter umgebracht hatte und auch sie selbst angegriffen hatte. Und das, was sie Adrian angetan hatte, war unvorstellbar schrecklich. Dass sie jetzt mit Medikamenten vollgepumpt und nicht in der Lage war zu kommunizieren, erschien ihr wie eine Art ausgleichender Gerechtigkeit.

Andererseits verspürte sie aber auch Mitleid mit Andrea, denn die Andrea, die sie kennengelernt hatte, war ein wunderbarer und herzensguter Mensch gewesen. Und wenn es wirklich nur die Krankheit war, die aus Andrea so ein Monster gemacht hatte, dann würde sie jetzt, wo es bekannt geworden war und sie die richtige Behandlung bekam, vielleicht wieder die Andrea werden, die Isabelle einst geglaubt hatte kennenzulernen. Aber wenn es ihr schon so schwerfiel, Andreas Taten nur als Symptom einer Krankheit zu betrachten, wie musste es dann für Zoey oder Adrian sein?

Wie sollte Adrian ihr jemals verzeihen können, was sie ihm angetan hatte? Sie hatte ihn fast umgebracht … Nicht auszudenken, was passiert wäre, wenn Isabelle nicht angefangen hätte, nachzuforschen.

Konnte man in so einem Fall wirklich sagen: Es war ja nur die Krankheit, alles vergeben und vergessen?

Wie könnte man jemals wieder neben diesem Menschen schlafen oder etwas von ihm Gekochtes essen, ohne sich unwillkürlich zu fragen, ob derjenige einem gerade wieder etwas antat, weil die Krankheit erneut die Oberhand gewonnen hatte?

Adrian hatte sich zum Glück tatsächlich wieder vollständig von all den Torturen erholt. Er hatte zuerst einige Zeit im Krankenhaus verbringen müssen, wo er langsam entgiftet und von Kopf bis Fuß untersucht worden war. Danach war er drei Wochen lang in eine

Reha-Einrichtung gekommen, da seine Muskeln durch das ganze Liegen und die Bewegungslosigkeit gelitten hatten. Und auch ein wenig Sprachtherapie war nötig gewesen. Es war ein harter Weg gewesen, aber Adrian hatte sich durchgekämpft und all seine körperlichen Funktionen zurückerlangt. Isabelle hatte immer wieder angerufen und war ihn auch mehrmals besuchen gefahren. Denn sie verspürte irgendwie eine tiefe Verbundenheit zu Adrian und hatte das Gefühl, dass sie bestimmt Freunde geworden wären, hätten sie sich unter anderen Umständen kennengelernt. Adrian hatte sich jedes Mal überschwänglich bei ihr bedankt und sagte immer wieder, dass er ihr sein Leben verdankte. Ihr war das unangenehm, denn sie war einfach nur froh, dass es ihm wieder gut ging. Bei ihrem letzten Telefonat hatte er ihr erzählt, dass er in Kürze wieder nach Hause kommen und dafür sorgen würde, dass Zoey aus dem Internat komme und wieder in ihre alte Schule gehe. Er habe nur Angst vor dem Gespräch mit ihr über ihre Mutter. Er wolle sie nicht belügen, aber er wolle auch nicht, dass sie Angst vor ihrer Mutter bekam oder sie gar hasste für das, was diese ihrer Oma und ihrem Vater angetan hatte.

Isabelle fand das bewundernswert, es zeigte einmal mehr, was für ein herzensguter Mensch Adrian war.

Kapitel 30

Adrian
Anderthalb Jahre zuvor

Er konnte es nicht länger mitansehen. Es zerriss ihm das Herz, seine Schwiegermutter so leiden zu sehen. Er wusste, Andrea meinte es nur gut, aber sie war nicht in der Lage, ihr zu helfen. Er hingegen schon. Er hatte es Andrea nicht gesagt, aber er hatte schon seit einiger Zeit angefangen, Margarete Tabletten und Spritzen zu verabreichen, damit es ihr besser ging. Er würde sie wieder gesund machen. Er allein war in der Lage dazu.

Und irgendwann würden die Leute es bemerken und dann würden sie anerkennen, wie sehr er sich aufopferte, um den geliebten Menschen in seinem Umkreis zu helfen.

Andrea sagte, dass es Margarete immer schlechter ging, was bedeutete, dass er seine Anstrengungen verdoppeln musste. Er würde ihr heute eine höhere Dosis der Tabletten verabreichen, die er ihr besorgt hatte.

***

Margarete hörte das Knarren der Treppenstufen und ihr Herz krampfte sich zusammen. Sie wusste, gleich würde die Tür aufgehen und sie würde wieder irgendwelche Medikamente von Adrian verabreicht bekommen, die dafür sorgten, dass sie wie gelähmt war und ganz benebelt im Kopf.

Sie hatte den Gedanken kaum zu Ende gedacht, da öffnete sich die Tür. Ängstlich wanderte ihr Blick in die entsprechende Richtung. Vor Kurzem hatte sie wenigstens noch den Kopf drehen können, aber auch das war nicht mehr möglich. Sie hatte Andrea und auch den Ärzten versucht mitzuteilen, was ihr Schwiegersohn ihr antat, aber sie alle hatten sie nicht verstanden. Wahrscheinlich hatten sie gedacht, sie brabbelte nur wirres Zeug vor sich hin. Auch jetzt wollte sie wieder um Hilfe rufen, aber irgendwie schien ihr Gehirn die Befehle nicht mehr weiterzuleiten. In ihrem Inneren schrie sie gequält auf, aber dennoch drang kein Laut nach außen.

Jedes Mal, wenn sie gezwungen war, die nächste Tablettendosis zu schlucken, hatte sie Angst, dass es das letzte Mal sein würde. Dass sie dieses Mal nicht mehr aus dem zähen Nebel der Benommenheit auftauchen konnte.

Doch dann atmete sie erleichtert auf. Es waren gar keine Tabletten, sondern nur ein Glas Orangensaft, das Adrian ihr hinhielt. Die andere Hand war leer. Sie schloss kurz die Augen. Es war noch nicht so weit. Sie hatte eine Gnadenfrist bekommen. Einen Hoffnungsschimmer, dass sie es schaffte, jemandem davon zu erzählen. Sie brauchte momentan keine Angst zu haben.

Adrian hielt ihr das Glas an die Lippen und sie schluckte den kühlen Orangensaft. Gierig trank sie ihn bis auf den letzten Tropfen aus und kostete die Süße aus, denn aufgrund ihres Diabetes musste sie oft auf

Süßes verzichten. Doch als die Süße verschwand, nahm sie einen seltsam bitteren Geschmack auf der Zunge wahr, der absolut untypisch für Orangensaft war.

Sie riss ihre Augen auf und Panik durchflutete sie. War das wirklich nur Orangensaft gewesen oder hatte er etwas hineingerührt?

Obwohl sie panisch und voller Angst war, raste ihr Herz nicht, sondern schlug immer langsamer und langsamer und Benommenheit breitete sich in ihrem Kopf aus. Sie hatte das Gefühl, gleichzeitig zu schweben und zu ertrinken. Was war los mit ihr?

Schwärze breitete sich an den Rändern ihres Sichtfeldes aus und sie konnte alles nur noch unscharf erkennen. Adrians Gesicht mit dem Lächeln, das wohl gütig wirken sollte, ihr aber panische Angst einjagte, verschwand. Etwas schien ihr Herz und ihre Lungen zu umklammern und gnadenlos zusammenzupressen. Sie riss den Mund auf und schnappte wie ein Fisch auf dem Trockenen nach Luft. So hatte sie sich noch niemals gefühlt. Das waren nicht die Medikamente, die sie sonst bekam ... die sie in eine Art Dämmerzustand hielten. Nein, dieses Mal wurde sie in eine unendliche Schwärze gezogen, aus der sie nie wieder erwachen würde. Tränen traten ihr in die Augen und rannen über ihr faltiges Gesicht.

„Shhhhh, bald ist alles gut", hörte sie ihren Schwiegersohn wie aus weiter Ferne flüstern.

Kapitel 31

Zoey
Zehn Monate zuvor

So ein Mist, sie hatte gewusst, dass das Ganze ein Fehler war. Schließlich hatte sie nicht erst seit gestern Asthma. Dennoch war sie auf die grandiose Idee gekommen, mit ihren Freundinnen einen TikTok-Trend nachzumachen, bei dem man eine Straße entlang auf eine Kamera zurennen musste, und zwar so schnell man konnte. Sie hatte vom ersten Augenblick an gewusst, dass das eine absolut bescheuerte Idee war, zumal draußen gerade an die dreißig Grad herrschten. Aber es gab so viel, was sie nicht machen konnte, und sie hatte nicht wieder der Außenseiter und Spielverderber sein wollen, also hatte sie gedacht: Wird schon gut gehen.

War es aber nicht.

Zum Glück hatte der Anfall nicht vor ihren Freundinnen angefangen. Nach dem TikTok hatte sie sofort gemerkt, dass ihr das Atmen schwerer fiel, und sie hatte sich hastig mit der Ausrede, noch ein Treffen zu haben, von ihren Freundinnen verabschiedet und war schnell nach Hause gegangen.

Das Treppensteigen hatte ihr noch den letzten Rest gegeben. Sie hätte das Spray in der Küche nehmen können, aber ihre Mutter war bestimmt da und sie hörte die Moralpredigt praktisch schon in ihrem inneren Ohr.

Wenn es nach ihrer Mutter ginge, sollte sie den ganzen Tag in Watte gepackt in ihrem Zimmer verbringen, damit ihr ja nichts passierte. Sie verstand einfach nicht, dass sie nicht immer als weird abgestempelt werden wollte.

Sie ging zu ihrer Nachttischschublade und nahm das Asthmaspray heraus. Nachdem sie es geschüttelt hatte, gab sie den ersten Pumphub ab und atmete tief ein. Doch der typisch bittere Geschmack im Mund blieb aus. Hatte sie nicht fest genug gedrückt? Sie presste den kleinen Metallzylinder erneut herunter, aber nichts passierte.

So ein Mist, das Spray war leer. Ihre Atmung wurde bereits immer mühsamer.

Sie ließ das leere Spray aufs Bett fallen und eilte ins Badezimmer, denn dort befand sich im Apothekerschrank ihr Ersatzspray.

Erschrocken stellte sie fest, wie sehr ihre Finger zitterten, als sie das Schränkchen öffnete. Warum ging es ihr so schnell schlechter? Vor Aufregung warf sie eine Flasche Fiebersaft um, der daraufhin aus dem Schrank rollte und ins Waschbecken knallte. Zum Glück war die Flasche nicht aus Glas.

Panisch tastete sie nach dem Spray und hätte es um ein Haar ebenfalls heruntergeworfen. Und Herunterbeugen war jetzt ganz bestimmt keine gute Idee. So schnell sie konnte, setzte sie es an den Mund, um den erlösenden Nebel einzuatmen. Aber erneut kam nichts aus dem Inhalator heraus. Das konnte doch nicht sein.

Von Todesangst erfüllt betätigte sie erneut das Gerät, aber es kam nichts heraus. Wie konnte das passieren? Wie konnten beide Inhalatoren gleichzeitig leer sein?

Jetzt war es ihr egal, was ihre Mutter sagen würde, denn sie bekam fast keine Luft mehr. Es schien so, als hätte sich ihre Luftröhre auf die Größe eines Nadelöhrs zusammengezogen. Halb blind tastete sie sich am Geländer die Treppe hinunter in Richtung Küche.

„Mama", rief sie verzweifelt, aber heraus kam nur ein leises Wispern. Sie erreichte jetzt den Türrahmen und blickte in die Küche, aber ihre Mutter war nicht zu sehen.

Zuerst war ihre Sicht nur verschwommen gewesen, dann hatte sie helle Blitze und Sternchen gesehen, doch jetzt breitete sich Schwärze an ihren Rändern aus, sodass sie wie durch einen immer schmaler werdenden Tunnel lief. Was ihre Angst nur noch befeuerte.

Sie hyperventilierte jetzt, teils aus Atemnot, teils aus blanker Panik. Sie hatte schon viele Asthmaanfälle in ihrem Leben gehabt, aber dieser war definitiv einer der schlimmsten. Sie stolperte vorwärts, weil sie nichts mehr außer Schwärze mit Blitzen vor den Augen sah. Krampfhaft versuchte sie, Luft in ihre Lungen zu pressen, doch alles war blockiert. Ihr Gehirn war einerseits wie von einem Nebel erfüllt und sie war nicht mehr fähig, logisch zu denken. Doch auf der anderen Seite erschien der Gedanke: Du könntest an diesem Anfall tatsächlich sterben! kristallklar in ihrem Kopf und ließ ihr Herz noch schneller rasen.

Ihre Finger waren bereits taub, ein deutliches Indiz dafür, dass ihr Gehirn nicht genug Sauerstoff bekam.

Sie musste es irgendwie in die Küche schaffen, um an das Spray in der Küchenschublade zu gelangen. Doch wie, wenn sie nichts mehr sah und ihre Bewegungen immer unkontrollierter wurden?

Sie ging vorwärts, blieb aber im Türrahmen hängen und fiel der Länge nach hin.

Panisch versuchte sie, Luft einzusaugen, und Tränen liefen ihr die Wangen herunter.

Sie hörte Geräusche hinter sich, die sich näherten, und schloss erleichtert die Augen. Ihre Mutter war doch da. Sie würde ihr helfen!

Doch dann entfernten sich die Schritte wieder hastig.

Sie wollte aufschreien, aber sie brachte keinen Ton hervor. Hatte ihre Mutter sie nicht gesehen?

Ein paar Sekunden später hob jemand ihren Nacken hoch und schob ihr etwas zwischen die Lippen.

„Du musst versuchen einzuatmen, Zozo, das ist wichtig."

Sie versuchte es, aber sie schaffte es nicht, den Medikamentennebel in ihre Lungen zu befördern. Alles war zugeschnürt.

„Zoey, streng dich an. Deine Lippen sind schon ganz blau. Ich weiß, es ist schwer. Komm schon, Zoey, sonst muss ich den Notarzt rufen."

Ihre Sinne schwanden immer mehr, aber die tiefe beruhigende Stimme drang trotz allem durch die Schwärze, die sie umgab, und sorgte dafür, dass sie noch einmal all ihre Kräfte mobilisierte und, so tief sie konnte, einatmete ... und endlich, endlich war es ihr möglich, den nächsten Pumpstoß einzusaugen. Und beim dritten bemerkte sie bereits eine deutliche Verbesserung.

Sie öffnete die Augen und blickte in das Gesicht ihres Vaters, der sie immer noch in den Armen hielt und ihren Nacken stützte.

„Oh mein Gott, Zozo, hast du mir einen Schrecken eingejagt. Zum Glück hatte ich noch einen deiner Inhalatoren in meinem Büro."

Deswegen hatten sich die Schritte vorhin wieder entfernt. Er hatte den Inhalator geholt.

„Geht's wieder? Kannst du dich aufsetzen?", fragte ihr Vater.

Sie nickte stumm, denn sie traute ihrer Stimme noch nicht, und wollte außerdem kein bisschen kostbare Luft verschwenden.

Behutsam zog ihr Vater sie hoch, sodass sie sich gegen die Küchentür lehnen konnte.

Dankbar schlang sie die Arme um ihren Vater und drückte ihn liebevoll.

Das war verdammt knapp gewesen. Wenn ihr Vater nicht gewesen wäre ...

Kapitel 32

Andrea
Neun Monate zuvor

Sie hatte abgewartet, bis Adrian zu einer mehrtägigen Geschäftsreise aufgebrochen war. Während seiner Abwesenheit hatte sie Zoey zu dem Internat gebracht, das sie von einer Freundin empfohlen bekommen hatte. Sie hatte zuvor schon online und telefonisch alle Formalitäten geklärt und Zoey gesagt, dass es nur für eine Weile sein würde. Sie hatte ihr erklärt, dass ihr Papa krank war und dass ihm erst geholfen werden musste, bevor sie wieder hier wohnen konnte.

Seit gestern hatte sie das Haus für sich allein, und sie hatte die Zeit genutzt, Adrians Sachen zu packen, und hatte diese direkt in den Flur an die Haustür gestellt, damit er sie sofort sah, wenn er reinkam.

Heute würde Adrian wiederkommen, und sie saß seit Stunden am Küchentisch und schüttete einen Kaffee nach dem anderen in sich hinein. Sie hoffte, dass er vernünftig war und auszog. Sie hatte kurz überlegt, die Polizei zu kontaktieren und sie hierherzubestellen, aber sie hatte nun mal keine Beweise.

Wenn sie früher etwas geahnt hätte, hätte man ihre Mutter obduzieren können und vielleicht die Medikamente nachweisen können, die er ihr verabreicht hatte. Aber selbst wenn, wie hätte sie beweisen sollen, dass er es gewesen war, der ihre Mutter umgebracht hatte? Er hätte es garantiert abgestritten, und dann hätte sein Wort gegen ihres gestanden. Für eine Anzeige oder gar eine Gerichtsverhandlung hatte sie einfach nichts in der Hand. Adrian war überall beliebt, jeder seiner Arbeitskollegen mochte ihn, und er hatte einen großen Freundeskreis. Kein Mensch würde ihr glauben, wenn sie ihn beschuldigte, ihre Mutter umgebracht zu haben, und eine große Gefahr für seine Tochter zu sein. Sie hatte es ja selbst Ewigkeiten nicht glauben können. Er war die Liebe ihres Lebens gewesen, ein wundervoller Vater. Und sie war so gerührt gewesen, dass er vorgeschlagen hatte, ihre Mutter bei sich aufzunehmen. Und dass er so besorgt um sie gewesen war und sich mit um die Pflege gekümmert hatte.

Doch dann war es ihrer Mutter immer schlechter gegangen, was überhaupt keinen Sinn ergab, und eines Tages hatte sie Medikamente in Adrians Arbeitszimmer gefunden, die sie nicht kannte.

Alles war ihr irgendwie komisch vorgekommen, und daher hatte sie angefangen, herumzuschnüffeln, was eigentlich ganz und gar nicht ihre Art war. Sie wusste, wenn er etwas vor ihr verbarg, dann in seinem Arbeitszimmer. Und nach einigem erfolglosen Suchen war ihr die unterste Schreibtischschublade eingefallen, die sich abschließen ließ.

Da sie aber schon so lange verheiratet waren, wusste Andrea, wo Adrian den Schlüssel dafür aufbewahrte.

Und tatsächlich fand sie ihn am vermuteten Platz. Sie hatte keine Ahnung, was sie dort finden könnte, und ein kleiner Teil von ihr hoffte immer noch, dass sie sich irrte und sich einfach in irgendeine Verschwörungstheorie hineingesteigert hatte. Aber diese Seifenblase der Hoffnung platzte jäh, als sie die Schublade öffnete und auf den Inhalt starrte.

Die Schublade war bis oben hin vollgestopft mit Medikamenten, und es war auf den ersten Blick zu erkennen, dass sie nicht auf legalem Wege beschafft worden waren. Denn es gab große Ziplock-Beutel mit losen Tabletten, Hunderte unverpackte Blisterpackungen und unzählige kleine Glasampullen, auf denen ausländische Worte standen, die sie nicht verstand. Doch den Wirkstoff Morphium und Valium erkannte selbst sie als Laie.

Dort in dieser Schublade lag ein Vorrat an Tabletten, der jahrelang reichen musste. Wo hatte Adrian diese her?

Er war in der Computerbranche als Programmierer tätig, und er hatte früher öfter damit angegeben, dass er auch ins Darknet kommen würde. Hatte er die Tabletten und Ampullen dorther? Aber warum diese Menge? Hatte er vorgehabt, auch ihr und seiner Tochter irgendwann welche zu verabreichen?

Ihre erste Reaktion war es gewesen, alles im Klo hinunterzuspülen, ihre zweite, damit zur Polizei zu gehen. Aber würden sie ihr glauben, dass sie nichts von den Tabletten gewusst hatte? Oder schlimmer noch, was geschah, wenn Adrian einfach behauptete, es wären ihre? Dass sie ihre Mutter hatte umbringen wollen?

Dann würde sie ins Gefängnis kommen, und Zoey wäre ihrem Vater schutzlos ausgeliefert.

Aber erst nachdem es dann den Vorfall mit Zoey gegeben hatte, hatte sie gewusst, dass er wirklich nicht davor zurückschrecken würde, auch ihnen etwas anzutun. Aber noch immer verstand sie nicht, warum, denn Adrian war stets ein liebevoller Ehemann und Vater gewesen. Jeder, der sie kannte, war der Meinung, dass sie ein absolutes Traumpaar waren.

Daher hatte sie angefangen, zu recherchieren, und dabei war sie auf eine Erkrankung gestoßen, die zu all dem passte, was hier passiert war: das Münchhausen-by-adult-proxy-Syndrom.

Auch nach dem Vorfall mit Zoey war ihr erster Impuls gewesen, zur Polizei zu gehen und dieses Schwein ins Gefängnis zu bringen. Aber dann hatte sie das Ganze im Kopf durchgespielt.

„Herr Kommissar, Sie müssen meinen Mann verhaften, er hat versucht, meine Tochter umzubringen."

„Und wie hat er das gemacht?"

„Er hatte das einzig funktionierende Asthma-Spray im ganzen Haus gehabt und hat sie damit gerettet."

Selbst jetzt klang das Ganze immer noch vollkommen verrückt in ihren Ohren. Bevor Adrian angeklagt wurde, würde sie eher in der Psychiatrie landen. Man würde annehmen, dass sie durch die Pflege und den Tod ihrer Mutter den Verstand verloren hätte und ihren Mann nur beschuldigte, um jemandem die Schuld für den Tod ihrer geliebten Mutter zu geben.

Sie hatte ... Andrea wurde aus ihren Gedanken gerissen, als die Haustür aufgeschlossen wurde.

„Schatz, ich bin zu Hause ... Warum stehen diese ganzen Koffer im Flur?"

Eine Sekunde später trat Adrian in die Küche und schenkte ihr ein liebevolles Lächeln. „Ist Zoey schon zu Hause? Ich kriege diesen Stundenplan wohl nie in den

Kopf. Ich dachte, ich könnte mit ihr ins Kino gehen. Ein bisschen Vater-Tochter-Zeit, weil ich die letzten Tage nicht da war."

Oh, du wirst nie wieder Zeit mit ihr allein verbringen, dachte Andrea zornerfüllt und musste sich beherrschen, ihm das nicht entgegenzubrüllen.

„Zoey kommt nicht nach Hause, sie ist seit gestern in einem Internat, und da wird sie für die nächste Zeit auch bleiben."

Er sah sie entgeistert an. „Was? Du kannst sie doch nicht einfach in ein Internat schicken, ohne das mit mir abzusprechen. Was soll das? Warum hast du das gemacht?"

Andrea sah ihn kalt an. „Um sie vor dir zu schützen!"

Fassungslosigkeit breitete sich auf seinem Gesicht aus. „Um sie vor mir zu schützen? Wovon um Himmels willen sprichst du? Was glaubst du, habe ich mit ihr gemacht?"

Andrea war aufgesprungen und klammerte sich an die Stuhllehne. „Das Gleiche, was du meiner Mutter angetan hast, nur, dass ich es bei ihr zu spät mitbekommen habe. Das wird mir bei Zoey nicht passieren! Der Vorfall vor drei Wochen hat mir die Augen geöffnet, dass ich sie vor dir schützen muss."

Adrian sah ernstlich verwirrt aus. „Wovon sprichst du? Ich habe deiner Mutter nichts angetan, ich habe ihr geholfen! Ich weiß, ich konnte sie nicht retten, aber das kannst du mir doch nicht zum Vorwurf machen. Ich habe alles für sie getan, was ich konnte. Und Zoey ... Welchen Vorfall meinst du ...?" Er überlegte einen Moment lang. „Vor drei Wochen hatte sie doch diesen schlimmen Asthma-Anfall ... Was soll ich damit zu tun haben?"

„Mit dem Asthmaanfall nichts. Wobei ... mittlerweile würde ich auch nicht mehr ausschließen, dass du ihr etwas gegeben hast, um ihn auszulösen. So wie damals das Aspirin, von dem du wusstest, dass sie es nicht nehmen darf. Ich rede davon, dass unsere Tochter fast gestorben wäre, weil all ihre Inhalatoren auf wundersame Weise leer waren. Und was für eine Überraschung, du warst sofort zur Stelle, um ihr zu helfen. Du hattest zufällig den einzigen funktionstüchtigen Inhalator in deinem Büro."

„Was ist denn bloß los mit dir? Bist du wahnsinnig geworden? Ich habe Zoey praktisch das Leben gerettet, und das machst du mir zum Vorwurf? Wenn ich nicht gewesen wäre ..."

„Ganz genau", schrie Andrea ihn aufgebracht an. „Wenn du nicht gewesen wärst ... Zoey achtet immer auf ihr Asthmaspray. Sie überprüft es regelmäßig. Und auf einmal ist sowohl das in ihrem Zimmer, das in ihrem Badezimmer als auch das im Schulrucksack leer? Und du hast eines im Büro, sodass du ihr im letzten Moment das Leben retten kannst? Du hast diese Sprays leer gemacht! Du wolltest der Held sein. Aber was, wenn sie es nicht mehr geschafft hätte, runterzukommen? Wenn sie ohnmächtig geworden wäre und erstickt wäre? Ich lasse nicht zu, dass du noch einen Menschen umbringst, den ich liebe. Ich will, dass du ausziehst und dich behandeln lässt. Erst, wenn du eine Therapie gemacht hast, lasse ich dich wieder in unsere Nähe."

Adrian ging auf Andrea zu, doch diese wich zurück. „Ich weiß nicht, was in dich gefahren ist. Was für eine Behandlung?"

„Du leidest am Münchhausen-Stellvertreter-Syndrom!"

„Was? Du spinnst doch. Ich helfe den Menschen, die ich liebe, und tue alles für sie, und du unterstellst mir, dass ich krank bin, anstatt mir dafür zu danken? Was ist denn bloß in dich gefahren? Ohne mich wäre Zoey vielleicht gestorben."

„Sie ist wegen dir fast gestorben! Ich will, dass du sofort das Haus verlässt, deine Sachen sind schon gepackt."

Aber er würde ihre Tochter nie wieder gefährden, dafür würde sie sorgen. Direkt am Morgen nach dem Vorfall hatte sie damit begonnen, ihn seine eigene Medizin schmecken zu lassen. Und zwar im wahrsten Sinne des Wortes, denn sie hatte angefangen, die Medikamente, mit denen er ihre Mutter umgebracht hatte, in seinen heißgeliebten morgendlichen Kaffee zu rühren. Er würde bald nie wieder eine Gefahr für jemanden sein.

Kapitel 33

Adrian
Jetzt

Er betätigte den Klingelknopf der Station und wartete, bis sich eine Schwester meldete. Nachdem er seinen Namen genannt hatte und dass er einen Termin mit Dr. Bernhoff hatte, erklang der Summer und er konnte die Tür aufdrücken.

Drinnen sah er sich suchend nach einer Art Empfangstheke um, aber in diesem Moment entdeckte er bereits einen Arzt, der auf ihn zukam. Die Schwester hatte ihm wahrscheinlich Bescheid gesagt.

Adrian erschauderte bei dem Geruch des Desinfektionsmittels. Er war den Ärzten dankbar für das, was sie für ihn getan hatten. Sowohl nach seinem Schlaganfall als auch jetzt vor Kurzem, aber er war froh, dass er wieder zu Hause war und Krankenhaus und Reha überstanden hatte.

„Herr Vallelonga, ich bin Dr. Bernhoff, wir hatten miteinander telefoniert. Gehen wir doch kurz in mein Büro."

Er führte Adrian den Gang entlang und öffnete eine Tür am Ende des Flurs. Dahinter verbarg sich kein steriler Krankenhausraum, sondern ein gemütlich eingerichtetes Büro in warmen mediterranen Farben. Ideal zum Entspannen während kurzer Pausen.

„Nehmen Sie doch bitte Platz“, sagte der Arzt und wies auf einen hochwertig aussehenden Lederstuhl, der vor einem Schreibtisch stand. Der Arzt selbst ließ sich in einen Bürostuhl mit ergonomischer Lehne sinken.

„Also, Herr Vallelonga, ich wollte mich noch einmal kurz mit Ihnen unterhalten, bevor wir alle weiteren Schritte einleiten.

Wissen Sie, ich bin natürlich über alle Hintergründe unterrichtet worden und ich muss zugeben, Ihr persönliches Verhalten hat mich doch sehr überrascht. Wir hatten im Laufe der Jahre einige ähnlich gelagerte Fälle, und die Angehörigen sind mit dieser Situation nicht einmal ansatzweise so gut umgegangen wie Sie. Wie gesagt, Ihre Frau hat sich am Anfang hier sehr schwergetan. Ein Teil des Münchhausen-Stellvertreter-Syndroms ist es natürlich zu glauben, dass man gar nicht krank ist, aber irgendwann während der Therapie kommt eigentlich der Durchbruch und man macht sehr schnell Fortschritte. Doch das hat bei Ihrer Frau sehr lange gedauert. Erschwerend kommt natürlich noch hinzu, dass sie aufgrund ihrer Verletzung nicht in der Lage ist, zu sprechen. Sie war leider ständig so hysterisch, dass wir ihr zusätzlich zu den Medikamenten gegen ihre psychische Erkrankung auch noch starke Beruhigungsmittel verabreichen mussten. Sie ist mittlerweile medikamentös sehr gut eingestellt und daher spricht nichts dagegen, sie zu entlassen. Die Sitzungen kann sie dann einfach ambulant fortführen.

Aber wie gesagt, ich habe von Ihrer Vorgeschichte gehört ... was Ihre Frau Ihnen angetan hat. Es ehrt Sie zutiefst, dass Sie Ihre Frau nach Hause holen wollen, aber sind Sie sich sicher, dass es nicht zu viele schmerzhafte Erinnerungen bei Ihnen weckt?"

Adrian sah den Arzt intensiv an. „Dr. Bernhoff, ich weiß, dass das, was sie getan hat, nur ein Symptom ihrer Krankheit war. Das war nicht die Frau, die ich geheiratet habe und über alles liebe.

Wie heißt es noch so schön beim Ehegelübde? In Krankheit und Gesundheit. Was wäre ich für ein Mann, wenn ich sie jetzt im Stich lassen würde? Nein, wir werden das zusammen durchstehen. Ich werde mich gut um sie kümmern und sie pflegen, bis sie wieder ganz gesund ist.

Meine Tochter kommt morgen auch wieder aus dem Internat nach Hause und das Familienleben wird ihr bestimmt helfen, schnell wieder gesund zu werden. Ich werde alles in meiner Kraft Stehende dafür tun."

Der Arzt lächelte ihn an. „Das ist wunderbar, Herr Vallelonga, Ihre Frau hat so ein Glück mit Ihnen. Dann lassen Sie uns jetzt zu ihr gehen und ihr die frohe Botschaft überbringen."

Sie verließen das Büro und machten sich auf den Weg zu Andreas Zimmer.

Als sie eintraten, drehte Andrea den Kopf in ihre Richtung und erschrak, als sie Adrian sah.

„Schatz, ich habe eine wundervolle Nachricht für dich. Dr. Bernhoff entlässt dich heute und ich darf dich mit nach Hause nehmen. Ich habe auch schon ein Zimmer für dich vorbereitet, damit du am Anfang deine Ruhe hast ... das Zimmer deiner Mutter ..."

Andreas Augen weiteten sich panisch und sie schüttelte den Kopf.

„Keine Sorge, ich werde mich gut um dich kümmern und dich wieder gesund pflegen", sagte er, trat zu ihr und strich ihr liebevoll übers Haar.

Sie wich so weit zurück, wie das Bett es zuließ, und riss den Mund auf, aber es kam kein Ton heraus.

„Ja, ich weiß. Ich freue mich auch so sehr", sagte Adrian, beugte sich über sie und schloss sie fest in die Arme. Als er dem Arzt mit seinem Rücken die Sicht versperrte, zog er eine Spritze aus seiner Jackentasche. Durch das Beruhigungsmittel würde es Andrea gleich viel besser gehen. Er hatte auch schon alle Medikamente für zu Hause besorgt, damit er sich perfekt um sie kümmern konnte.